U1003752

西流河

汪龙光　著

山西出版传媒集团
北岳文艺出版社
BEIYUE LITERATURE & ART PUBLISHING HOUSE
·太原·

图书在版编目（CIP）数据

西流河 / 汪龙光著. —太原：北岳文艺出版社，
2019.3（2025.4 重印）
ISBN 978-7-5378-5792-5

Ⅰ. ①西… Ⅱ. ①汪… Ⅲ. ①长篇小说—中国—当代
Ⅳ. ①I247.5

中国版本图书馆CIP 数据核字（2018）第288636 号

书名：西流河
著者：汪龙光
特约编辑：李　路　韩玉龙
责任编辑：李向丽
封面设计：归　滟
排版设计：西橙工作室

出版发行：山西出版传媒集团 · 北岳文艺出版社
地址：山西省太原市并州南路 57 号　邮编：030012
电话：0351 - 5628696（发行部）
0351 - 5628688（总编室）　传真：0351 - 5628680
网址：http://www.bywy.com　E - mail：bywycbs@163.com
经销商：新华书店
印刷装订：三河市元兴印务有限公司

开本：660mm × 960 mm　1/16
字数：258 千字　印张：20
版次：2019 年 3 月第 1 版
印次：2025 年 4 月河北第 3 次印刷
书号：ISBN 978-7-5378-5792-5
定价：69.80 元

楔子

西流河是一条向西流淌的河。

在方圆几百公里内，西流河是唯一一条向西流的河流。我国地势呈西高东低的态势，故而河流大多由西向东流淌，长江、黄河无一例外。但西流河却“离经叛道”，在湖北实不多见。

西流河全长不过三十多公里，上游与汉水流域相接，下游通达武汉市境内的黄丝河，再转经通顺河注入长江。秦岭文化、楚文化随着常年流淌的河水流转，源源不断地滋润着这块土地，孕育了一代又一代人。

西流河是河名也是一个地名，西流河旁的镇子也叫作西流河镇。也许有人要问，西流河镇到底在哪儿？武汉，你一定知道吧？武汉紧紧挨着西流河镇。西流河镇以前是叫西流河街道，后来是街镇合一的小镇，直到西流河区公所撤销，才成为名副其实的镇。

西流河内的老街就像一只热情的手伸开似的，小指指向东方，拇指指向西方。食指、中指、无名指分别位于西南、北、东北三个方向。老街的道路走向与西流河河道方向基本平行，由东向西，形成了几个各具特色的区域。

东头，坊间以大礼堂称呼。大礼堂是原西流河区公所召开大型会议的场所，没有会议的日子，便举办唱戏、放电影等活动。这一带原本有卫生院、供销合作社、生资公司以及西流河小学，但从1962年开始，这些建筑陆续迁往新街。待到西流河大桥建成以后，有的居民就把东头叫成“大桥那块”，但也有人依旧使用老称呼。东头一直延伸到大口村的大口方向，再延伸到西流河进入长江的颈口何帮闸。东头的居民，主要是新居民，杂姓多，多是机关家属。

紧挨东头的就是以同乐闸为中心的剅背。同乐闸，呈西南向，与老街形成一个大大的方块十字。它主要是用来调节西流河与小溪河的水位，确保闸内西圻垸、永丰垸和乐耕垸顺利灌溉，及时排渍。小溪河在民间叫小河，相对大河西流河而称其为小。这两条河就构成了西流河镇两河夹四岸的靓丽风貌。

剅背上有西流河居委会的办公楼，也有皮匠铺、五金修理铺、小型杂货铺，还有照相馆、农贸交易所等。天蒙蒙亮时，这里就聚满了赶集和变卖农副产品的人。太阳冉冉升起，剅背便热气腾腾。剅背四周的住户也是百家姓，和谐、融洽。

剅背往西的地段人们称为八字朝门。据说当地汪姓的先辈做过大官，告老还乡后，官员们路过此地，文官下轿，武官下马，乘船的停驶上岸，只有拜见汪大人后方可离去，于是汪家成了不是衙门的衙门。不过，史志上没有记载，也许是未曾记载，也许就是一个遥远或夸大其词的传说。

这里汪姓的已经没有几家，他们的子弟均未步入官场，多在文卫战线谋生。在八字朝门，刘姓和李姓是大姓，还有几户农业人口杂居其中。这里的人比较文气，有做医生的，有当老师的，还有业余时间教算盘和书法的，就连做小生意——摆连环画书摊、租书的也是八字朝门里的居民。连接八字朝门的有竹器厂、铁器厂、木器厂，还有机械厂、手工业联社。

再往西，就叫西头。铁木竹器手艺人的家庭多是在此。再就是另立门户和迁移来的居民，他们与农业住户相处十分融洽。

老街四五里长，房屋相向建立，路在中间。北面的房屋坐北朝南，南面的房屋坐南朝北，都是平房，多为青砖红瓦或红砖红瓦，间或也有低矮的茅草屋。

从八字朝门开始，一直穿过剅背到老街东头，都是青石铺就的石板路。它就像一本本线装古书，错落有致地排列在路面上，但仔细看上去有些许的陈旧与残缺。早些时候的夏天，小孩们喜欢打着赤脚，一溜烟儿地从上面走过，最后把脚板心烫得发痒。再经过此地时，就只得老老实实地拖一双破布鞋或者穿上木拖板。

一块木板，削砍成鞋的模样，在脚前掌四分之三的位置钉上一根帆布带或者一节旧自行车轮胎，就成了拖鞋。走在青石板上，哐当哐当的节奏就像敲打快板一样好听。雨雪天气，穿木屐从青石板上走过，木屐的铁齿与青石板摩擦出哧哧而又尖厉的声音，仿佛演奏着高亢激昂的乐曲。

小河连通同乐闸注入西流河，呈东南朝西北走向。小河北岸叫着剅沟。房屋对向而立，中间的走道勉强通过小型货车和轿车。当然，那时候很少有汽车开进街坊，直到老红军杨良辉返乡、李家长子李顺长奔丧时才有吉普车和小轿车开进小镇。剅沟全是土路，一遇大雨就全是烂泥，穿胶鞋也会被粘住，每移动一步都很艰难。每遇那样的天气，很多人就干脆赤脚背小孩上学，背送老人看病。剅沟里杨姓的人居多，同宗同族的杨家人，大多挨在一起住，一部分在居委会，一部分在红星大队务农。剅沟里的居民职业各式各样，有打豆腐的、拉板车的、炸油条面窝的，也有铁匠、木匠等手艺人，还有公务员。

小河的南岸叫磨盘洲，何姓的人集中住在这里，杂姓也有不少。住房横向、竖向排列，还有斜向排列的，都讲究着坐北朝南、坐南朝北的风水，因而看上去横七竖八，很不雅致。

磨盘洲里最突出的特色是习武强身，里面有个张姓拳师常年收徒授艺。他主要教导少年儿童，也指点曾经的徒弟和青壮年们健身强体。张师傅兼治跌打损伤，贫富无别，童叟无欺，给磨盘洲增添了人气和好名声。

1962 年开始到 1964 年，西流河镇建成了一条新街。老街上的机关与店铺陆续搬迁到了这里。新街全长约莫一千五百米，商铺、机关相向排列，也有水果、茶点、小吃摊点。区公所的办公地就在新街的东头，是西流河中学撤销之后留下的校舍，新的西流河小学与之相邻。区公所和西流河小学前面有一条东西方向排列的灌溉渠，上面有两座水泥桥，分别连通西流河小学、区公所。灌溉渠与联通西流河的人工排灌闸相通。人工排灌闸的东面是通向西流河小学的泥土马路，西面是老街连接新街的马路，也是西流河通往县城仙桃的唯一一条砖石公路。

“河水西注，其地必灵”，西流河果真人杰地灵，英才荟萃。谁到西流河住上几天，一定会喜欢。

目录 CONTENTS

第一章　我来当主任

第二章　心愿

第三章　遗憾

第四章　茁壮成长

第五章　老红军还乡

第六章　百依百顺

第七章　迎新祈福

第八章　恭贺新禧

第九章　感天动地

第十章　乘风破浪

第一章 我来当主任

机会来了 •

尚大强一到家，就迫不及待地从床底下找出装酒的葫芦，揭开盖子咕噜咕噜喝了几口，就四仰八叉地倒在了床上。他望着房顶，房顶幻化出一幅幅精彩的图像，不同的人物对他竖着大拇指摇晃，还有人佩服得躬身致敬。他禁不住咧嘴大笑，为自己的精明而得意，于是就爬了起来，抓过酒葫芦仰脖又咕噜了几口，顿时浑身热血沸腾，双手举过头顶，吼叫着赞美自己。他觉得事情正在自己设定的轨道上顺利进行，好运就在前面。

昨天，他密切关注的情况有了准确消息。尚大强在外有一个多月了，今天才回来，未进家门就先到居委会，只为加深人们的印象。居委会办公楼在老街的剅背上，处在西流河经济、文化的中心位置。跨进门，他就与人打招呼，热情异常，仿佛见到了久别重逢的亲人。他给人们散了烟，然后扯开喉咙朝楼上喊黄主任。楼上无人应答，他身边的人说，黄主任不在楼上，已经“撂挑子”了。他关切地询问详情。原来黄主任知道被人告黑状，气愤不已，旧疾复发，住院了，他口头提出了辞职，得到了区委批准。尚大强为黄主任愤愤不平：那么有能力，那么得人心的人，怎么就下台了呢？他的话情真意切，引起了大家的共鸣。

人们做梦也不会想到，为黄主任鸣冤叫屈的尚大强，却是给鸡拜年的黄鼠狼。老黄已经六十多岁了，还占着主任位子，干得十分卖力，后面的人怎么上去？尚大强望眼欲穿啊。他写好了告状信，寄给了在仙桃读高中的堂弟尚又强，让他修改、誊抄后再匿名寄给县委。堂弟把一切办妥后给他回了信，并寄回了底稿。次日，他就离开了西流河。三天后，要求黄主任下台的小字报分别贴在了居委会大楼的西墙和区公所大门的侧面。

居委会里那些平日喜欢抛头露面、评头论足的一些人，就被怀疑，被唾骂，唯独他尚大强被撇得一干二净。

杨志勇听说尚大强回家了，就来找他。尚大强见杨志勇慌慌张张的样子，埋怨他不沉稳。坐起身后，从中山服左上兜里掏出新华牌香烟，手指在烟盒底下顶了顶，一支烟露出小半截，凑到嘴巴上衔了出来，然后再抽出一支丢给了杨志勇。

杨志勇点燃烟猛抽了两口，蹙着眉头说：“姑爷啊，您还稳坐钓鱼台啊？”

尚大强自信地笑着没言语，只是轻轻摇头。杨志勇觉得没趣，转身欲走。

尚大强立即站起，跨前一步拉住了他，说：“我知道你一片好心，等我当了主任，肯定会照顾你的，放心吧。”他习惯性地将头朝左一甩，大分头上黑黢黢的头发齐溜溜搭在一边，咧嘴笑着，两颗金牙射出的光芒在闪烁。他挺直了瘦高的身躯，单眼皮下坚定的眼神，放射出满满的自豪。

杨志勇告诉他，丁家的人在四处笼络人心，一心想把丁志芳推到主任位子上；除此以外，还有何家……

不等杨志勇说完，尚大强就打断了他的话，说："居委会主任，他们抢不走。"白净而又周正的脸上现出自命不凡的神采，他抽了两口烟，吐出一串烟雾，一声不吭就出门了。他要去找李顺久，开始实施第二步计划。

杨志勇跟在他的屁股后面出门，看到尚大强扬长而去，心里很不舒服，将烟头摔到了地上，狠狠地踩了一脚。他不好发作，也不便发作。他清楚尚大强的德行，要用你就跟你亲近，不用你，你就成为泡过的茶叶、洗过脸的水。杨志勇已经习惯了。他不能硬气，没有酒喝的时候，没有烟抽的时候，还得求尚大强救急。

尚大强朝粮油站走去。他要搬开另一个障碍，并将这个障碍改造成保护自己的"碉堡"。他认为自己完全应该当上居委会主任：贫农出身，伯父是红军烈士，父亲在1954年发洪水的时候为抢救集体财产光荣牺牲，也是革命烈士；本人身为建筑组副组长，能写会算，能说会道。他盘点过满街的青壮年居民，有可能当主任的，要么出身不好，要么缺少文化。就说那个丁志芳，着急的时候，说话就结巴，怎么当主任？还有何家的秉章，家庭有严重的历史问题，居委会能把大权交给他？……唯独李顺久是他进步的障碍。

李顺久是李家"顺"字辈中的老九，街坊里许多人喊他九叔、九爹。他的哥哥李顺长，是一名军人，有不少的战友和部下。以往区公所有难事，李顺久出面往省地县一跑，十有八九就能办成。所以，西流河的人都高看他一眼，给他三分面子。每天上工，他不用发愁，无论去哪个单位，人家都会给他记上一天的工，有的还不让他做任何事，专门腾出领导办公室让他喝茶、看报。当然，他也不是白得好处，无论哪个单位遇到难事，他也挺仗义，自告奋勇去找关系，将事情圆满解决。

尚大强径直走进粮油所长的办公室，就看到了李顺久的侧影。李顺久半躺在藤椅里，两腿交叉搁在办公桌上，津津有味地翻看大腿上的画报。尚大强满脸堆笑地喊了一声九叔。

李顺久瞟了他一眼，随手将画报丢到桌上，冷冷地哼了一声，嘴巴努了努，示意他在桌边的木椅上坐下。

尚大强拿出大公鸡香烟，李顺久一见就蹙眉头，直摆手。尚大强急急顶出一支，硬是往李顺久的手里递，一边指香烟上的牌子，李顺久看清了烫金的“牡丹”二字，才伸出两个指头夹住了。尚大强赶忙给他点烟。李顺久抽了几口，腿从办公桌上抽下，站了起来。也许是坐久了，觉得屁股不舒服，就来回踱着步子，披着的将军呢子军服带起一阵风。他问尚大强，找到这里有什么事，像极具威望的上司面对俯首帖耳的下属表现出神圣的威严。虽然他的个子矮小，但这些年，在任何人面前从来都是趾高气扬的样子。

“老黄下台了，您有什么打算？”尚大强边说边观察李顺久的表情。

李顺久一副不屑的神情，冷冷地说：“主任又不是下酒菜，我的眼角都不会瞟一下。”

尚大强着急了，站了起来：“我的九叔啊，您不当主任，谁还有胆量坐那把交椅？”

李顺久冷笑道：“我每天逍遥、快活，像神仙一样过日子。当个小主任，自己找麻烦，我傻呀？”

“您这样说，我就不好再说别的了。要是别人说这样的话，我非说他放狗屁不可。”

李顺久很不耐烦，瞪眼骂道：“尽放狗屁！”

尚大强马上赔礼，连忙请他坐下了，见他消气了，就说：“我晓得您在西流河的地位，更晓得您的威望。不过，都是别人在给您面子，不是您对别人开恩啊。”

李顺久不耐烦地说：“有屁就放，莫跟我扯起冬瓜说葫芦。”

“我就直说了。九叔，您确实小看了主任的权力。您想想，在西流河，除了区委欧阳书记，谁能比得上居委会主任？”尚大强竖起了大拇指在他眼前晃动。

李顺久不以为然：“咋提不上筷子的居委会主任倒成了一壶陈年老酒？”

“九叔，您想一下，西流河有头有脸的人物，谁家不在居委会，谁家没有孩子？谁不想自己的孩子有个好工作？能让孩子走上正式工作岗位，就靠居委会主任签字盖章啊！”

这好比醍醐灌顶，李顺久终于开窍了。是啊，一朝大权在手，西流河的各行各业，岂敢怠慢居委会主任？当了主任，今后在西流河就更能扬眉吐气了。但想到要管那些柴米油盐之类的麻烦事，激起的热情马上就冷却了。

李顺久流露出不想管那鸡毛蒜皮小事的想法，早在尚大强的预料之中，这也是他求之不得的，就说：“九叔，您不要担心，那些杂七杂八的事，我来做啊。”

李顺久问：“哎哟，不要婆婆妈妈，有屁就快放！”

“您掌舵，我来划船。”

“见你妈的鬼，你去仙桃，非要弯到汉口再掉头，不累呀？”

尚大强赔笑道：“您当党支部书记，我就挂一个主任的名。”尚大强见李顺久在注意听，补充说：“书记是一把手，我就是您的一个皮影子，由您提。您发话，我办事，甘愿当您的狗腿子。”

“嗯。”李顺久觉得这个主意很好，当书记有权力，又不需要做一些乱七八糟的事情。他将呢子军服抖了抖，得意地摸摸大背头，挺胸背手踱了几步，又坐到了藤椅里，端起紫砂茶杯呷了一口茶，架起二郎腿不停地摆动。他瞟一眼，看到尚大强着急的样子，心里觉得好笑，说道：“你急什么呀，主任的位子哪个抢得走？”

“我的个九叔啊，您还得动一动，免得夜长梦多啊！到区委去打个招呼，欧阳书记肯定会给您面子，就不会再派干部到居委会了。那样的话，居委会的一把手才是您的呀。”

李顺久眨巴了几下眼睛，觉得尚大强说的在理。区委派一个国家干部来，自己想当也就当不成了。他决定到区公所走一趟。尚大强非常高兴，与李顺久约定，晚上在老地方一起喝酒。

区公所就在新街的街口，西流河中学撤销后留下的校舍做了办公室。苍松翠柏掩映，春意盎然，鸟语花香。

李顺久披着全街人都熟悉的、看上去明显大了许多的将军呢子军服，端着紫砂杯，踱着八字步，叼着新华牌香烟进了区公所大门。在绿树掩映的甬道上，他看到了办公室的张志峰在第一排办公室的过道上晃悠，便慢悠悠地踱了过去。张志峰老远地就热情招呼他，走过过道迎接李顺久到办公室，接过紫砂茶杯给他沏好茶放到了桌子上，然后一面给他敬烟，一面道喜，李顺久一脸茫然看着他，问喜从何来？老张说：“他琢磨了几天，断定居委会主任肯定非您莫属。”他淡然一笑，故意表示没有丝毫兴趣。老张为他惋惜，说：“居委会主任又有实权又有威望，您不当，好比把黄金丢到了茅厕里，太可惜了。”李顺久心里暗喜，坚定了做居委会一把手的决心。现在舒服是舒服，手头却没有权力，要想得到好处，靠的是别人的人情。要是自己有了权力，就能把人情送给别人。到那时，谁人不来求我，谁人不说我好？

李顺久正要走，看到副区长刘昌学骑着自行车回到区公所，马上迎面走了过去。刘昌学下了车，喊了一声九叔，给他敬烟。李顺久说，“昌学啊，我今天来，就是跟你们这些头头脑脑说一声，我要当居委会的一把手。”

刘副区长说：“好事呀。不过，人事安排哪个领导说了也不算，区委要开会研究。”

“我清楚，你不能当家。我就是要你带个话给老欧，莫把位子给别人了。”

李顺久不由分说的态度，仿佛下达命令。刘昌学要做解释，他根本没有兴趣听。刘昌学意味深长地冷笑一声，转身就走了。

李顺久走到了新街，端着紫砂壶茶杯，挺胸昂首，一脸喜色，不时与人点点头或者嗯嗯两声，偶尔呷一口茶水。他甚至觉得他就是居委会新上任的一把手了。走过食品公司，他就想，我以后吃肉，你们还会找我要肉票吗？还会要我排队吗？经过供销社的时候，他就想，我以后抽内供的香烟应该绝对没有问题吧？他心里感激尚大强的提醒，不然，他不会对居委会一把手的位子上心。他踱着八字步，显得更加神气。他觉得自己活得越来越有滋味了。直到走完整条新街，他才转头。

到了豇背拐弯处，他考虑去不去豇沟走一遭。想到尚大强巴不得马上得到消息，万一在豇沟碰面了，没有一个准信儿，不好说话。他不愿意说谎，也不想让尚大强早点得到消息，他打算回家休息去。

李顺久随便瞟了一眼，发现从居委会办公楼溜出来的人影很像是尚大强，又觉得自己眼花了，仔细再看，人影不知闪到哪里去了。他好生纳闷。

居委会的这栋办公楼有三层：第三层是主任的办公室和资料室，第二层是会计室和统计室，下面的一层主要供居民休息、看报，有时也作为会议室使用，平日里就是曾老先生在打理。曾老先生名叫曾宪道，是公认的文化人，满街的人称呼他为曾先生。他摆茶摊与书摊，也教书法，代写书信，同时兼做居委会的收发员与文书，不要任何报酬。他占用的地方，居委会也不收取租金。曾老先生待人和善，一脸微笑，一腔热情，无论哪个来，他都当客人。

尚大强见到曾先生，打过招呼就扬袖擦额头上的汗星。曾先生给他让座后，转身沏好茶，送到他面前，关切地问他何事。尚大强望望曾先生，手掌朝下压压，示意曾先生坐下后，小声说：“我特地来找您，就想求您出个好主意。”

“莫客气，请直言。”曾先生说。

“老黄下台了，我想顶他的位子。您说，我该从哪里着手呢？”他说，“事成了，我会感激您的。”

“哦，好事啊，好事嘛。”曾先生慢慢说，一边思索。

“您可要给我想一个好计谋啊。”

“尚组长，这个事不是取决于计策，需要人心、人气啊，老朽建议你在这个方面做做文章。”

“您说清楚一点，我心里着急，还没有领会过来。”

“当主任，一要上面安排，二要下面拥护。如果区公所不派人来，就会在居委会选人，谁能上去，就靠选票了。”

尚大强明白了，就说：“好，我马上就去联络人。”尚大强说罢起身，走了两步转头说，“您这里人来人往，拜托您多替我在街坊面前说说好话，让大家推举我。”

“我心里有数。”

送走了尚大强，曾先生坐在那儿发愣。说实在的，他对尚大强根本不看好，虚伪、浮夸，又沽名钓誉，做不得主任。他也不希望区公所派人，派来的干部谁会安心工作？居委会需要稳定啊！

“曾先生，姓尚的来找你讨了主意的吧？”李顺久的突然出现，让曾先生惊讶，他急忙站了起来，把刚才的情况一五一十地和李顺久说了。

“呸！也不撒泡尿照一照，居委会还轮不到他来充人尖子。”李顺久破口大骂。狗日的尚大强，把我当二百五，瞎了你的狗眼！

蛊惑 •

尚大强打听到杨满珍干活的地方，急忙找了去，笑着和杨满珍一起做事的街坊打招呼。有人就开玩笑：“哎哟，这么想婆娘，就早几天回来呀，天黑都等不得了？”尚大强抱拳致歉，说家里确实有急事，非要满珍回去不可。

杨满珍今天的工作轻松、工钱却很高，真不愿意回去。但顾及丈夫的颜面，只好夫唱妇随。走在半路，就急不可耐地问他到底有什么事。尚大强嘻嘻笑着，说回家后细说。

回到家，满珍一屁股坐在了矮脚小靠椅上。尚大强心里有数，不把她逗高兴，自己的事情就办不好，就将这些日子所赚的四十五块工钱给了杨满珍。杨满珍脸上有了笑意，怕他笑话自己见钱眼开，努嘴让他放到了桌上。尚大强放好钱，蹲在她面前，嬉皮笑脸盯着她，说：“几十天不在一起，看到我怎么不冷不热呀，你不愿意我回来？哎呀，谁让我不争气呢，想你想得不行了，否则哪能回来呀？”杨满珍笑了，嗔怪道："你啊，就晓得哄人，哄死人不抵命。肯定是有事求我，有事就说，我能不帮你？"

尚大强站了起来，一字一顿告诉她："我要当主任！"

"你当主任？"杨满珍像是被黄蜂蜇了一下，弹跳起来。

"你怎么这样看着我呀？"尚大强激动地给她说了自己的思考和分析，夸下海口道，"我不当主任，西流河居委会就再也找不出合适的人。"

杨满珍想着还要去上工，不愿意听他讲空话，就说："你当主任我不喜，不当我不急。"

尚大强不高兴了，埋怨道："我当主任，你脸上有光呀。在你们杨家人面前不也有头有脸？以后，你们杨家也要沾好多光嘛。你可不要只看到脚尖子哟。"

杨满珍猛然明白过来，丈夫当上主任，掌管着整个居委会，自己是多么荣耀啊！可是，眼下还是一场梦啊，刚刚涌到心尖上的一点喜气马上就像开水锅里的蒸气一样散开了。"哎呀，八字还没有一撇，天上的月亮还在水里，你就当真啊。"

"只要你配合我，主任的位子肯定该我坐。"尚大强兴奋地挥舞着手，对老婆进行着说教。他说："要想夺得主任位子，就必须争取人心，争取人心就得先笼络人心，制造舆论。当务之急，就要先把杨家的亲友发动起来，真心拥护我尚某人当主任。再四处发布言论，说居委会只有尚大强当主任最合适。这样一来，就形成了一种人心所向的态势。"

杨满珍同意马上跟杨家亲友一一打招呼。尚大强喜出望外，跨前一步把她抱住，杨满珍陡然觉得自己的丈夫是那么高大、那么能耐，顿时脸上飘起骄傲的笑容，她两手勾住了他的脖子。尚大强急不可耐地将她抱到了床上。

杨满珍走后，尚大强就后悔自己疏忽，没有教她如何制造舆论。杨满珍一向忠厚老实，心里怎么想，嘴上就怎么说，更不会见人说人话，见鬼说鬼话。如果说得有些人心里不是很舒服，就不会真心实意拥护他当主任。

他决定马上补救，思索了一会儿，就找了一支铅笔写下了该说的话，打算晚上再好好教教满珍。写完后，抓起葫芦喝了几口酒，开始做起美梦：主任到手后，他调整了大工小工的工时钱。有两三个单位的领导不同意，他对其家属说，以后，你们的子女和亲属就业，就去找别人盖章吧。于是，障碍很快清除，居委会增加了提留，他的工资按照做木工的最高收入发放，每月六十元。每天都有人围着他转，请他喝酒，陪他到仙桃逛商店，还有女人……他对金美云早就垂涎已久了。

尚大强到李顺久家中，用讨好的口吻请他去老地方喝酒。李顺久瞪他一眼，直摆手，转过身去，给了尚大强一个冰冷的脊背。尚大强心里咯噔了一下，想不明白这位“祖宗”为何翻脸，僵在那里不停地搓手。李顺久自顾自抽着烟，粗哑的声音哼着花鼓戏。尚大强尴尬地站了一会儿，悄悄退出了门。

出门后，他就近穿插小路到了河边，像一只流浪的野狗，胡奔乱窜。

初秋的河水清澈、静谧，一拨又一拨的鸭子在河中寻觅着鱼虾。尚大强一脚踢起一块瓦片，瓦片飞到河里，一蹦一蹦地跳动着，溅起花洒似的水柱。他明白，李顺久很有可能要帮倒忙了。难道他想当主任？他紧张起来。如果李顺久想当，那简直就是一个拦路虎啊。怎么办呢？他想到找区委书记欧阳正民，又不敢去找。一直以来，见到欧阳书记，他就心慌。对欧阳书记，他又感激，又畏惧，想接近又心有怨恨。

“欧阳叔子啊欧阳叔子！帮我就该帮到底啊，为什么帮一把又打一拳呢？当年，您马虎一下，我也不至于今天为了一个芝麻小官把脑袋都快想破了。”他怀念在何口乡做干部的日子，白天看报喝茶，傍晚喝酒吹牛。每月十五号领工资，一分不差。一年四季，风吹不着，雨淋不着。唉！一念之差啊，挪用了乡政府的一百二十块钱，本来指望能得到丰厚的回报，哪晓得赔了一百多元。他捂不住了，只好求欧阳叔子，他是爸爸的战友。他想，欧阳叔子是全区最大的官，他说不追究，别人也应该不会过问。欠下的钱，以后从工资中慢慢扣。

“挪用公款是犯法的，你知不知道啊？你想坐牢呀！”欧阳叔子拿出积蓄给他填了窟窿。他感激，但也恨欧阳叔子一点情面都不讲，逼他辞职。现在欧阳叔子会让自己当主任吗？毕竟被他拿住了把柄啊。对，找小木叔子，由他出面去跟欧阳叔子说说，欧阳叔子肯定会答应。小木叔子，可是欧阳叔叔的救命恩人啊。

刘小木正在同乐闸口装船运货。大米、黄豆要调拨到武汉，他来督促。没想到扛了几小时麻包，牵动了腰伤的毛病，腰眼胀痛，他就站在船舷上，背对着码好的黄豆包轻轻撞击，疼痛才慢慢减轻。看到岸边的尚大强一脸笑容，又是喊叫又是招手，就举起还有点酸痛的手臂朝尚大强摇了摇，算作回应。

“小木叔子，上来歇会儿吧。”尚大强喊叫。

“你等会儿。”刘小木侧身说。他在战争年代养成了习惯，认为做干部就要带头。他不愿意让人以为他偷奸耍滑，事情没有做完就走了，那样心里不踏实。

见尚大强不停喊叫，搬运的工人就让刘小木先上去，刘小木摆手，又开始背包。

刘小木上岸了，尚大强迎上前说请他下馆子喝酒。

刘小木说，喝两口酒，在哪里都行，何必下馆子？尚大强就说去买熟菜，让刘小木到居委会等着。

刘小木进了居委会办公楼，在东边角落落了座。曾先生给他泡茶，端到他面前时，他已经打起了瞌睡。曾先生不想喊醒他，在书架下面拿出一件衣服，搭在了他的胸前。

尚大强打了两斤酒，买了十根麻花，切了半斤猪头肉、半斤牛肉，还有千张和卤藕、一斤花生米，借了几只碗、几双筷子、一只篮子，喜气洋洋地走进楼，迅速扫了几眼，看到打瞌睡的刘小木就过去用自己的膝盖顶刘小木的大腿。刘小木醒后看到丰富的酒菜，站起来，埋怨他太铺张。

“这点酒菜算不得铺张啊。小木叔子，日后我还会好好地孝敬您的。”

“哟，看来你有事啊，告诉我，这个杯子我怕端不动啊。”

“您莫以为有天大的事情，对您来说不费吹灰之力。来来来，边喝边说。”尚大强比刘小木块头小，不好按肩膀，就扯住刘小木的胳膊往下拉。

刘小木说到楼上去。尚大强就找曾先生要钥匙。曾先生告诉他，二楼的人已经下班了，从来不上锁。

他们上了二楼，进入小会议室，里面有一张条桌，尚大强就在上面摆放酒菜。刘小木用竹筷子撬开酒瓶盖子，拿过两只碗，各倒了半碗。尚大强端起碗，站着说：“小木叔子，我先敬您。”

刘小木示意他坐下，喝了一大口，对尚大强说：“应该喊曾先生上来喝两口啊。”

“是啊。”尚大强吞吞吐吐地说，“不是我舍不得，他来了，我们说话不方便吧。”

“到底有什么话说呀？搞得神乎其神。”

尚大强担心刘小木生气，就起身，走到楼梯口对下面喊：“曾先生，上不上来喝两口啊？”

“多谢啊，我的晚饭早就准备了。你们喝吧。”曾先生起身昂起头回应。

尚大强连忙说："那好，您就慢慢吃吧。"

刘小木吃了几片牛肉，端起酒碗和尚大强碰了，他们各喝了一口。刘小木追问他到底有什么事。尚大强笑笑，说想当居委会主任。

"你当主任？"

"是啊。不是我吹牛，我的能力在这街上没有几个人能比，又能写，又能算，又能说。我当不成，居委会肯定没有人够格。"

刘小木说："我跟你把话说在前头啊，当干部，头上就戴了紧箍咒，喝酒都要受约束，你受得了？"

"您放心吧，当了主任，我会约束自己的。"

"好，好，我相信你是个男子汉。"

尚大强说："您跟欧阳叔子说说，让我来当主任。"

"我清楚老欧的德行，就算他老爹在世来说情，还是要按规矩办。"

"我也不是不讲规矩啊。"

"你不是想要区公所任命吗？"

尚大强见刘小木一本正经的态度，就否认了任命的说法，就说，只要欧阳叔子坚持原则，决定通过选举产生居委会主任，自己就有希望选上。刘小木磨不开情面，答应向欧阳反映尚大强的愿望。

黑马奋蹄 •

居委会主任的人选，引起了居民不同程度的关心。人前人后，茶余饭后，各个单位，每个家庭，免不了要谈谈将是谁来当主任。

有消息传来，区公所不准备往居委会派干部；接着又传说，将在居民中间选主任。几个大家族，开始了串联，唾沫四溅地讲述着一个心愿，团结一心把家族的代表人物推上主任位子。一些小姓居民，听说了大姓家族的活动，很是担忧，虽有意见但不敢说。唯独魏莲芝偏不信邪，公开叫板，居委会主任又不是族长，凭什么由几个大家族来操纵？主任是全体居民的主任，不能偏向任何人，就该让一个公道的人来当，绝对不能让那居心不良的人上台！她的话，为小姓小户撑了腰。他们奔走相告。几个大家族开始相互提防、相互拆台、相互诋毁。由此一来，人们的思想好似汛期到来的西流河河水，一片浑浊。魏莲芝向欧阳书记毛遂自荐，要求出任居委会主任。消息传来，小姓居民欢欣鼓舞，两个大家族掂量一番，悄无声息地放弃了竞争。

魏莲芝是齐家全的媳妇。十八岁入党，并担任大队妇女队长，二十岁任党支部副书记。漂亮、活泼、大方，直率、善良、正派，说话时像男人一般高门大嗓，做事风风火火。狠的不怕，软的不欺，街坊里威信很高。

当年齐家全当兵，家里就剩下守寡的母亲和几岁的妹妹。半年后，齐母挑水摔倒骨折，魏莲芝就到了老人的身边照护。亲家公亲自送来大米、新鲜菜，顾不上喝一口水就往家返。莲芝是多么能干，多么细心呀！与亲生的没有两样，端茶递水、擦身子、洗脚，三个多月来，任劳任怨。就是块木头也该动情了，何况是人啊。齐母能下地走路后，逢人就说，这辈子最好的运气，就是有了一个女儿一般的儿媳。

更让人称道的是，魏莲芝的贤惠与孝心。

魏莲芝的儿子不到两岁，婆婆中风瘫痪。齐家全在仙桃上班，小姑子小青只有十一二岁，亲友们就说，只能让小青辍学照顾母亲，反正街道里不上学的小女孩多的是。但魏莲芝不同意，小青还有两年就高小毕业了，不读完，多可惜呀。她说，我是儿媳妇，照顾婆婆理所当然。从那以后，每天早晨起床后，她就给婆婆擦洗身子，然后做早餐，喂给婆婆吃；中午歇工时，跑步回家做饭菜，也是亲自喂给婆婆吃；天气好的话，就把婆婆背到室外晒晒太阳。晚上，安顿婆婆入睡了，她才去睡觉。小姑子要帮忙，她不让插手，就怕她耽误了学习。俗话说，久病床前无孝子。她照护婆婆直至去世，前后五年，没有一句不耐烦的话。小青特别感动，总是说嫂子是天下最好的人。

另外一件事，更让人刮目相看。

三年前的国庆节，孤儿院的小敏不慎摔倒，端着的洗脸水泼到了王老三的身上。正赶上他穿着压箱底的中山装走亲戚，这下子被脏水打湿，觉得特别晦气，便揪着她的头发扇嘴巴。王老三是远近闻名的泼皮无赖，路人对他野蛮的举止虽然很不满，但不敢管，只是劝他别跟小孩子较真。孤儿院院长出面与他讲理，也挨了一记耳光。这一幕被魏莲芝看到，她上前抓住了王老三再次扬起的胳膊喝道：“住手！她是个不懂事的小女孩，你也真下得去手？”王老三瞪眼咆哮：“松开，不然我不客气。”魏莲芝不甘示弱：“你再撒野，我也不客气。”围观的人们纷纷指责王老三，王老三才收敛一些。其实他认识魏莲芝，晓得她敢作敢为的性子。魏家大湾就挨着他们村子，他害怕魏家人找他算账，便改口要那女孩赔衣服。魏莲芝说：“不过就是弄脏了，赔什么赔？我帮你洗干净。”回家拿来齐家全的中山装给了王老三，之后又把王老三的中山装洗干净还给了他……

尚大强得知了魏莲芝毛遂自荐的消息，急得像热锅上的蚂蚁。思来想去，就让老婆到杨家和亲戚中去说魏莲芝的坏话。杨满珍反驳他道：“她不坏呀，我怎么说才能败坏她呢？”尚大强直摆头：“你怎么这么死心眼啊！”

• 领导小组诞生

欧阳书记指示副区长刘昌学，要正式听取居民代表关于如何产生居委会主任的意见。布置这项工作时，欧阳书记与他有过探讨：居委会主任是安排国家干部兼任好，还是从居民中选拔好？居民中选拔的主任算什么级别？能不能直接选举产生？对于人事问题，刘昌学经验很少，只能按照自己的理解发表意见。他说已经听到一些居民的心里话，认为从居民中产生主任能顺应民心。至于主任的待遇与管理，还需要开会集体研究。

欧阳书记安排他做一番调研，区委再开会研究。

刘昌学通过居委会党支部将任务安排到各片区，让代表们收集意见后开座谈会研究。三天后，他与代表们座谈。

座谈会在居委会的一楼召开。两张乒乓球桌拼在一起作为会议桌，上面蒙了一层蓝布，四周摆上了椅子。

曾宪道作为记录员与会，陪着提前到会的刘昌学聊了一会儿。刘昌学看看手表，就站到了大门边迎候代表。

第一个进门的是老街东头的代表何定香。她是欧阳书记的爱人，居委会党支部副书记。刘昌学喊了一声大姑，何定香与他寒暄几句后找位子坐下了。

驼背的代表丁振邦在门口咳嗽了几下，喉咙里像是有痰卡着，终于咳出后，一身轻松。

磨盘洲的代表张师傅跟在他的身后，与丁振邦开玩笑："总是又咳又喘，怕是爬灰的报应吧。"

特邀代表黄婆刚好走到门口，打趣说张师傅老不正经。三人都笑了。

刘昌学迎上一步，拱手作揖："三位前辈，辛苦了，辛苦了。"

八字朝门的代表李顺久端着紫砂茶杯，披着将军呢子军装，哼着花鼓戏进了门。

刘昌学热情招呼，欠身做了一个请的姿势。

李顺久不冷不热地点了头，走到桌边，拖了一把椅子，屁股搁了上去。放茶杯时，眼睛的余光看到了黄婆、张师傅他们，突然意识到自己不声不响坐下不妥，就一一招呼了一声，然后跷起二郎腿呷茶。

何秉章来了，刘昌学笑着和他握手。他们一起长大，一起读书。初中毕业后，刘昌学考上沔阳师范学校，何秉章考上沔阳一中，高考填报志愿只报清华、北大，分数够线，政审却不合格。今非昔比，现在毕竟地位不一样了，在刘昌学面前何秉章显得很有分寸，交谈两分钟就分开，走到会议桌边与先到的几位长辈恭敬地打完招呼才坐下。

接着袁明华进门，刘昌学跟他只是面熟，也不知该怎么称呼，就含糊说了声：您好。

最后到来的是剅沟代表杨辰愿。他比刘昌学大上十岁，关系却不错。刘昌学与他握手，邀他一起坐下了。

刘昌学给大家敬了烟，笑着请大家安静。他说，在座的多是前辈，能够到会，他很感激。随即介绍了此次会议的重要性，说是关系到居委会的前途和命运，请大家一定要慎重。

李顺久打断他的话，说：“昌学啊，你别啰里啰唆好不好，说那么多废话不是浪费时间吗？干脆直说吧，要我们做什么？”

“顺久啊，怎么这么不耐烦啊？”黄婆说，“昌学是礼数没有到，还是得罪了你了？他是区公所的领导，正在办公事，为我们居民做好事，你怎么总是吆五喝六的？”

张师傅接着说：“顺久兄弟啊，昌学是居委会的子弟，有不对的，作为长辈你可以教训，可要分个场合啊，不要让人觉得你想拆台啊。”

李顺久忙说：“你们误会了。我对昌学没有任何意见，就是坐不住，想快些散会。”

刘昌学又给大家敬烟，赔着笑说：“今天请大家来，就想听各位关于主任人选的心里话，并且把大家的意见带回区公所，最终让区委做决定。”

大家按顺序发言，尽量做到直言不讳，最终意见大同小异，居民们希望新的居委会主任能在居民中产生。他们的理由很充分：街道的人知根知底，做错了，可以说，不怕见怪；若是上面派来的，一怕不好沟通，二怕对方端官架子，更担心的是干不了多久就被调走，造成居委会工作安排不稳定。没了主任，居委会就像死了爹的人，少了依靠；主任换来换去，就像随寡母改嫁的小孩，担忧今后的日子不好过。大家十分看重黄主任打下的基业、立下的规矩，希望新主任能发扬光大。那么，新的主任必须正派、有能力、有魄力。

刘昌学将大家的意见进行归拢，叙述了一遍，问是不是像他总结的这些。大家说，总结得很全面。

刘昌学回到区委就汇报了。几天后，区委进行了专题讨论，决定从居民中推选主任候选人，然后按区组织干事考察，区委进行研究后再任命。

刘昌学再次召集代表们开会，拟定了推举的基本规则：候选人可以自愿报名，也可以推荐。除开地富反坏分子及其子弟，必须是年满十八岁以上的成年人，要有一定的文化，办事公道。因为候选人很多，主任只能选一人，那么，每张选票也只能选一人，多选就按废票处理。同时规定，每家派出一位成年人作为代表投票。居委会在选举前三天将正式候选人告知选民。各家没有特殊情况必须参加选举，否则，扣除一天的工钱。实到户数达总数三分之二以上选举有效，当选主任的得票必须超过到会户数的一半。

丁振邦建议成立一个推选领导小组，处理选举过程中出现的问题。杨辰愿马上附和，认为有了领导小组，组织起来才方便一些。

刘昌学也赞成，就请大家提名，推选德高望重的、有代表性的人进入选举领导小组。

“还推什么啊，今天来的都算。”李顺久喊。

何定香反对，她认为推选领导小组的人，不能当候选人。

杨辰愿说：“我们这里只有顺久叔子和秉章够资格参选，他们参选的话，就不能进推选领导小组。”

何秉章表示自己不参选，也不做小组成员。当年他考大学就是政审审下来的，他不愿自讨没趣。

刘昌学最后综合大家的意见，推选领导小组由黄子姑（黄婆）、何定香、丁振邦、张继安、杨辰愿五人组成，杨辰愿任组长。

大家鼓掌通过。

● 攀亲

希望欧阳书记网开一面的梦想破灭后，尚大强心烦意乱。这天，姨妈特意来家做客，拜托他们两口子给表妹介绍一个好对象，他马上就想到了刘昌学。

表妹秦月霞在整个西流河是人人夸赞的大美女，谁见了眼睛都会发亮。提亲的无数，她一直都没有答应。她有言在先：农村的青年，绝对不嫁，街镇一般的青年也看不中。眼瞅着已经二十二岁了，母亲着急了，说你条件太高，小心嫁不出去。她说，最起码，我该嫁到街镇做居民吧？

尚大强想清楚了，要战胜魏莲芝，就应该取得刘昌学的支持。

他让杨满珍去说媒。杨满珍说，这门亲事恐怕成不了，刘昌学已经被方俊医生迷住了。尚大强其实也听说了刘昌学在追求方俊，但他认为，一个武汉的洋学生和西流河的土包子终究搞不到一起。

方俊来到西流河卫生院后，她的美貌、她的特立独行，立即引起了众人瞩目，伤风败俗的帽子戴在了她头上，还有“妖精”“婊子”等不堪入目的标签贴在了她的大名上面。难道刘昌学还会不顾一切跟她相好？谁愿意先捡一顶绿帽子戴上再结婚？就算刘昌学硬着头皮挺过去，他的父母、婆婆、叔子、婶娘能吃得消源源不断的流言蜚语？

杨满珍不愿做媒，尚大强决定亲自出马。他特意点名刘昌学的父亲刘金山到自己的手下做小工。中途休息时，他给老刘端茶敬烟，聊起了昌学的婚事。说他都二十八九了，还是单身一人，在西流河只有何秉章跟他做伴。刘金山为此说过一次又一次，儿子阳奉阴违，他也无计可施了。他感激尚大强关心，也希望尚大强留意一下，遇到合适的，就给刘昌学介绍。

“您能当儿子的家？我若费心帮您找到合适的儿媳妇，就怕昌学兄弟不听您的啊。”

“看你说的，莫说只是个副区长，就算当了县长，婚姻大事，我也不会完全由他。”

尚大强趁机提起方俊医生，对此事刘金山一无所知。

“您不晓得吧，那个女人呢，见过的都说漂亮。”

“好看的脸蛋又不长大米，我们这样的家庭，需要会持家的儿媳妇。”

“她是外科大夫，一个月赚几十块，钱不用发愁呀。”尚大强说，“西流河的人都晓得，方医生能干、泼辣。您想都想不到，男人开刀，女护士不好意思给病人脱裤子，她就敢亲自给病人剃阴毛，多泼辣呀！”

“哎呀呀，算了，算了，我们刘家能要那样的女孩做儿媳？伤风败俗、丢人现眼！”

“昌学喜欢呀！”

“我还没死呢，那种货色休想登我刘家的门！”

尚大强劝老刘消消气，给他摆道理，要想让昌学放弃方俊，就要给他介绍一个年轻漂亮的女孩。老刘连连点头。眼看水到渠成，尚大强拿出了表妹的照片，问老刘觉得怎么样。老刘仔细端详照片，第一眼就感觉表妹十分标致，大眼睛、小嘴巴、鹅蛋脸。尚大强在一旁介绍，说姑娘叫秦月霞，二十二岁，是家中的独女，高小毕业，在大队做会计。家庭条件不错，陪嫁包刘家满意。老刘觉得很好，请尚大强说媒。尚大强让他先跟刘昌学提提，刘昌学答应的话，他保证女方绝对没有问题。

刘金山亲自到区公所喊儿子回家，刘昌学说手头有要紧的事务处理，让父亲等等。他以为儿子故意推脱，就站到他办公室外，一直等到刘昌学处理完手头的事务，一同踏着月色匆匆回家，刘昌学与他说话，他一句也不搭理。进了家门，老伴儿张罗吃饭，刘金山就吼："吃什么吃，我气饱了。"

老伴儿说有话好好说嘛，父子两人怎么像仇人啊？昌学走到父亲面前，说："爸爸，您消消气。您发火，总要让我知道为什么吧。"

刘金山单刀直入，问他为什么招惹医院姓方的医生。

刘昌学明白，有人在父母面前说了方俊的坏话。他给父亲递了一支烟，一边说："我和方医生只是在进展之中，也可能是我剃头挑子一头热，所以，就没有告诉二老。"

"你跟我听清楚，从今天开始，就不要进展了，绝对要跟姓方的断绝来往。"

"爸爸，您不能这么武断吧！"

"你把我当傻子，还想遮掩？她到西流河几天啊，就已经臭不可闻了，你还想让她进刘家的门？"

"您不能听别人瞎说啊。您宁可信别人，怎么就不信我呢？"

"我信你？你已经鬼迷心窍了。"刘金山气呼呼地站起来，指着刘昌学的鼻子说，"一个女孩子，帮男人刮阴毛，说都说不出口啊，她就做了。你说丢人不丢人？”

“爸爸，那是工作啊。”

“莫跟我狡辩。”刘金山说，“你给我一个痛快话，到底断不断？我跟你把话说在前面，你若再跟那个妖精来往，就不是我的儿子，你也不要姓刘！”

刘昌学知道父亲的固执，现在在气头上，不好辩解。他也不能答应父亲的要求，只好默不作声，坐在小板凳上抽着闷烟。

父子两人就这么僵持着。

刘昌学的母亲从后门出去求助罗芹花。她们是嫡亲妯娌。罗芹花听了来龙去脉，认为唯有婆婆出面才能平和地解决问题，就将打牌的婆婆请了回来。说了缘由，讲了一通道理，婆婆直点头。在婆婆心里，罗芹花是个明白人，刘家的主心骨。婆婆想，既然芹花认为金山做得不对，那就一定不对，就答应去说说儿子。罗芹花嘱咐婆婆，不要发火，免得把事情搞僵了。婆婆心想，该发火还得发火。以往昌学不找对象，他们作为父母要骂一通，说他心里不替二老着想；现在找了对象，又说三道四，真是糊涂！不骂他还会更糊涂。

婆婆进门，金山赶忙让座。婆婆却不坐，拄着拐棍站着，金山也只好陪着站着。昌学也站了起来。婆婆问闷闷不乐的昌学为什么一脸苦相。金山抢过话头说：“妈，您莫管，我在教训这个不听话的家伙。”

“你教训儿子？”婆婆问。

金山理直气壮地说：“是啊。”

“我就不能教训儿子？”婆婆气呼呼地说，“你要我别管你的事，你就可以管昌学的婚姻大事？”

“妈，这个事您不能由着他啊！他找的那个姑娘，不能做我们刘家的儿媳妇啊！”

“你给我闭嘴！我说话你就不听了？你要你的儿子听你的话，你为什么就不听我的话呀？”

金山干着急却不敢犟嘴。

婆婆接着就把罗芹花所讲的道理抖了出来：人家给男人开刀，你说东道西，你难道要她见死不救？我问你，看到一丝不挂的姑娘掉到水里你救不救？救起来就有伤风化了？再说了，去年年底方俊救过何正国媳妇，满街的人都夸她是女菩萨，你就不记人家的功德？

提起此事，金山顿时明白了几分道理。

那天，方俊在乡下巡回医疗，赶回医院的时候，才知道何正国的老婆难产大出血。主刀医生已经告知家属，婴儿超重，横胎腹中，很有可能母子双亡，最好的结果也只能救下一人。何正国已经在手术单上签字，不签字一个都救不了啊。于院长见到方俊回来，跟她说了情况，希望她去帮助抢救。她进入手术室，主刀医生居然找借口，将她推上了手术台。她迅速检查了病情，采取输血、矫正胎位等措施才开始手术，终于使得母子平安。何正国感激地在医院长跪不起。

刘金山渐渐明白过来，医生给病人看病，就是救人的，先前给何正国媳妇做手术的医生不就是个男的吗？他低下头跟婆婆表态，再不干涉昌学的婚事了。

婆婆说：“你以后不要犯糊涂。昌学找对象，是他过日子，找个好的，他好好过；万一找到不好的，该他受罪。反正是他自己找的，怨不得别人！”

昌学激动不已，跪在婆婆面前磕头：“奶奶，您放心，我找的绝对是一个好媳妇。”

两个小插曲 •

天色渐亮，人们在蒙眬中睁开了睡眼，同乐闸口还闪动着马灯的光亮。在冷冷的寒气汇成的薄雾里，一只小船停靠在了西南面，还尚未停稳就又来了一只，与先到的那只船并排停靠在了一起。船上的人相互打了招呼，各自跳到岸边，拴好船绳子，搭好跳板，再把箩筐、篮子往岸上搬。他们都是来卖农副产品的，就想趁早占个好位置，卖个好价钱。

一家一家的门缝和窗户里透出了亮光。

有挑担子的来了，在认为合适的位置歇下，将大竹篮里的菜一把一把拿出，摆在了地上。两辆推车推过来了，没有轮胎的轮毂与青石板摩擦出哧哧声，尖利刺耳，如同惊恐的野兽在怪异地嚎叫；手推车的摇晃中，瓢盆的碰撞发出叮叮哐哐的声响，仿佛生疏的琴师在弹奏乐曲。赶早的人们，听到这样的声响，就知道是庞家的米粑和周家的油饺出摊了。

贸易交易所的门吱呀一声打开了，馄饨馆也亮起了马灯，肉铺开始摆出了案子……

刭背周围的居民也陆续起床了。

同乐闸的西北面荡来两只小船，鱼腥味老远就飘来了。沿着这条小溪往上就是西沟子湖、西圻湖，那里野鱼很多，还有喂养的草鱼，每天都是成船地装来在刭背交易。

“热米粑，热米粑，刚刚出锅的香喷喷的热米粑哎。”

“油饺啊，油饺哦，又酥又脆的热油饺哦。”

“莴笋，新鲜莴笋，快来买新鲜莴笋啰。”

“萝卜啊，小人参白萝卜、红萝卜，脆蹦蹦的萝卜啊，又脆又甜又好吃。”

叫卖声此起彼伏。买菜的、卖菜的都是熟人了，寒暄几句后便讨价还价。

太阳一露脸，曾宪道打开了居委会办公楼的门。

今天，趁大家买菜的当口，刘昌学召集领导小组和各区域的负责人开个短会，审定候选人。

与会人员陆续到来。

大家审核了自荐和推荐的候选人名单，最终确定五名候选人：丁志芳、于振远、李顺久、尚大强、魏莲芝。

名单张榜后，消息马上传开了，人们挤在办公楼西墙头看名单。尚大强拽了杨志勇的胳膊，杨志勇就跟着他挤出人群。听完尚大强耳语，杨志勇拔腿往新街走去。他到了食品公司，看到了李顺久。李顺久今天在这里上工，他无心看报、喝茶，割了半斤肉准备回家。杨志勇喊了一声九爹，告诉他出了红榜。李顺久还没有弄明白怎么一回事，杨志勇已扭头走了。李顺久心想一定没有好事，喝住杨志勇，要他把话说清楚。杨志勇就告诉他，他这位候选人，排在红榜第三位。李顺久火冒三丈，随口就骂。匆匆赶到了居委会大楼，见围着很多人，就扒住人们的肩膀往里挤，人们看到李顺久来了，让出了一条道。他看到名单，气得眼睛发直。太欺负人了，欺负到我李顺久头上了！他上前一把撕烂红榜，扯碎后丢在地下，踏上了一只脚，曾先生一笔苏体行书遭到了粗暴的践踏。

李顺久冲进办公楼，扯开喉咙喊杨辰愿。

曾先生赔笑："顺久兄弟，来，先喝口茶，莫急。"

"不急，都骑到我的头上拉屎了，我不急？"

"哎呀，哪有那么严重啊。来，喝口茶，消消气。"

李顺久气冲冲地说："候选人是你秀才写的吧，看那名单，是不是太欺负人？凭什么把我李顺久排到第三个？欺到我的头上了，哼！"

曾先生泡好茶，端到他面前，请他坐下，说："听我解释一下。"

"我就找他杨辰愿算账。"

"我来了，什么事啊，九叔，至于气得像关公？"

"我怎么得罪你了？你要出我的丑，把我排到第三个。"

"那是按姓氏笔画排列的呀。"

"狗屁，姓氏笔画，莫拿洋词敷衍我。"

"这样说吧，我也是跟丁老先生学的。排名总有先后，唯独姓氏笔画排序才最合理。"

"瞎说。"李顺久说，"居委会历来没有这个规矩。要么从东到西，要么从西到东。你按东西南北排，我没得话说，这样排，就是跟我过不去。"

"您哪，少见多怪。谁的姓氏笔画少就把谁排在前，怎么不行？"

"我就是认为不行！"李顺久骂，"你睁开眼睛看清楚，莫想踩我。我晓得你的鬼心思，就想帮你妹夫尚大强！"

"李顺久，凭什么骂人？无凭无据，就说我叔子偏向我姑爷？你血口喷人。你以为你能当主任？呸！"杨志勇隔着人群吼叫。

"我骂了，你敢把我怎么样？"这下子李顺久更来气了，将拎着的瘦肉摔到地上。一看，才发觉摔错了，就又弯腰捡了起来。

“我警告你啊：李顺久，再敢撒野我就扭下你的脑壳。”

曾老先生连忙上来劝阻，几个乡亲隔在了他们中间。

“叔侄父子一起欺负我？瞎了你的狗眼。我不但要做候选人，主任也当定了。”

杨志勇挤上前，中间的人有意挡住他。他就骂：“李顺久，你是个什么东西，你能选得上？哪个不晓得你那德行，鬼才选你，吹牛不上税！”

“我跟你说，你再敢污蔑我，我就找你老头算账！”李顺久气得梗着脖子叫喊。

“见鬼去吧，你有什么值得窘的？”杨志勇挤过去，指着他的鼻子骂，“平日里仗着你哥哥耀武扬威，街坊们让你，你就以为是怕你？你有什么了不起的？呸！今天我明明白白跟你说清楚，我们杨家不怕你，我们杨家也有司令，也有老红军。我警告你，再不知趣，我就打得你狗啃屎。”

李顺久晓得杨志勇的“半转”脾气，说得出做得到，便在他人拉扯中借梯子下台，愤愤不平地走了。

次日，刘昌学专门找到李顺久，跟他做了解释，选举之前，候选人都是按照姓氏笔画排序，不存在谁先谁后的问题。他拿出了上届区委会选举的全套资料，李顺久看了一遍又一遍，没有话说了，只有紧锁眉头抽烟。李顺久又说，杨志勇斗狠，公然辱骂他，必须道歉，否则，他退出选举，今后也不会再管西流河的事。刘昌学怎么做工作，就是说不通，只好对李顺久说：“等您冷静了，我们再谈。”李顺久回答：“杨志勇不道歉，无论如何都谈不拢。”

刘昌学到了居委会办公楼，向领导小组的成员汇报了情况，请大家想办法，如何解决李顺久的思想问题。

“杨志勇斗狠肯定不对，可李顺久要先检讨自己啊。我了解了一下，事情是他挑起的，他先撕下红榜，开口骂人，这哪像党员的样子？”何定香说。

“我也有责任，当时不冷静，态度也不端正，制止杨志勇不力，我给党员丢脸了，也该检查。”杨辰愿说。

何定香说：“你以后在小组会上检讨吧，李顺久必须认识自己的错误，否则，没有资格参选。”其他成员都赞同何定香的意见。

何定香说想找李顺久严肃谈一次，刘昌学表示同意，就陪着她一起到了李顺久家里。

何定香进了屋开门见山，批评李顺久在公开场合与普通群众互骂、斗狠，损害了党员形象。

“事出有因，他偏偏就揪我的小辫子？你偏心吧？”

“顺久啊，你的脑壳里完全没有党员的概念，连普通老百姓都不如。在那样的场合撕下红榜、与人斗狠，是什么影响？再说，杨辰愿代表组织办公事，你骂他就是没把组织放在眼里。”

“定香姐，你也跟我过不去？”

“我是支部副书记，现在是以党组织的名义和你谈话。”何定香说，“你我都是居民，要维护居委会的利益。你看你，是在做拆台的事，像话吗？”

“九叔啊，您确实做错了。我已经跟您解释过。可是，您明知错了，也不认错，缺少党性啊。”

李顺久依然不认错，反倒指责他们偏袒杨家，声明坚决退出选举。他们再说什么，李顺久一句也不愿听。

何定香回到办公楼，见只有杨辰愿一人在，就通报了和李顺久谈话的情况，然后提醒他，志勇好冲动，要多教育、多提防，以免搞出更大的乱子……

都说完了，他们便一同下楼，准备回家吃晚饭。刚准备出门，正碰上魏莲芝跨进办公楼，与她们打过招呼，扬起胳膊用衣袖擦拭了额头的汗珠。

何定香问，“你找我们哪一个？”

“哪个都可以。”魏莲芝说，“你们都是领导小组的，最好一起听我汇报。”

他们就一起到了三楼，何定香给魏莲芝倒了一杯水，魏莲芝接过，一口气就喝干了。何定香接着又去倒，魏莲芝赶忙拦住：“怎么好意思再劳驾您呀，我自己来。”魏莲芝给自己倒好了，顺手给何定香、杨辰愿的搪瓷茶缸里斟了开水。

魏莲芝又喝了一口水，拿出两张纸，在桌上用手掌抹了抹，分别递给他们。

杨辰愿看到其中一张纸上写着：你，一个外来人，不要在居委会逞能。退出选举，不然，你儿子会变成死人。

何定香看到另一张纸上写的是：你妈就是一个烧（骚）货，偷人养汉，当居委会主任不够格！

第一张是水泥包装袋上面撕下来的半截纸，另一张是学生算术作业的空白纸。字都是从报纸上挖下来的，大小不一，用米粒粘贴的。

杨辰愿让她说说具体情况。

“今天早上起床，在门缝边发现了这张纸条。”魏莲芝指着第一张。

“第二张是你孩子发现的？”何定香问。

原来，下午第二节课，她儿子去上厕所，回来就发现了，因为胆子小，没有告诉老师。

何定香、杨辰愿相互交换了一下眼色，说应该报告区公所特派员。

“我跟你们反映，就想让组织上知道情况。我和丈夫都晓得，不好查，也没什么查头。”魏莲芝说，“做这个事的人，到底是什么目的？

我懒得去猜。但我不信邪，非要参选主任不可，要死两腿一蹬，没什么了不起！”

杨辰愿说：“好，我支持你。你能及时反映情况，相信组织，值得肯定。你反映的情况很重要，我们要向区委汇报。区委如何处理是另一码事，但是居委会领导小组会尽力调查、分析，坚决打击歪风邪气。”

“多谢。”魏莲芝眼里闪动着激动的泪花。

第二章　心愿

心愿 •

刘昌学收到大型音乐舞蹈史诗《东方红》的剧本，当即一口气读完，分门别类后，心里的希望就像一轮红日在地平线上冉冉升起。

肚子的咕咕叫唤让他意识到饥饿已经不能再忍受了，可是食堂却锁门了。一口唾沫下咽，饥饿强烈的抗议顿时淹没。他一口气跑到了医院，敲了好一会儿门，方俊才打开房门。明亮的灯光下，她的笑容像绽开的玫瑰。她做了一个请的姿势，头一仰，湿漉漉的头发便洒落一串水珠。刘昌学明白，自己刚才敲门急迫，害得方俊刚洗的头发都没来得及擦干。

方俊问："有事吗？"

刘昌学激动地将《东方红》的剧本递给方俊说："《东方红》就要搬上西流河的舞台了。"

"《东方红》搬上西流河的舞台？"方俊大大的眼睛流露出了惊诧的神情。

“对，你的听力绝对没有问题。”

“那业余文工团能演吗？”

“西流河小学师生一起上阵。”

方俊笑了，不是大笑，也不是嘲笑，那是一种听到笑话后自然而然发出的笑声：“今天我才发现，你的勇气比你本人还要可爱。”

通过一段时间的接触，方俊对他有了一些了解，凡事不经过深思熟虑，他是不会说出口的，说出口的话就不可能改变。但是，对他这个令人震惊的决定，她绝对不敢支持。她实在不敢想象，西流河小学能够演出大型音乐舞蹈史诗剧。因为她对《东方红》有所了解。《东方红》是为庆祝国庆十五周年，在中央有关领导的直接支持下，由北京、上海的地方和部队系统七十多个文艺单位的音乐舞蹈工作者、北京各业余合唱团成员共三千五百人集体创作，才得以诞生。这是一部以歌唱、舞蹈和戏剧相结合的综合性艺术，是全面反映中国近百年民主革命斗争历史的气势恢宏的大型歌舞音乐。由文化部和解放军总政治部历时一年多才打造成功。西流河要想将《东方红》搬上舞台不过是一个美好的愿望而已，何况是西流河小学呢！

“你不能呆板地看问题。”刘昌学盯着她，恳切地说，“我需要你的理解和支持，希望你打消畏难情绪。”

方俊请他坐下，给他倒了半杯热水，兑了玻璃杯中的凉开水递给他，刘昌学一饮而尽。

方俊出了宿舍，在过道里用毛巾掸了掸潮湿的长发，然后擦干。经过洗浴后的长发更加乌黑发亮，将她圆润而又白皙的面庞衬托得更加美艳动人。

刘昌学以为方俊为照顾自己的面子不想再说反对的意见，就采取这样的方式提示。既然想法不一致，就不可强求马上统一，他也不愿自尊遭受委屈，就起身告辞。他还要急于平息肚子的“抗议”呢。

其实方俊没有那样的意思，她是一个不拘泥于礼数的知性女子，大方而又随和，热情却不随便。熟悉了，就不讲客套，何况是互相倾慕的好友呢？昌学要走，她才意识到自己刚才的言语打击了他的热情，便说："刘副区长，别怪我不支持你，我真的觉得你过于激动，你该冷静想想，可行性在哪里？仅仅是一个小学呀，能演大型史诗剧《东方红》？要冷静啊。"

刘昌学露出难看的笑意说："连你都畏难，看来我确实该再分析分析啊。"在托人寻找《东方红》剧本之时，他曾对学校几个骨干老师提到师生演出《东方红》的设想，老师们个个摇头，一片反对声。而他没有料到方俊也不支持。这使他感觉比遭人当众讥笑还要难受。

方俊给了一个歉意的笑容，让他不要走，说："我们都认真思考一下再说，好吗？"他也不愿马上离开，就说："我饿得不行了，要找吃的呢。"

"你呀你，怎么不早说呀？"方俊嗔怪道，马上找出两块饼干递给了他，一面张罗着给他做饭。在这单身宿舍做饭很麻烦，刘昌学不愿意劳累方俊，就说："还是回家吃去，你陪我走走吧。"

"我能看着你饿着肚子走吗？"已经提着煤球炉出门的方俊回头说。看到刘昌学疲惫的样子，她很是心疼。突然意识到，自己刚才太率性了，没有很好地理解刘昌学，她觉得有愧。想到自己顶着风言风语的时候，刘昌学的理解和鼓励是多么温暖啊！自己怎么能给他泼冷水呀。

"其实，我也不想走。"刘昌学说，"我只是想让你休息一会儿。"他要接手自己做，被方俊拒绝了。刘昌学回到房里，看着剧本又琢磨起来，思考着实施的可行性。他拿出了自己的分析笔记，看着分门别类的统计：五个大合唱、七个表演唱，十八段朗诵。量大，难度也大。但他有克服的勇气。为了验证可行性，他按照由简到繁的原则逐一进行了安排。方俊将饭菜端到房间的时候，刘昌学的初步想法已经形成。“方俊，我又琢磨了一番，《东方红》由西流河小学搬上舞台绝对不是天方夜谭。”

方俊不愿再次打击他的热情，微笑着看他。

刘昌学带着激动的情绪说：“我将全部歌舞进行了归纳，可以分别安排到每个人。五个合唱，十八段朗诵，二十多个舞蹈，三十多首歌曲，七首表演唱，师生结合，完全可以安排下去。方俊，你要改变一个观念，不能以艺术水准为衡量原则，因为我们不是要演得如何如何好，我的主要目的是丰富西流河民众的文化生活。用新型的歌舞曲艺，取代旧有的戏文唱词，让大家的思想观念不断适应新中国的发展，《东方红》就是一个难得的载体，我想好好把握这个载体。”

此话让方俊茅塞顿开，她清楚了刘昌学的用心，为实现夙愿顽强努力，并非仅仅展示艺术水准，而是要通过《东方红》的歌声和舞蹈，弘扬一种精神，活跃西流河的文化市场，于是就说：“我明白了，支持你！”

刘昌学笑逐颜开：“我们一定会成功，一定能成功。”

“对，一定能够成功。”方俊扬起了手腕，刘昌学领会到了她的意图，便与她击掌相庆。

刘昌学竟然忘记了饥饿，要和方俊马上对歌舞进行分配。方俊让他先吃饭，自己再看看剧本。

刘昌学狼吞虎咽，几分钟就吃完了。他们一起斟酌，并做出如下安排——

十八段朗诵就由柳宜君老师和曾明老师担任，他们都是语文老师出身，普通话水准达标，富有激情，还具有较好的表演才能。

五个大合唱由四年级组和五年级组承担。七个表演唱，分配如下：《就义歌》何秉华老师，《拿起武器闹革命》朱立文老师，《红军战士想念毛主席》张红老师，《松花江上》杨大刚、丁俊敏老师，《抗日军政大学校歌》常思怀老师，《到敌人后方去》王长林老师，《大生产》《团结就是力量》学生高山泉、秦山泉领衔演唱。

接下来安排舞蹈，原则上平均分配给各年级。

《葵花向太阳》三年级担任，《苦难的年代》六年级一班担任，《秋收起义》六年级二班担任，舞蹈《井冈山会师》五六年级担任，《打土豪分田地》五年级担任，《飞夺天险》四年级担任，《陕北会师》师生综合担任，《游击队之歌》四年级担任，《保卫黄河》五年级担任，《进军舞》四五年级担任，《百万雄师过大江》师生综合担任，《伟大的节日》师生合作担任。

安排到这儿，刘昌学信心大增，问方俊有哪些不合适？方俊说，暂时只能这样，以后再仔细斟酌吧。

剩下的是个人独唱节目，刘昌学紧闭双唇。能唱而且唱得较好的师生就那么几位呀，只能就地取材，赶鸭子上架了。他做了初步安排：《农友歌》丁俊敏，《双双草鞋送红军》学生赵良芬，《井冈山》刘昌学，《八月桂花遍地开》张红，《飞跃大渡河》方少怀，《情深意长》王德芬，《过雪山草地》何小文，《游击战》学生王进，《南泥湾》学生何芙蓉，《坐牢算什么》学生林海，《解放区的天》学生孔国华等，《赞歌》方涛，《毛主席，祝您万寿无疆》刘远峰。

整个安排完成，刘昌学猛拍大腿，站起来情不自禁抱住了方俊，他们激动地相拥后，刘昌学说："我相信，西流河小学一定会不负厚望。"

"你呀，就像个孩子。"

"有你的支持，进展会更顺利。不妨告诉你吧，西流河小学演出过《收租院》，这回一定能够更上一层楼。"

"对，你会梦想成真。"方俊建议他从下面公社的小学调几位能唱会演的老师来。

“我会跟区委汇报的。无论怎样，明年，西流河必将上演史诗剧《东方红》。”

“有你这般热情，肯定能创造出奇迹。”

刘昌学的目的不是为了创造奇迹。顶着世俗的偏见，让父母多次训骂仍然坚持不婚的他，就是为了有足够的时间和精力为自己的理想而奋斗。儿时的记忆他永远也不会忘却：乡邻们为了看一场戏，往往跑上十来里路，常常摸黑回家摔得鼻青脸肿爬起来依然喜笑颜开；一些低俗的戏文成为好多人茶余饭后的谈资，不厌其烦地被用来讥讽人、骂人，有的人还为自己能够会几段戏文津津乐道。那时候，他就有个愿望，要让自己排演的戏文能让乡邻们口口相传。

当了教师之后，他逐渐明白，不仅要教书育人，还有责任帮助家乡进行文化建设。他认真思考过，人们的一些陈旧思想从何而来？主要靠书本和戏文来传播、熏陶。只有用新的思想占领文化娱乐阵地，才能让人们的思想慢慢改变，让民众的人格逐渐完善。后来，他的认识提升，认为文化问题是一个世界观的问题，也是一个政治问题。担任校长之后乃至副区长，他就觉得肩上的担子越来越重，就想让新型文化占领西流河的文化阵地。

方俊马上给在音乐学院做副教授的母亲写了一封求助信，请求母亲帮忙收集《东方红》的全部曲谱。她清楚，刘昌学由于激动，忽视了一个问题，剧本中没有曲谱，既不能视唱，也不可能演奏。没有配乐，怎么进行排练？

母亲马上回信，答应一定设法帮她收集，尽快寄来。她没有对刘昌学说这些，准备给他一个惊喜。

梦中情人 •

方俊出现在西流河街头就立即刮起了一股旋风。从坊间到机关都传说新来的方医生就是画上的美女，有的人眼中她是仙女，有的人心中她就是一个妖精。刘昌学并没有在意这些。一个大城市长大的女孩，受过正规的高等教育，懂得打扮，清新脱俗，在这个小地方受人瞩目也在情理之中。当方俊翩然出现在他面前的时候，他惊讶得两眼圆睁，心底冒出两个字：天人。方俊高挑、匀称，一头乌亮的长发如黑色瀑布垂挂，一双会说话的眼睛顾盼有神，她微笑着，楚楚动人。当时，他并不知道她就是传说中的西流河第一美女，而心里认定眼前的美人一定就是方俊。

当时，刘昌学作为文教助理兼小学校长，受区长委托，组织国庆周年庆典演出，给各单位安排任务，到会的是各单位的负责人。于实院长因为在县里开会，就委派方俊参加。会场出奇安静，大家的目光不约而同集聚在方俊身上，或侧看，或偷瞟，或直勾勾盯着。刘昌学交代的任务，与会者没有几人记清楚，他不得不敲敲桌子，提醒大家记下和声、排练、彩排的时间。后来，方俊提出了建议，因为时间紧迫，和声和彩排不应该做出死规定，建议根据参演人员的工作时间灵活掌握，最好安排在业余时间，不耽误工作，各单位才会积极支持。话音一落，领导们一起鼓掌，夸她考虑得周到。刘昌学采纳了建议，让各单位根据会演需要调剂参演人员的工作时间并上报，以便组委会统一安排在业余时间和声和彩排。

这次见面，冲击着刘昌学的心。这一夜，他在床上辗转，反问自己，她就是期盼已久的梦中情人吗？理智告诉他，方俊的美丽超出了他自己的预期，见地也非同一般。而她的品行如何呢？他心中期待的是一位贤淑的文化女性。突然，一种自卑感涌上心头，一个声音在质问他："你在挑剔她，她能否看得上你？是啊，方俊怎么看得上我这个乡下人。"他打算将那颗爱情的种子在心田深埋。

随后的接触，刘昌学那颗深埋的种子，悄悄拱出了土。他未曾料到，方俊那么有才，一首小提琴独奏，曲声悠扬动人，让她在西流河独占鳌头。排演间歇，方俊凭借不俗的乒乓球技能，竟把刘昌学打败了。刘昌学起初并没将她视为对手，毕竟是女流之辈嘛，娱乐娱乐，让她高兴高兴。自己曾经在"沔师"夺过两届乒乓球单打冠军，虽然有些时日没有练习，但基本功摆在那里呀。未曾料到，几个回合后，方俊凌厉的攻势使他难以招架。他不服，硬是推迟排练时间，又与她赛了一场，引得许多师生围观。但众人一阵阵叫好声，都是献给方俊的赞歌。刘昌学居然被打败了，在他而言，他虽败犹荣，心里对方俊的好感油然而生。她是那么自信、那么顽强。他喜欢。

河神诞生，在清澈的西流河，
你飘然的身影日夜出没。

微风轻拂，银辉洒在窗前，
你明亮的眼眸翻荡柔波。
那一枚鲜嫩幼芽拱出泥土，
在地平线上向你悄悄诉说。

庆典完毕后，刘昌学抑制不住内心的兴奋，写下这首小诗送给了方俊。

三天之后的傍晚，方俊来到区公所，刘昌学喜出望外，请她到办公室坐坐。方俊说，有空的话，想到外面转转，呼吸呼吸新鲜空气。正中刘昌学下怀。

出了区公所的后院墙，就是一望无际的田野，黄白相间。朦胧的月光下，金黄晚稻低垂，雪白棉花像梨花绽放。微风送来菊花、桂花浓郁的香气，刘昌学吸入一口，顿觉心旷神怡。

“看了你的诗，我明白你的意思。”方俊先开口，语速很慢，“但是，我不能给你答复。”

刘昌学身子一下冷却，但马上回暖，她毕竟没有拒绝啊。“但是”过后，说不定就能如愿以偿。而嘴上却说：“我知道是我自不量力。”

“不能这样说。你也不比别人差，追求异性，无论对方是谁，你都有权利，至于别人如何，那是另外一码事。”

他嗯嗯地支吾。

她告诉他，在武汉时，就有同学追求她。追求最紧的是高中的同班同学，也是业余演出团的队友。她未曾答应对方的追求，可是对方却在上大学后就向同学们宣布，方俊就是他的未婚妻。对方长相英俊，人也聪明。但是，她看不惯他自命不凡的优越感，一直与他保持距离。此番分配到乡下，一为躲避他，二来为锻炼提升自我。而对方却对她一往情深，依然穷追不舍，还言明将托人将她调回武汉。

“对不起，是我打扰了你。”刘昌学说，“选择他对你也有好处啊。”

“你不了解我。体现人生价值才是我追求的第一目标。”方俊说，“我已经明确拒绝了他，但他没有放弃。假若，你我现在恋爱，就是坑害了你。他毕竟有权有势啊。”

刘昌学听了心里感动，敬佩地看着她，说出了心底的“谢谢”二字。然后郑重地对她说：“我不会放弃，直到你做出决定。”

“谢谢你的抬爱。”她的右眼皮闪动一下，补充一句，“但愿你对我不要失望。”她说她天生就是离经叛道的性格，做许多事都与众不同，在学校就有同学说她特立独行，在这个古朴的小镇，更可能让人瞠目结舌。她自己早就有思想准备，作为未婚女性给人动手术，必然会有闲言碎语、是是非非，你能接受吗？你的家人想得通吗？

当初，她决意学医的时候，作为医学院教授的父亲赞许地点头之后，就郑重告诫她：“作为女孩学外科，必须顶住几大压力。第一就是身体压力，主持手术，必须要有一个好的体力，尤其遇到大手术，一站就是几个小时甚至十多个小时；二是思想压力，一旦手术失败，名誉就可能扫地，假如是技术有误而成为医疗事故，就会身败名裂；三是舆论压力，医患之间，男女之间，少不了是是非非。”而她心意已决，从大一开始，业余时间就跟着父亲见习，磨炼毅力，学习医道，锻炼臂力腕力，熟悉医案。到毕业时，就已经是一个有着丰富主刀经验的外科医师，并有幸分到了大医院。但是，人生理想让她放弃了大城市，她立志将自己的所学献给最需要的农村。她的决定让老师惋惜，让同学惊讶，让父母无奈。她自己选择的道路，毅然决然，一往无前。反正她习惯了人们议论，不怕大家以为她使性子，心血来潮。人们心中的“假小子”，自然要与众不同。她希望刘昌学能够理解、信任。

对她了解不深的刘昌学认为自己能够理解方俊，他认定方俊就是他心中期待已久的恋人，怎么可能轻易放弃？他说：“我不会被你的话吓跑！”

方俊欣赏地笑着。

刘昌学似乎为了更深入了解她，忍不住问：“大城市可以更好地实现治病救人的理想啊，你怎么就到农村来了？”

方俊说：“我上大学后就知道了农村缺医少药，许多病靠中医医治，遇到需要外科医治的病症就束手无策，许多人因为错过医治时间而加重病情或者丧命。我认为农村更需要我，这里对我而言用武之地更大。”

刘昌学激动地点头，又说：“你真是一个了不起的女孩！”

“打住，有讨好之嫌啊。”方俊说，“能说说你的理想吗？”

“其实，我也是有机会在仙桃工作的，是我主动要求回到西流河，我就想改善这个地方的地域文化。”

方俊理解，她说她来到西流河之后，才感觉到思想观念的碰撞是多么强烈，并列举了一些实例。

刘昌学说：“我明白。不说别的，假若我讲普通话，大家就会把我看成另类，回家也会挨父母的指责。”

谈着谈着，他们都感觉自己责任重大，更应该用行动帮助人们消除愚昧，改变偏见。

自此，两人成为志同道合的伴侣。她几乎天天下班后约他到学校打球，或者到郊外漫步。

了解到方俊一直在吃“食堂”，刘昌学就想改善一下她的伙食。但因尚未确定恋爱关系，不便带她到家里，只能帮助她开小灶。他开始学习烹饪，厨艺水平迅速提高。随后，刘昌学请人做了一个手提煤球炉子，连带所买的上百斤煤球一起送到了方俊的宿舍。第一顿可口的饭菜端到方俊的手里，她重新感受到了家庭的温暖。当“真好吃”三个字从她嘴里蹦出来时，刘昌学仿佛领到了最高奖赏，乐不可支。

她微微笑着，点了头。他们隔三岔五就聚在一起，俨然一对新婚夫妻。人们问过刘昌学他们俩的关系，昌学嘱咐别人再不要乱说，而方俊却含糊其词，“你是羡慕呀？还是吃醋？”

星期天，给刘昌学清洗衣服、被褥算作方俊的回报。一大早就到区公所，洗晒完毕，方俊拉小提琴，刘昌学唱歌；刘昌学吹笛子，方俊唱歌。一个吹笛，一个拉琴，让人好生羡慕。

从人们赞许的话语中，刘昌学得到启示，在严重缺少文艺活动的西流河应该有一支活跃的文艺队伍，他就有了组建文艺宣传团的打算。他的目的就是让这个文艺团的活动带动各个公社组建起文艺宣传队，在节假日或有庆祝活动时到各个大队演出，他的想法得到了欧阳书记的大力支持。业余文工团立即组建起来，他推荐方俊担任了团长。

杀鸡儆猴 •

居委会每天要处理的事务，就是给居民安排“活计”，领导小组委托孔春芳负责。她跟着黄主任工作过几年，晓得此事的难度，不愿干。刘昌学就做工作，说你把一碗水端平就问心无愧，万一有人挑剔，我出面调解。孔春芳认为这是组织对她莫大的支持，就接受了任务。

以前，居民的习惯都是下班以后来办公楼西墙头的墙报栏看次日工作安排，有疑问就提出来。黄主任每天吃完晚饭后必到办公室一趟，梳理当天的工作，对居民提出的问题，一一沟通解决。

孔春芳照例将工作计划提前张贴。

这天，尚大强在墙报栏看计划，发现自己被安排到木材贸易站锯木头，而且还是一堆杂木，心里就像被插进了一颗铁钉。这是一个技术含量不高而出力多、报酬少的“活计”，稍不注意，还可能锯断锯条。其他木匠有的到学校修门窗，有的到百货商店打货柜，有的去单位做家具，这些活轻松钱又多。他觉得自己好倒霉。本以为有刘小木帮忙、欧阳叔叔开恩，加上老婆活动会拉拢很多人，可是看来未能如愿。他听杨志勇说，魏莲芝走到哪里都有许多人围过去交谈。正式选举的日期一天天逼近，拥戴他的人并不多，他愁死了。眼下，一向不曾与人红脸的孔春芳也敢打压我，这不是公然驳我尚大强的面子吗？尚大强黑着脸跨进办公楼，明知孔春芳在二楼办公，却站在一楼大厅的中央大声问曾先生："孔春芳在哪里？"

曾先生见尚大强面带怒色，担心孔春芳吃亏，就故意大声说："你问春芳啊，我没注意呢，出去之后好像没回来吧。"很明显，他想让孔春芳回避一下。

尚大强今天就是要造声势，杀鸡给猴看，他并非想把孔春芳怎样。于是掏出烟点燃抽了两口，就说："孔春芳，你不吭气我也晓得你在楼上，你最好下来，我一不打你，二不骂你，只是跟你讲道理。"

他又抽了两口烟说道："我已经仁至义尽了啊，我给你面子，你不要敬酒不吃，吃罚酒哦。"

这时，孔春芳提心吊胆地下楼了。

尚大强见到孔春芳，心里一沉，自己搭的台子，还得把戏唱下去，就说："我问你，凭什么把拉锯的活路派给我一个人？我看你是吃柿子拣软的捏呀。"

"我不欺负任何人，我也不乐意别人欺负我。"

尚大强抢过她的话头又说："在这居委会里，有的人就是狗眼看人低，以为我尚某人好欺负，就想方设法打击我，你不会觉得我老实好欺负吧？"

"大强哥，请你不要胡思乱想，我派活，和过去的办法一个样。"孔春芳解释。

曾先生过来了，拖过一条板凳让孔春芳坐下，接着请尚大强在另一条凳子上坐下了。曾先生说："春芳啊，尚组长讲道理，你就解释一下，就算做得不周到，尚组长也不会计较。”

尚大强把手一伸，冲曾先生摆了摆道：“不必了。既然春芳妹子说按照惯例安排，我信她，这个活再苦再累我也干下去。你曾先生做个证明，我受了这么大的委屈也没有动粗。我是个讲理的人。”尚大强心里突然明白过来，若是为此事闹起来，不仅得罪孔家人，还可能得罪他们的亲戚，也让一些居民产生反感，春芳姑娘的人缘好，会有很多人替她不平，那么，等于丢了一大把选票。

“对，尚组长讲理。以后，尚组长还要多担待，体谅春芳的难处。说不定你老尚以后就是居委会掌舵的，也要大家支持嘛。”

尚大强就爱听这话，马上露出笑容说：“我今天只是来提醒一声，不希望春芳妹子跟那些搞我的人搅到一起。再说了，春芳也是明白人，俗话说得好，三十年河东三十年河西啊。我懂得恩怨分明的道理。”

• 假期中的快乐

放暑假前，老师明确说了两项规定。一是每个课外小组每天集中活动至少1 个小时，另外一起完成作业，写暑假日记；二是在一起做些有意义的事情。另外，无论是否会游泳都不准单独下河。规定一下，每个学生就像孙悟空戴上了紧箍咒，只能在街道各个小组参加集体活动，谁都不敢随心所欲地到处玩耍。

放了暑假，罗芹花对刘昌兵说："你快十二岁了，也该懂事了，就帮家里赚点补贴吧。"刘昌兵明白，母亲是要他每天编芦席。芦席用芦苇秆编成，原料从武汉市汉阳县的消泗公社买来。消泗与西流河区东边的干河大队接壤，运回西流河也方便，剔除枝叶捶打成软和的芦篾，再将芦篾按照要求的尺寸纵横编织，就成了芦席。

这个活路适宜小孩和老人做，而且不愁销路，拖到收购站就能卖，一张芦席八角钱，除去成本，可以赚到一角五分钱左右。一天编几张芦席，就有了几角钱的进账，解决了一家人的基本生活费用。因此，居委会各家各户都承揽着这个活计，大人小孩都会捶篾编芦席。有工做的时候就去做工，没有工做，就在家编芦席。有人为了增加收入，在外做完工一天后，回到家里也要编上一条两条。由于原材料供应不稳定，编芦席的活计有时热火朝天，有时冷冷清清。今年暑假前，许多家庭备下了足够的原料，编芦席的业务又兴旺起来了。罗芹花让刘昌兵编芦席，补贴家用是一个方面，更主要的是防止他到河里去玩水。

刘昌兵不理解母亲的用心，也不了解赚钱的辛苦，就叫苦，说自己的手脚笨拙，一天也编不完两条。

罗芹花看穿了他的心思，就说："一天三条芦席，捶一捆蔑，莫跟我讨价还价，必须完成。"

母亲的任务就是"圣旨"，必须老老实实执行。其实，罗芹花晓得刘昌兵的能耐，一天编五条芦席绝对没有问题。考虑到他还有作业，还要玩耍，任务安排才适可而止。

父亲出门做工前叮嘱他，芦席编完了也不能到处野，尤其是不能到河里去玩水。

"事都做不完，哪有闲工夫啊。"他鸣冤叫屈道。

"你要听话啊，绝对不能去玩水。"刘金海出门后仍不放心，走出几步后回头再次叮嘱，"你敢不听，小心屁股开花。"这几年，西流河里，每到夏天就有淹死人的讯息，搞得人心惶惶。父亲强调禁令，就为图个安心。

"您放心，我哪敢到河里去，一个'秤砣'，我去不是找死啊？"

父亲似信非信地走了。

刘昌兵是只旱鸭子，惹得许多同学笑话，他早就想偷偷学会游泳，没料到今年的暑假老师和家长都比往年管得严，这让他特别遗憾且心有不甘。他父亲是个"秤砣"，过了一生，平平安安的，从来就没有意识到不会游泳有哪些危害。刘昌兵是个独子，父亲就怕有个闪失。八岁那年，刘昌兵偷偷跟人到河边，挨着河岸学游泳，被爸爸发现了，拧着他的耳朵拖到家中，按在长条凳上，用竹条狠抽屁股。若不是罗芹花回家，刘昌兵的屁股恐怕要被打烂。从那以后，刘昌兵就再也不敢玩水了。

这天傍晚，刘昌学下乡后返回区公所，回家看望婆婆和父母。

看到堂哥刘昌学回来了，刘昌兵计上心来，就求堂哥教他学游泳。他还想长大了当解放军、当警察呢，不会游泳怎么行？刘昌学满口答应。他也想到河里消暑，顺便听听街坊们的心里话。刘昌学找到刘金海说："叔子，我准备去河里游泳，顺便带昌兵学学。他不会游泳，以后会很麻烦的啊。"

刘金海犹豫半天，没有同意。刘昌学又说："叔子啊，您不让他下水，不就是为安全考虑吗？您想想啊，他这一生哪能不走江河湖海啊，万一落水，不会游泳，只能等死啊。"

刘金海被说服后，刘昌学带着刘昌兵下到了河里。刘金海站在岸边看着他们，眼睛也不敢随便眨一下。河水稍稍波动，打湿了他的布鞋，他也顾不上。河里已经有不少人在游泳。河道宽不过两百米，许多人游几个来回也不歇气。看到了刘昌学，街坊们客气地招呼，随即聊起家常。过了一会儿，昌学记起了昌兵，就托付给了一个老街坊帮忙教练。

老街坊告诉刘昌兵游泳的要领，然后用手托住昌兵的肚子，刘昌兵就趴在他的手上游。一二十分钟，刘昌兵就掌握了基本要领，老街坊松开手，他就能游几米。他越学劲儿越大，居然一口气能游出二十多米。岸边的刘金海咧嘴笑了。刘昌学谢了街坊，亲自来教。

磨盘洲的廖三林听说刘昌学在河里游泳，就特意来找他反映问题。刘昌学说，你随便说吧，便喊了另一街坊来照看刘昌兵。老廖很激动地反映，各单位自立标准核算工时和工钱，居委会的临时工现在是出力比以前多，收入却减少了一成。这些话让其他街坊听到了，纷纷觉得不公平，希望区公所过问。

这边刘昌学在听着报告，而那边的刘昌兵还没有学会“走”，就想“跑”。挨在河坡边游了一会儿，觉得不过瘾，便朝河道中间游去，照看的街坊注意力也被集中到刘昌学他们谈话的那里，根本就没有发现刘昌兵的动向。

一直不放心儿子的安全，偷偷躲在一旁观察的刘金海在岸上跺脚：“快转来，昌兵，转来！昌兵！”

本来就打算回转的刘昌兵听到父亲焦躁的叫喊，心里发慌，一时间忘了游泳姿势，两手乱抓。

刘金海急得大叫：“昌学，快救昌兵啊。”刘金海不顾一切下到了河里。

刘昌学回头，看到了漂在水面的头发和胡乱挥动的手，原地起跳扑过去，游动了几下，就抓到了昌兵。幸好离河岸不远，刘昌学抱着刘昌兵上了岸。街坊们关心地围了过来。刘昌学按按他的肚子吐了几口水，问了问，感觉他的神志清醒，就说没事了，大家就散开了。

之后，刘昌兵老老实实按照老师的要求过着暑期生活。他和徐满堂、李家兴、李家鸣、何正来、何正清，还有金红霞、孔春英、孔国华是一个小组，除了何家的两兄弟，其他人都住在八字朝门。活动小组在刘昌兵家的房后。这里宽敞，有桃树、柳树、楝树、杉树，枝繁叶茂，能够遮天蔽日，留下一片阴凉。作为小组长，他要组织同学们学习、写作业。

清早一起来，刘昌兵就开始编芦席，编完一条芦席大约个把小时，太阳已经升高了，学习小组也开始集中了，他说几句要认真作业、开动脑筋之类的话，男女同学就各自做作业、写日记。徐满堂总有不会做的题目，问同学也没有哪个理睬他，他就把钢笔咬在嘴上，当作抽烟一般，以为能逗人笑，谁知同学们的目光都留在作业本上。觉得无聊的徐满堂爬到桃树上，可惜树上没有一个桃子。他就靠在树丫上打瞌睡。等到同学们的作业做完，他就跳下树来，拿过金红霞的作业本抄写。金红霞不情愿，又怕夺来夺去撕坏了，就只能由他。刘昌兵说："烧乌龟啊，又不是难题，应该会做呀。你总不动脑筋，准备留级？"

"再留级我就不读了。"徐满堂理直气壮地说，"我跟你说，螺丝弯弯溜，自有出头路。我有一把力气，还怕没饭吃？"

何正来说："连个小学都混不毕业，说起来不光彩吧。"

徐满堂生性聪明又能干，除了读书不行，做其他事情一看就会。下河如游龙，上树像猴子；戽坑挖藕，抓鱼摸虾，打野兔子，捉黄鼠狼就像坛子里面捉乌龟。而他让人看着不舒服的就是特别不讲卫生，鼻涕出来了就随手一擦，衣服裤子成天油腻腻、脏兮兮的。于是同学们起了诨名，叫他烧乌龟。

同学们一起笑话他留级就不读的"豪言壮语"，他觉得脸上无光，夹着书本不声不响回家了。

这块地方也是其他小朋友的活动基地。刘昌兵的妹妹只有六七岁，像男孩子一样，成天在地上"摸爬滚打"。她混在那班小朋友中间，踢毽子、打弹珠，无忧无虑开心玩耍。玩累了就在树荫下铺张油皮纸美美睡一觉，再到家里找香瓜吃，这让刘昌兵好生羡慕。

树上的知了吱吱叫个不停，妹妹闹着要刘昌兵捉一只。刘昌兵回屋里找到一根长竹篙拿出来，就往有叫声的树上捅，知了飞走了，其他的知了好像有意嘲笑他一样，吱吱吱吱地叫得更响。突然，嗖的一声，一只知了落到了地上。原来是欧阳思友来了，他朝知了弹了一弹弓。知了不知是死了，还是被打晕了，再也没有吱声。妹妹高兴地捡起后马上就噘起了小嘴巴。欧阳思友说，你等下，我马上给你捉一只会唱歌的。

欧阳思友走了一会工夫，就捉回来两只知了给了妹妹。不一会儿，徐满堂来了。欧阳思友想去玩水，邀刘昌兵和徐满堂参加。徐满堂说没有问题。刘昌兵也想出去转转，就答应了。但妹妹一人在家他不放心，就去找孔春英，让她来帮忙照看妹妹。孔春英说要捶篾，刘昌兵就说：“我帮你搬一捆，你就到我家屋后头捶，我家屋后头比你家里凉快多了。”孔春英就同意了。

刘昌兵、欧阳思友、徐满堂一起找到了何家两兄弟，欧阳思友还是嫌人少，就让何正来陪着徐满堂去找李家鸣和李家兴，他们再去刭沟找杨子凡，并约定在廖家台那里汇合。

徐满堂、何正来、李家鸣和李家兴先到了廖家台。他们在小河边的树荫下等了一会儿，还不见欧阳思友的人影，心里就有些焦急。徐满堂说热，就脱下已经破了两个窟窿的粗布无袖衬衣，丢到地上，跳进了小河。欧阳思友他们一来，徐满堂就上岸了，一起商量到哪里玩水最合适。众人都说要再往西走。他们都不想在这人来人往的地方玩水，一怕有人看见告诉家里，二怕赤身裸体不好上岸。

又往西走了半里路的样子，四周都没有人家，也没有人来往，他们就下到了小河里。除了欧阳思友和徐满堂穿了短裤子，其他人都是一丝不挂。刘昌兵下水后只敢紧挨河坡原地游泳，想到河中间却不敢，就站在水里羡慕地看着他们舒展各种姿势自由地游。欧阳思友记起刘昌兵不会游泳，便喊过杨子凡一起教他，不到半个小时，他就能游动几十米了。玩了大约一个多小时，他们觉得累了，就上了岸，赤条条坐在树荫下。一会儿，身上的水就干了。往回走的路上，大家相互提醒谁也不能跟家里讲，也不能跟其他同学说。各人都发了誓。

徐满堂说：“不说也能查出来。”顺手就用指甲在自己胳膊上划了划，两条白印迹就出现了。

“怎么办呢？”刘昌兵着急。大家都傻眼了，用求救的目光看着徐满堂。

徐满堂蹲到地下，用手掌扫拢一堆细土，然后抓起一把在大腿上下抹了几下，再用指甲划，划出的是黑印迹。

大家明白了，夸奖了徐满堂几句。听到难能可贵的赞美，徐满堂有了几分得意：“除了读书读不进去，搞其他的，我能输给哪个啊？”

大家分手时约定，明天开始，下午两点在廖家台集合，过时不候。一连几天，大人们都没发现他们的“行动”，刘昌兵暗自高兴，这下子游泳终于学会了。

这天集合后，何正来跟欧阳思友说，大龙潭里的莲蓬、菱角都成熟了。

“真的？”欧阳思友。

“还煮的呢。”徐满堂接嘴，“基本常识都没有，莲蓬不到阴历七月好吃吗？最少要等半个月才能入口呢。摘菱角只能等到立秋以后。”

大家说，去看看吧，看看就清楚了。于是他们就转向了大龙潭。

嗬，好多好多荷叶啊。田田荷叶各具姿态，有昂首朝天的、有“低眉垂首”的，还有“掩面偷笑”的。

“莲蓬，看哪，好多啊。”李家鸣喊。

“看到了，看到了。”欧阳思友说，“离得那么远，不好摘啊。再说，又不能吃，摘下来也浪费了。”

说话间，徐满堂脱了短袖丢到地上就下到湖里了。他像勇猛向前的士兵，扎着马步以锐不可当之势一步一步向前，一会儿就到达了荷叶茂密的地方，一下掐断了一只莲蓬的蒂把。他要让同学们都清楚现在的莲蓬到底是什么样。然后，找到一根曲卷的嫩荷叶，脚底下动弹几下，就有一根白生生的藕梢露出了水面，他捏到了手里，转向岸边，在中途又用脚挑出一根藕梢。他将莲蓬丢到岸上，一面说：“这能吃吗？”大家就抢。欧阳捡到，看了看，确实太嫩了，完全不能吃，就传给大家看。

徐满堂洗干净藕梢，就上了岸，说道：“现在的藕梢也老了。”自己就撇断藕梢往嘴里送，嚼得津津有味。

大家也吃藕梢，都说好吃。可惜已经分光了。大家就要去下湖抠。

欧阳思友说：“下湖就不要脱衣服了，小心蚂蟥呀。”

“不行啊。”刘昌兵说，“回家不好交代呀。”

徐满堂说：“他们要脱就脱呗，留一个看守衣服。下来后，小心一点啊，除了蚂蟥，还有丝草、荷梗、鸡豆梗，这些东西能在身上做记号咧。”

几个人都不愿意留在岸上，脱了衣服，一起下湖了。徐满堂就提醒大家，只能找那曲卷的嫩荷叶，抠起的藕梢才好吃。

湖波荡漾，荷浪翻涌，传来阵阵清香宜人的气息。曲卷的小荷，露出笑脸，几只蜻蜓在那儿上下飞舞着，累了，就停歇在小荷上栖息。

欧阳向徐满堂问明了抠藕梢的要领，又和刘昌兵一起看了他做示范，就开始自己动手。欧阳找到一株小荷尖，顺着茎秆，把手伸进淤泥中，触摸到横在淤泥里的藕梢，掐断后便用力稍稍倾斜地往上一抽，一根长长的藕梢带着淤泥的气味，浮动在水里，欧阳思友洗去了上面的污泥，然后搁在了一片紧贴湖水的荷叶上面。李家兴他们把头扎进水里去抠，每露出头来，身边就会浮起许多小泡，那是潜藏在泥土中的沼气作祟，但是他们不知，觉得好玩，哪怕抠不到藕梢，也觉得快活，一遍一遍将头没到湖水中。刘昌兵看到后，就劝他们停止，说那有害健康。他们就上岸了。

徐满堂将大家抠出的藕梢收拢，洗得干干净净用荷叶包裹着放到了岸上。

同学们都上岸了，徐满堂问：“你们敢拿回去吗？”

大家都摇头。徐满堂说，那就卖掉。大家说好。但是，谁去卖呢？徐满堂说，这样的事情你们哪个愿意做，哪个敢做，还不是只有我徐满堂去做。满堂说，卖的钱我们平均分吧。欧阳思友说：“分什么分，留着买钢笔吧。”大家都同意。

一连半个月，他们每天到大龙潭。藕梢老了，不想多抠了。莲蓬却可以采摘了，他们就分开摘。采摘完上岸后就吃个痛快，多余的就卖掉。

今天的采摘更快，个把小时就装满了几个篮子。他们上岸后，衣服却找不着了。只有欧阳思友和徐满堂他们还穿着裤子，便四处寻找。其他赤身裸体的同学则躲到了树荫下。欧阳思友和徐满堂分头看了看，没见到人影，头上的烈日像火炉，烤得人心里发焦。徐满堂急得破口大骂。

原来这是庞三平和杨子凡搞的恶作剧，听见徐满堂骂人了，他们更不敢出来，趴在一条小沟边大气也不敢出。但是，顶不过头上的毒日头暴晒，庞三平一头大汗地站了起来。徐满堂一看就明白了奔跑过去，一句话也不说，一只手箍住庞三平的脖子，一只手就抽他耳光。杨子凡站了起来拉扯他，被徐满堂一脚踢得老远。

“放手，放手！”欧阳思友撵过去，徐满堂只好松开。冷不防，他又转身抓住了杨子凡，狠狠地揍了杨子凡几拳，欧阳思友抱住他的腰，他才住手，仍然是气呼呼的。

这时尚大强不知从哪儿钻了出来，他放下木匠担子，喝住徐满堂质问：“凭什么打人？你以为你的块头大是吧？”他抽下扁担握在手里，向徐满堂示威。

徐满堂扭头说：“你不晓得情况就不要管闲事。你以为拿根扁担我就怕你？”

“嗬，嘴上毛都没有长就敢瞪眼睛的，真没家教。”尚大强说，“我是他姑爷，就要管你。再犟嘴，小心我揍你。”

徐满堂回到了放衣服和弹弓的地方，大声叫骂：“你是什么东西，你再骂我试试？”说罢蹲在地上将弹弓抓在手里，迅速从泥土里抠出一粒砖头碎粒，站起来朝尚大强走去，相隔约一丈远，举起弹弓射了出去，不偏不倚，正好打在尚大强的额头中间，他的头上立即鼓起一个青紫的血包。在他疼得龇牙咧嘴的时候，徐满堂趁机跑出老远。

月光夏夜 •

夏天的毒日头到了傍晚还迟迟不肯落山，好似余怒未消地蹲在树梢上，瞪着血红的眼睛戏谑地看着焦虑的人们。

各家各户开始在自家门前用水浇地。

刘昌兵挑来一担水，歇在自家门口，然后拿出漂浮在水桶上面的葫芦水瓢舀了一瓢水就往地下浇洒，顿时，地面冒起一股一股的热气。待到桶里只剩下一少半的水时，他便提了起来朝地上泼洒。接着又用葫芦水瓢舀另一只水桶里的水浇洒。

一担接着一担，挑水、浇洒，刘昌兵累得满头大汗。浇洒完自己家门口，他就帮着浇洒伯父、叔父家的门口。他们家隔壁左右都是族亲，门前开阔宽敞，是夏夜里人们乘凉聚集的地方。每天需要浇洒三遍。第一遍尚未浇洒完，刘昌远、刘昌明回家了，他们拿了水桶去挑水，让刘昌兵专门负责浇洒。

冷水浇洒后，热浪仍像从火炉里喷出来似的，蒸腾的热气让人浑身冒汗。许多人家就在门前搁置一张小桌子，或搁置一个方凳，上面放置一块木板，做临时餐桌。一家人就站在桌边，快速解决晚饭。也有的人家干脆不要饭桌，添饭夹菜后端着碗找到个凉快的地方赶紧扒完碗里的饭，轻松得像完成了一道任务。吃完把饭碗丢到锅里，就出门透气，拿扇子不停地扇，努力让自己凉快一点。家境不好的，六七口人就一把芭蕉扇，只能轮着用。其他人就使用简易扇子，就是硬纸壳、旧报纸，还有薄木片都能当作扇子使用。有的为了图简便，就将一条长毛巾打湿披在身上降温。

又热又毒的气息慢慢消散，些微的凉意出现了。刘金海搬出了长板凳和铺板，再搬出竹床放到最透风的位子，那是专门给婆婆预备的。刘昌兵搬出了小竹床，乘凉的时候可以坐，也可以睡，全家人只有他可以睡竹床，妹妹和妈妈躺铺板，上面铺着篾席，爸爸只能坐着靠背椅乘凉。

二胡又响了起来，还有笛子伴奏。这是住在对面单身宿舍的几个青年在吹奏。他们下班在食堂吃完饭，回到宿舍就端出竹床对着河道乘凉，在无聊中打发休闲的时光。

刘昌兵吃过饭，跟母亲打了一个招呼，迫不及待地去找同学。昌学哥哥在武汉给他买回了一件海魂衫，他好喜欢，要穿给同学们看看。上个月，欧阳思友在西流河第一个穿上海魂衫，他是多么羡慕啊，他还和大家一样，借过来穿上照了相，爸爸妈妈也说那张照片特别神气。

“莫要野得太晚了啊。”罗芹花嘱咐道。

刘昌兵说：“我晓得的，昌学大哥今天讲《孤坟鬼影》，十点之前，我会回来听呢。”

刘昌兵和欧阳思友邀到了李家鸣、李家兴，大家看到他的海魂衫只是淡淡地说了句：“你也买了一件？”没有得到夸奖与羡慕的刘昌兵心里难免有些失望。

他们朝大龙潭走去，准备欣赏夜色下的田园风光。在竹器厂拐弯处遇到了何正清，何正清也想去玩，但是给何正国购买的鱼篓必须送回去，就说转头来找。

到了廖家台，就见到杨子凡、杨子方、张国祥、童华林等刭沟的一帮人在木板桥上嬉闹，他们就跟这帮同学打了招呼。

何正清一路跑来了，一边扬手叫喊，他们就站着等他过来。

到了大龙潭，月亮已经十分明亮。乳白的光辉铺在稻叶上，洒在水波里，微风吹过，让他们感觉到了柔美祥和。青蛙欢快地歌唱着，但他们就是看不见青蛙在哪里，伸头四下寻找，连青蛙的影子也没有见到。

“哎，那里有条船。”李家鸣喊。

“真的？”

顺着李家鸣手指的方向，他们看到大龙潭里果然有一条船横在湖边，就跑了过去。刘昌兵第一个上船，欧阳接着跳了上去。大家都上了船，站着。欧阳思友站在船头晃了晃，船就两边摇摆，他自己也差一点摔倒。

“怎么不坐啊，嫌脏？”欧阳思友说着，自己先坐到了船头。又说，“衣服裤子总是要洗的嘛，还假斯文哪？”

大家各自坐下了。

刘昌兵起头唱起来了——

月亮在白莲花般的云朵里穿行，
晚风吹来一阵阵快乐的歌声。
我们坐在高高的谷堆旁边，
听妈妈讲那过去的事情。
我们坐在高高的谷堆旁边，
听妈妈讲那过去的事情。

李家鸣跟着唱了起来，欧阳也唱起来了，大家一起唱完。欧阳思友说："唱歌，刘昌兵喉咙比我强多了。我这破喉咙只能在合唱队里滥竽充数。"

刘昌兵说："难得听到他谦虚一回啊。"

"我不是谦虚，是惭愧。不过，以后唱歌跳舞也不能轻视，要全面发展啰。"欧阳说，"李家鸣，你不是想当兵吗，听我爸爸说过，部队经常拉歌，可要加油哦。"

刘昌兵说："我就想做记者、当工程师，当然，当兵也愿意。"

欧阳说："我们这些年真的还没有正儿八经说说各自的理想。不过，我自己的理想也还没有想清楚，想当兵做警察，又想当一名外交家，像周总理那样。"

"哎呀，你的理想太吓人了。"刘昌兵说，"周总理是多么了不得的人啊，我听昌学大哥说过，全世界也没得几个。他会几种外语，又懂政治，又懂军事，还搞外交抓经济。"

"会几种外语？我的天哪，那个脑壳要装多少东西啊。"徐满堂感叹，"看来我天生只有做个农夫了。"

何正清说："你呀，真是一个烧乌龟。周总理那是绝顶聪明，几人能比？"

李家鸣说："我们肯定学不到周总理的大本事，不过，我立誓一定成为能文能武的好军官。"

欧阳思友说："我决定了，先当兵再当警察，主持正义抓坏蛋！"

李家兴说："我就当个记者，把你抓坏蛋的事情写出来。"

"好啊，你要是歪曲我们，我们就打得你吐血。"欧阳思友说。

"不光揍他，还要判他的刑。"何正清说，"我以后就做一名法官。"

"我，做个外交官，为中国人争气！"刘昌兵说。

欧阳说："好啊，各行各业都有，再过十年，我们的理想就能实现了。到时候我们就聚会一次，庆祝庆祝。"

“好，一言为定。”

“一言为定。”

他们哦哦哦地欢呼着，手都握在了一起。

返回的路上，月光下一地的西瓜吸引了他们的眼球，李家兴最先喊了出来。

四周都是静静的，只有蟋蟀与蛙鸣的声音。

西瓜地的西北角立着一个草棚。

“有人吗？有看瓜的人吗？”

没有人回答，欧阳思友就说：“何正清，这一角钱拿去，放到瓜棚里，去摘一个瓜来。”

何正清接过钱就去了。李家兴喊：“要挑大的摘啊。”

徐满堂说：“西瓜就在眼前，还婆婆妈妈的。”说着就跳到田里，弓腰四面瞅瞅，看到了一个比较大的，拍了觉得不好，又拍另一个。

欧阳思友喊：“烧乌龟，随便摘一个算了。”

李家鸣说：“背后背只死老鼠，冒充打猎的。你看，摘来摘去，说不定就是一个生瓜。”

徐满堂有点生气，站起来回到了田埂上，冲着李家鸣发火：“你内行，你来摘啊。不是吹牛，如果我摘到了生瓜，我的脑壳让你当西瓜捶。”说完摘了两个上了田埂，放下一个，抡拳捶了几下，西瓜裂开，里面的瓜瓤鲜红鲜红的，大家就来拿。捶开第二个，也是鲜红的瓜瓤。吃完了，觉得不解渴，还想再吃。欧阳和刘昌兵就说要吃回家再吃吧，他俩就大步走开了，其他人也就跟着走了。

刘昌兵回到家门前，大家都没有注意到他。他们被《孤坟鬼影》中的故事情节完全吸引过去了。刘昌学坐在中间，方俊拿着芭蕉扇给他扇风。借着皎洁的月光，可以看见他额头上的汗珠一溜溜地排成了行，白色背心已经有了汗水打湿的痕迹。他自己全然没有注意到。父亲的香烟已经熄火了，还在保持着抽烟的姿态，两个指头夹着的烟卷衔在嘴边一动不动。刘昌兵还发现，对面住着的两个单身职工也在最后一排坐着。年年夏天，刘家门前都是八字朝门乘凉的集散地。街坊邻里一起聊天、说新闻、听刘昌学讲故事。罗芹花每天免费供应茶水。王大华隔三岔五拿来菜园子里的新鲜的瓜果给大家品尝。哪一家买了西瓜，做了凉粉，也会拿来大家一起吃。可能是大家听得入迷，今天切开的西瓜，原封不动地摆在那儿，刘昌兵就去拿了一块吃了。

“再怎么狡猾的狐狸，也逃不过好猎手的眼睛，敌人的末日已经来临。”刘昌学端起面前小凳上白色的搪瓷茶罐一饮而尽。然后，一口气讲完了《孤坟鬼影》的结尾。故事讲完了，人们还保持着原有的姿态，直到刘昌学站起给大家散烟，大家才回过神来。刘金海说：“来，抽我的，你又费精神又费口舌，我奖励你。”

“昌学啊，辛苦你了。明天再回来呀，我们还想听呢。”

刘昌学说，“只要你们喜欢，我若没有会议，一定回来讲，不过，有时候可能要晚些。”

“好啊，我天天来听，小孩们也喜欢听，比那鬼神故事强。听了那些鬼神故事，我儿子半夜里一个人不敢进屋。”

“是啊，以后不要讲那些妖魔鬼怪，现代故事多得很，打仗的、反特的，都可以讲。我以后会建议区委多培养一些故事员，让老百姓的夏夜过得更有意义。”

“说得对，我们支持你！”

“还有方医生，这么漂亮的未婚妻，口才肯定不错，你应该把她培养出来。”

方俊接话：“下次我给大家讲反特故事——《羊城暗哨》。”

“好啊，说话一定要算数哦。”

“一定。”

第三章　遗憾

推选投票 •

正式投票定在9月18日。领导小组讨论了几次，正式做出决定。

一、9月18日晚上8点正式投票。各户的投票代表应在十八岁以上，于当日晚上7点之前到达会场，顺序就座，由工作人员登记编号。

二、不投票的算缺席。扣除一个工时费，凡有子女就业的，就业机会顺延一次。

三、迟到的扣除半个工时费（取平均值：五角钱）。

四、按时到会并投票的，每户奖励两角钱。

五、与会人员必须遵守会议纪律，听从指挥，服从安排，不准喧哗，不准拉选票。对于不清楚的问题或者有其他意见举手示意后，由工作人员处理。

同时，于振远申请退出选举，选举领导小组认为李顺久已不适合作为候选人，会议最终决定出正式候选人名单，分别是：丁志芳、尚大强、魏莲芝。

为了避免选举时出现较多的废票，筹备组特地对选举做出了说明。

选票由领导小组统一印制，共印了四百八十份。每张选票只能选举一人，选举多人无效。选谁就在谁的姓名后面画圈圈。

筹备组还分别到各片区、干活比较集中的地点进行了讲解与演示，让许多居民熟悉了选举规则。

选举大会在区委大礼堂举行。区委派出刘昌学主持。

大礼堂是土木结构，有两层楼房高。屋脊上盖布瓦。室内均为对称结构，采用云南杉木做柱子，每根杉木圆柱通到屋顶，直径都在半米左右。礼堂摆放着杉木长靠椅，一排两把，以中间走道为分界线，一把椅子上印有二十个号。一共有三十排，可以容纳一千两百人。中间与墙两边都是过道，从椅子的两头可以进入自己的座位。礼堂坐北朝南，左右两边都有固定木梯。

今天的主席台布置简单，一张条桌，上面放有扩音喇叭。台下的左右两边有两张条桌，上面放着用大红纸包裹的投票箱。

以前，除了选民投票，居民们尚未进行过其他选举，他们以为这次投票的性质也和选举人民代表一样，能够参加就是光荣，因而十分慎重，吃完饭就换了干净衣服赶往大礼堂。

从晚上六点三十八分开始，陆续有居民进场。天色逐渐暗淡了。杨辰愿就吩咐孔春芳把电灯打开。每个拉线开关管一盏灯，只能一根拉线一根拉线地拉。孔春芳由左到右，一个一个拉亮了。

尚大强满脸笑容地出现在杨辰愿面前，给他敬烟："三哥，您抽一根，'大前门'嘞。"

杨辰愿抬头看了看他，迟疑几秒，将烟接了过来。

"三哥，听说还要现场考我们？"尚大强希望舅哥透漏一点消息。

"工作人员没有告诉你，还是装马虎啊？"

"哦哦……"尚大强支支吾吾，见不断有人过来就借故走开了。

陆续有人到场，何定香、袁明华分别招呼人们两边就座，曾先生、金美云开始登记。

曾先生眼神不好，刘昌学不放心他清点人数，就让何秉章再次核实一下。过了约莫十五分钟，何秉章给刘昌学汇报，应到四百六十八户，实到四百六十六户。

刘昌学从左边的木梯上了主席台，打开扩音器，喂喂了几声，就喊："安静了，安静了，请各位街坊安静下来，会议马上开始。"停顿了一会儿，他扫视了一下会场，见大家都集中精神看着前面，便说："各位街坊，今天是我们居委会选举主任的日子，我代表区委、区政府参加这个活动。现在，我宣布，民主选举会议正式开始。首先，有请居委会党支部代理书记何定香同志讲话，大家欢迎。"说完话，他退到侧边。

在热烈的掌声中，何定香走了上台。她强调了选举的重要性，要求大家一定要认真，对自己负责，也对居委会负责。何定香退场后，张继安上台，宣读了推荐名单。然后告知大家，计票人和监票人均不参加投票。

接着她又问大家，有没有不同意见？有意见的举手后站起来说话……没有意见的话，就鼓掌通过。

台下响起一阵热烈的掌声。

张师傅退到台下，坐到第一排何定香旁边。

刘昌学回到主持位置，请杨辰愿到主席台正中宣布参选的规定。

杨辰愿整理了扩音器，强调选举规则。这时，有人站起来喊："这些候选人我都不同意，该怎么办？"

杨辰愿一下愣住了。

在侧边的刘昌学过来对着话筒答复："居委会事先广泛征求过大家的意见，才确立了正式候选人名单，如果现在仍然对候选人都不同意，可以弃权不选，但不能另选他人。”说完，他示意杨组长继续。

“我有意见。”刚才故意出难题的那个人又站了起来。

杨组长的讲话被迫又停下了。刘昌学对那人说：“请你坐下，我已经跟你说了，请按要求去做。你如果坚持自己的意见，可以弃权。若再搅乱会场秩序，我就只能执行纪律。”

那人就坐下了。刘昌学让杨辰愿继续。

“我宣布第三点，尤其是参选人必须听清楚。要抽签回答问题，完毕后再投票。”老杨退到台下后坐到了第一排，挨着张师傅。

刘昌学又回到主持位置，请大家欢迎候选人登台。

第一个上去的是尚大强，接着是丁志芳，最后是魏莲芝。他们一起站到了主席台中间。

接着请张继安师傅主持对候选人的考核，由袁明华协助。

张师傅到位，宣布丁志芳第一个接受考核。尚大强和魏莲芝就侧身站到了一边。

丁志芳显得很紧张，两手交叉在胸前下方，然后搓了搓，额头上沁出汗水。

一旁的袁明华提醒他，不要紧张，心里怎么想就怎么说。

“嗯！”丁志芳答应了一声，挺直了身体。

张师傅让丁志芳抽签。袁明华递出八个信封，让她挑一个。丁志芳抽出一个，交给袁明华。

丁志芳抽到的题目是：居委会最近还可以拓展几种业务？（备注：以主任的角度作答，做不到，做不了的，不要谈。）

“呃……可以搞两个新业务。一个是毛线手工编织合作社，因为城里人喜欢手工艺术品；第二个，办一个养鸡场。”

下面发出一阵笑声。

丁志芳考核完毕，到台下休息。

这时轮到尚大强，他走到主席台中间，笑着说："丁志芳的问题我想清楚了，我现在回答。"

张继安拉下脸："各是各的题目，你抽签吧。"

尚大强显得胸有成竹，大声说："随便怎么搞，反正我不怕。"

台下有人鼓掌。

他抽到了六号信封，题目是：说说自己最突出的优点、缺点，做了主任之后如何扬长避短？

尚大强自信地笑笑，就说："居委会主任，交际特别重要，而我能喝酒，八两下肚，脑壳依然清楚，别人糊弄不了我。呃，缺点嘛，就是心眼太实在，总是埋头做事，做了好事也不图回报。"

会场传来稀稀落落的笑声。

尚大强回答完毕后，到台下去了。

张师傅示意魏莲芝到主席台中间。

魏莲芝给张师傅和袁明华鞠了一躬，转身向台下的人又鞠了一躬。

台下顿时很多人鼓掌。

魏莲芝抽到的题目是：你认为居委会最重要的任务是什么？

魏莲芝说："我认为，最重要、最关键的问题，就是发展问题。我们居委会已经从无到有了，下一步是要从小到大，从弱到强。把已有的业务巩固，还要发展运输、商贸，与国有企业竞争。"

张师傅情不自禁地点了点头，做个手势请她到台下去。随后，魏莲芝和袁明华一起下台。

刘昌学上台，宣布可以开始选举，并请出杨辰愿主持。自己退到侧面。

杨辰愿上台，再次强调了选举规则和注意事项，然后请计票人、监票人就位。居委会读中学的男女学生一共二十人分别在两个过道给居民们发钢笔，并且嘱咐画完后交还。

“投票马上开始了，先强调一下，画票以后，就投到前面的票箱，再回到自己的座位，等待公布统计结果。工作人员和计票人员、监票人员请做好相应工作，维护好秩序。好，注意了，注意了，请大家检验票箱。请工作人举起票箱，看正面，再看反面，有没有疑问？大家看清楚了，票箱符合规定。注意了，请大家做好准备，投票开始！”

画好票的人交还钢笔就上前投票，学生们接过钢笔转交给了其他人。

投票完毕。

很快，计票人、监票人就位。验证票箱后，宣布开箱，然后分摊子计票。

“各位街坊，现在工作人员正在紧张计票，马上就可以公布结果，大家可以在附近休息一会儿。”

趁着休息的时间，有的居民回家去了。

二十五分钟以后，统计结果出来，李家平和黄婆一道将结果交给杨辰愿，杨辰愿请何定香上台，将统计结果递给她，请她宣布。

“请各位安静，马上回到自己的座位。选举结果马上揭晓。”

会场安静下来，座位空出许多。

何定香宣布选举结果：“各位，今天选举结果出来了。本居委会实有居民四百六十八户，今天到会四百六十六户，符合选举规定；今天发出选票四百六十六张，收回选票四百六十五张，符合选举要求；四百六十五张选票中，空白票一张，涂改票两张，多选票四张，这三种选票都是无效票，一共七张，实际有效票四百五十八张。得票情况如下：尚大强一百二十六票，丁志芳一百二十九票，魏莲芝二百零三票。”

“不！不行。一个女人当不了主任。”丁振山大喊。

“都没过半数，不算，不算。”尚大强喊。

会场上出现混乱，因为担心出现意外，刘昌学马上请张继安出面维持秩序。张师傅上台，拿起扩音话筒：“各位街坊，请大家冷静一下。刚才定香妹子宣布的是选举的结果，至于魏莲芝能不能成为居委会主任，这回选举算不算数，都没有决定。丁振山和尚大强你们都不要起哄，其他人不要瞎闹，街里街坊，别伤和气。好，可以散会了。从后面开始往外走，前面先不动，不要搞乱了。注意安全，注意安全。”

大家安静下来，听从安排，从后排开始一排一排退场。

脸上布满乌云的刘昌学，将筹备组的几个人拢到一起，说：“工作我没有做好，该我检讨。居委会不能乱，拜托你们先管理一段时间。”他被安排到党校学习，明天早上就要去报到，还得向区委汇报今天的选举情况，然后做学习前的准备，就先走了。

领导小组的杨辰愿、何定香、黄子姑、丁振邦、张继安聚拢过来，坐下了。选举搞砸了，众人心情都不好。丁振邦说：“过半数的主意是我出的，没想到是这个结果。我也该检讨。”

黄子姑说：“现在的关键是居委会的事情要有人管哪，已经有混乱的苗头了，有人想浑水摸鱼。我们必须推举信得过的人出来管事，稳定局面。”

“谁都休想再浑水摸鱼，还有党组织咧。”何定香说，“老杨，我和你明天去向区委请示，改选居委会党支部，党支部要把居委会的工作担起来。”

杨辰愿点头，说道：“改选还得几天呀，这几天总得有人管事啊。”

黄婆说：“居委会是我们自己的，我要是有文化，就来管居委会了。振邦，你就出个头吧。”

丁振邦激动地站起来：“好，我来代理居委会主任，请大家支持我。”

何定香说：“我坚决支持你。”

大家都说支持。

丁振邦又说：“话说到前面，我是免费的。”

黄婆说：“我也希望你派一份差给我。领工钱，就怕别人说闲话。”

张师傅说：“我也算一个，免费的。”

丁振邦说：“好哇，我们这几个老家伙就给新的主任打下一个好基础吧。”

扎眼的泳装 •

刘昌学不断做老师们的工作，大家最终打消了顾虑，投入《东方红》的排练中。

就在这天，方俊的母亲将曲谱悉数寄来，刘昌学如获至宝，马上召集学校老师开会，分配曲谱。

老师们拿到曲谱，才发现全是五线谱，顿时傻眼了。有两个老师认识五线谱，主动提出将五线谱改编为简谱。刘昌学表扬了这两位老师，随后动员方俊参与改编。

一连半个月，方俊天天晚饭后和刘昌学在学校碰面，先打一场乒乓球，然后到音乐教室和那两位老师改编乐谱。丁俊敏和张红老师办公完毕后，就来改编。每天十二点收工，刘昌学送方俊回医院。两人在夜幕中漫步，似乎别有情趣。刘昌学三步一停，两步一站，彼此的话儿说不完。走五步，退一步，时间像橡皮筋一样被拉长。

夏天的西流河河道变宽了，河水却变得浑浊，一些水草和动物的尸体在河道里漂浮着。方俊意识到，这样有可能引发瘟疫。她通过于实院长向区公所提出建议，清理河道里的垃圾、杂物，尤其是死去的动物，如死鱼、死鸡、死鸭、死狗、死猫，防止瘟疫发生。区公所给予高度重视，立即投入人力物力清理、消毒。各家也得到通知，河水必须澄清后再饮用，免得生病。

汛期很快就过去了，西流河恢复了夏天的热闹。河道变成了一个大澡堂，老的少的、不同年龄段的男性在太阳落山的时候，就都下到河里了，开始了嬉戏、游泳。小孩子们都是一丝不挂，大人们上身赤膊，下身只穿一条大裤衩。这里成了男人的天下，无所顾忌。

自西流河大桥修建以后，桥边的码头成为游泳中心，同乐闸口近年来年年有人淹死，原来集中在闸口游泳的人就转移到了这里。方俊发现了这块消暑的地方，就想来释放压力。她邀约女同事，女同事们不停摇头，一副避瘟神似的神情。她就邀男同事，男同事有那个心却没那个胆，和这位标新立异的“洋小姐”别说一道在河里玩水，就是穿得整整齐齐一起逛大街，也会被人指指点点、说三道四。和她一起游泳，家人怎么看，外人怎么说？就拒绝了方俊。方俊觉得他们小题大做，反倒坚定了她挑战偏见的信心。她坚信，西流河世俗的藩篱绝对阻拦不住时代的脚步。

方俊穿着白大褂，提着皮革提包，来到了西流河桥头。桥头边是宣统年间建造的祈福台，庙宇式建筑，里面有几尊彩釉菩萨，还有功德箱，方俊观察一会儿，觉得不合适在里面更衣，就到了船码头边上的女厕所换了衣服。

船码头是用水泥修成的，从上至下将近百米。

方俊在河岸站了一会儿，提着包包径直往下走，引得许多目光聚焦。这里是男人的天下，有哪个女人来过？现在居然来了一个大城市的“洋”姑娘。大家的目光都跟着她移动。

“唉唉唉，你看！”

“莫瞎嚷，哪个没有看见，乱打岔儿。”

顷刻之间，几乎所有的人都停止了游泳，看电影似的看着她。

在人们惊讶的目光之中，方俊脱去了白大褂，里面的连体泳衣显露出来。人们注视她那稀奇的穿着。露肉的手臂，修长的大腿，白生生的，仿佛羊脂白玉。眼馋的男人们从来没有见过，看得脸热心跳，恨不得把那当作莲藕、白萝卜给吃掉。

她将脱下的白大褂放进包里，拿出了泳帽、眼镜，然后戴上。放好了提包，活动了几下身体，就下水了。宛如蛟龙入水，游刃有余，纵身一跃，双手汇集一处，朝前窜去，那些看热闹的人们眼珠子都差点掉了出来。方俊一会儿就换成了蛙泳姿势，笔直地朝大桥那儿游去。几个好事青年跟在后面撵，逐渐被她甩远。这里一直以来都是狗爬式的游泳，只有柳德旺读大学时，回到西流河游的是蛙泳，引得好多人看稀奇。这次看到方俊的蝶泳与蛙泳姿势，才明白城市里的游泳和西流河的游泳完全两样。

“呃，啧啧，一个姑娘也会玩水，还玩得这么好，大城市的姑娘真是不同啊。”

“再玩得好又能怎样呢？看她那样子，一点都不晓得怕羞，哪个男人敢要啊。”

“真是的，看戏流眼泪，替古人担忧。不管怎样，脸面摆在那儿，总有人喜欢，不愁嫁不出去！”

“呃，快看快看，转来了。游得好快啊，就像在地上跑！”

方俊保持蝶泳姿态游到码头停下，喘了一口气，看了一眼岸上的提包，就朝河对岸游过去。

方俊下河游泳的特大新闻如带着翅膀沿着西流河四处传播，添枝加叶之后，方俊成为骚情的女流氓。

许多男人都想见识一下漂亮的女流氓，问她明天还会不会去。

周边大队的知青，听到一些愚昧的议论很是好笑。他们解释：那是专门的游泳衣，连体的，在武汉游泳都是那样穿，还有只穿三角裤、戴胸罩的呢。

好事的人就挑逗女知青，你们也敢像她一样？

“有什么不敢的？”

她们说话算数，此后三天，曙光的、西南的、大口的、许中的女知青约在一起，收工后到西流河里游泳。能到河里凉快，她们好不高兴。男知青也来助威。有了同伴，方俊非常高兴，杨明、赵丽芬、张凤琴，还有李海涛、万源，方俊在文工团就见过，再次相见更觉亲切。她们一起潜水，一起嬉戏，站在大桥下的河道里唱歌，觉得别有情趣。

太阳尚未落山，绛红色的光芒在微波上荡漾。

西流河大桥桥头边的码头岸边聚集了数不清的人，多是各单位下班了的职工，也有附近的居民和农民，就为一睹方俊和那些女知青的风采，找各种借口来到了这里。

女知青们下到河道，河道里的人像雨后春笋般冒了出来，就是一些不会游泳的也下到水里，就想近距离真真切切地看看她们。

太阳渐渐沉下，落日的光辉闪耀在天际，洒落在河道里，从岸上看去，粼粼闪闪。

方俊今天因为下班晚点，到码头来就比平时晚了一些。赵丽芬等在岸边，见到方俊老远就打招呼。方俊从提包里拿出了汽水递给赵丽芬，赵丽芬想喝，喊道没有起子啊。方俊笑笑，从提包里拿出了起子递给她，赵丽芬撬开瓶盖一饮而尽。方俊脱去白大褂后，露出了前凸后翘的身材，她下身只穿了一条三角裤，上身是胸罩。顷刻间，岸上的人们、河道里的人们目光全都倾注到方俊的身上，站在高坡处的人们不约而同往河坡下面拥去。

赵丽芬惊讶："你就这样穿？"

"不好吗？这样，女性的特征就能凸显。"方俊边说话，一边转了一个圈。方俊的身材前凸后翘，就像她的个性一样，十分自信。

"舆论能杀人呢。"

"我不怕。身正不怕影子歪，我才不在乎别人怎么看、怎样说呢。"

"嗨，你呀，和我们毕竟不同。"赵丽芬说，"应该无所谓。"

"什么不同？认识不同罢了。"

"你有铁饭碗，我们天天为衣食发愁呀。"

方俊明白过来，冲她笑了笑。

岸边、河道里都发生了骚动。她们一同下水了。

刚刚赶到的刘昌学，看到方俊穿得那么暴露，十分惊讶，心里不禁隐隐作痛。他慌忙下到河岸，急忙脱掉衣服。他想追上方俊，提醒她几句。他听到了太多的议论与传言，原来似信非信。现在亲眼看见，不得不认为方俊确实出格。

方俊她们走进河里，先到的知青就聚拢过来热情招呼。李海涛赞美："方医生，你今天更美了，多好的曲线啊，可惜我没带相机。"

建国麻子偷看了方俊几眼，仙女一般的方俊让他嫉恨。他对同伴说："真有比画上还好看的姑娘，我抱一下，死了都值得。"建国麻子爱喝酒，一喝酒就脸红，很多人见到就害怕。他一直找不到老婆，因而，他总没有一个好心情。

同伴担心知青们听到了惹麻烦，就用胳膊蹭他。

建国麻子倒似英雄好汉般说道："有什么好怕的？她露肚皮让大家看，还怕别人说？"

李海涛接话："喂，你说谁啊？"

建国麻子梗着脖子瞪着眼睛说道："我想说哪个就说哪个，你管得着？”

李海涛要和他理论，方俊拦住了：“嘴长在别人身上呢，别人想怎么说，就由别人去吧，值得生气吗？”

李海涛非常不服地剜了建国麻子一眼，就跟着方俊她们一起开始了游水，一口气游到了大桥下面与另外几个知青会合了。

张凤琴今天心情特好，抱着桥墩唱起《让我们荡起双桨》，甜美的歌声打开了美好的记忆，仿佛让人回到快乐的童年。

赵丽芬感慨道：“不长大多好呀。”

方俊说：“你呀，感慨、忧愁太多。我劝你呀，还是多给自己寻找一些快乐吧。”

万源说：“方大夫，跟你在一起就快乐。”

“我要谢谢你们。”方俊说，“我们都是武汉的，只有你们最能理解我。要不然，我这怪物就有可能被世俗的口水淹死。”

杨明问：“你喜欢音乐吗？”

方俊答：“喜欢。嗓子不太好，但也能唱；舞蹈只是小时候的一点功底，小提琴还说得过去。”

杨明说：“太好了，我们知青里面的文艺骨干有许多，到时候我们聚聚。”

“好啊。”方俊说，“可以把乐器带来，上岸后就到大桥上去吹拉弹唱。”

“好，就这么说定了。”

“后天就开始。”

“后天开始。”

这时候，刘昌学游了过来，扬起一只手与他们打招呼，然后抱着桥墩歇会儿。方俊热情地朝他靠拢过去，附近的知青察觉出一点意味，说笑中知趣地游到了桥墩的另一边。

刘昌学去仙桃开了两天会，两天没见，他们彼此都有一些思念。方俊笑得十分甜美，问道，“难道开会时也在想我？”

“当然。”刘昌学话锋突转，“今天你的装束别具一格啊。”

“你也意外，对吧？看不惯吧？”

刘昌学直言不讳道：“这毕竟是在西流河嘛。你想想，连我这个接受过正规教育的人，都觉得扎眼，其他人会怎么看怎么想？”

“我才不管呢。刘副区长，谢谢你的坦诚。我以前就说过，也许你会失望。不过，对不起，我不准备改变，但我希望你能改变。”

刘昌学被噎住了，是自己少见多怪吗？他做了一个手势，表示停止争辩。

他们一起游向码头，在半道，遇到了建国麻子他们。建国麻子故意挡在他们前面横着游，左右摇摆，不时回头瞅他们一眼，然后怪笑，得意洋洋。李海涛这回忍不住了，说要把他拖到河底喝水。

方俊劝他不要和这种人一般见识。

他们绕道而行。

“啊，救命，救命啊。”建国麻子的同伴惊呼。

他们转回头看时，发现建国麻子同伴的旁边，有人伸着两只手在胡乱抓，头发在水面起伏着。他们明白，建国麻子出意外了。建国麻子周围的两人，正在靠拢。看到他们没水的方位，方俊就判断那些人缺乏救护经验，潜入水底后搞不好可能被建国麻子拖住，双方都会没命。方俊就提醒大家只能进行背面营救。

李海涛说：“那个家伙死了活该。”

已经游了一截的方俊，扭头说：“人命关天啊。”

李海涛迟疑了一会儿，就跟上了。

方俊又说：“记得呀，在后背揪头发、抱腰、拖脚，出了水面大家就一起来帮忙。”

果然不出方俊他们所料，那三个人被建国麻子纠缠住不放。刘昌学过来解围，救出了别人，自己却被建国麻子抱住了颈脖，难以脱身。正在难解难分之际，方俊他们齐心协力将他们都托出来水面，众人抓头发、拉手、推脚，将建国麻子和刘昌学分开后送到了岸上。刘昌学没有大碍，建国麻子已经休克。方俊采取了一些救护措施，建国麻子吐出一些水，人却昏迷着。方俊让建国麻子平躺地上，半跪在他身边做了心脏复苏按摩，然后进行人工呼吸。

围观的人群骚动了，挤在最前面的人顶不住了，高喊："别再挤啊，再挤就要出人命的啊。"

好事的人嫉妒而又羡慕，一起呼喊："建国麻子，建国麻子，建国麻子。"

建国麻子醒来了，看到了穿着泳衣的方俊面对着自己，吓了一跳，愣了一会儿神，方俊的身体挪开之后，他翻身爬了起来，朝坡上爬去，摔了一跤后，爬起再跑。方俊也站起来，与知青们打过招呼，拎起提包走了。

站在原地的那些人还在回忆方俊刚才救护建国麻子的情景，好几个人在说，建国麻子比西流河的哪一个男人活得都值。有人叹息，自己怎么就没碰到这等好事呀！

第二天，建国麻子和母亲写了感谢信，提着鸡蛋、排骨，到医院找方俊道谢。

见到方俊，建国麻子惭愧地跪下，千恩万谢。方俊让他站起，说救人性命是我的本职，不值一提。礼品，方俊无论如何不收，建国麻子放下就闪身跑开了。方俊拿过提篮，交到建国麻子母亲的手里，说："我在吃食堂，留下来我没有地方弄，我也不会弄。您拿回去吧，免得浪费。"

回家路上，母亲多次嘱咐建国，记得这个好人，记得报恩啊。

歌声飞扬 •

西流河大桥成了周边武汉知青的度夏胜地，他们在大桥上吹拉弹唱，激动起来还跳上几曲。

方俊给知青中的几个歌唱骨干分工，让他们分别学会《东方红》里的一首歌曲，在大桥聚会演唱。她的目的就为积累经验，然后提供给学校。

李海涛问："有奖赏吗？"

赵凤芬打趣："想要方医生请你喝酒吧？"

"这样吧，到时候，我即兴伴舞。"

"好呀，好呀。"张凤琴附和，"我给方医生做伴。"

赵凤芬说："我也算一个。"

那些知青果然不负厚望，几天工夫，《红军战士想念毛主席》《情深谊长》《过雪山草地》《赞歌》《毛主席，祝你万寿无疆》，这些《东方红》里面的歌曲几乎人人都会唱了，不久就在西流河小学、西流河街道流行起来。

知青的聚会，引起周边的少年关注，他们远远地倾听、观看。他们佩服、羡慕这些能歌善舞、能说会道的知青。他们热爱自己的家乡，更向往外面的世界，也想有一身的本领去实现抱负。他们不只是为了来欣赏方俊的美丽，欣赏知青的气质，也不只是来感受武汉知青的热情与奔放，他们在用心体味城市与乡镇的差异，思索着当下与未来……

万源演唱《赞歌》，方俊、张凤琴伴舞，赢得一阵阵喝彩。

赵凤芬唱完《情深谊长》，大家嚷着要方医生表演小提琴独奏。方俊甩开了如瀑的秀发，奏响了小提琴。琴声朦胧、温和可亲，旋律柔和又忧伤，一种思念的情愫宛转地表露出来。琴声让人感受到了希冀。不久，柔和忧伤的旋律改换成为激昂高亢的旋律，显然，迷茫的思索、落寞的痛楚之后，就像黑夜里见到了亮光，让人激动、兴奋。接下来，节奏一步步加快，起伏跌宕的旋律，表达了明朗的情绪，继而琴弦慢慢柔和，仿佛沉浸在对家乡美好的甜蜜回忆之中。最后，音高拔起，节奏从舒缓走向明快，明亮、辽远的高音区，更是显现出深沉与浪漫，更是让人荡气回肠。乐曲结束在一个不协调的和弦上，曲终意犹未尽，无尽的相思理不清、剪不断，才下眉头却上心头。

这首《思乡曲》又赢得了热烈的掌声。

方俊有了知音的感觉，很高兴。

万源不由自主地朗诵了李白的《静夜思》。

床前明月光，
疑是地上霜。
举头望明月，
低头思故乡。

一字一句，饱含深情，倾诉着内心感受。

杨明接着朗诵。

君问归期未有期，
巴山夜雨涨秋池。
何当共剪西窗烛，
却话巴山夜雨时。

她们遥望着夜空，遥望着远方，思念着家乡。

李海涛唱起了自编的歌曲《此生心愿》。

从武汉到沔阳，
路途不算遥远，
可是，回到我武汉的家乡，
每次要走过三百六十五天。

从武汉到沔阳，
路途并不遥远，
可是，要想吃一碗热干面，
也只能等到春节回家过年。

我爱我的武汉啊，
武汉有我的家，
站在沔阳的田头，
踮起脚尖望穿双眼。

我想我的父母啊，
天天梦里喊妈妈，
想起日夜思念的武汉啊，
模糊了视线无以再言。

从武汉到沔阳，
路途越来越远，
思乡的游子想妈妈，
期盼仿佛燃烧的烈焰。

从武汉到沔阳，
路途越来越远，
漂泊的孩子归故乡，
此生是我唯一的心愿。

这个熟悉的曲调，发自内心的词句，下放的知青人人会唱。李海涛低沉舒缓地唱出两句之后，大家都跟着唱了起来，不知不觉落下了眼泪。

刘昌学正好赶来遇到这个场面，对他们说：“各位的心情我能理解，我只是希望你们从悲观情绪中走出来，在不久的将来，爱上西流河。”

“对，我们不能忧伤。”方俊说，“适应这里的生活，做自豪的西流河人吧。”

行使主任职权 •

居委会党支部改选，魏莲芝当选为党支部书记。

区公所通知居委会，11 月份，重新推举主任候选人。

魏书记走马上任。丁振邦提出希望党支部予以协助。区委、区公所同意了丁振邦的要求，安排魏莲芝当半脱产的党支部书记，协助临时主任工作。

名义上魏莲芝协助丁振邦，实际上在前台行使主任职权。尚大强听到这个消息后如坐针毡。他清楚，魏莲芝成为实权派之后威信会更加提高，11 月份，必然当选。他要坚决打压。

县委和人委连续收到三封匿名告状信。告状信检举西流河居委会压制民主，好人受气，坏人当道，已经被一帮六七十岁的老人控制。写信人说他代表的是一批正义的居民，强烈要求县委和县人委主持公道，纠正错误，让居委会重新选举，选出一个出身好、能力强、作风硬的好同志担负重任，使西流河居委会更好发展。

欧阳正民知道了此事，气得捶桌子，骂写匿名信的人睁着眼睛说瞎话，颠倒黑白。然后把刘昌学喊到了办公室，吩咐他将选举的实情写成文字材料汇报上去，以正视听。

刘昌学接受了任务。

欧阳书记突然想到了丁振邦，为丁振邦和那几位老人鸣不平。刘昌学也有同感。他们认为，在丁振邦管理的这段时间，居委会人心稳定，原有的工作有条不紊，又新购买了五台压面机加工面条，解决了十多人就业，也方便了广大群众，应该充分肯定老丁的工作成效。刘昌学提议，去找丁老先生谈谈，免得他突然听到消息，接受不了。

二人一起到了居委会。他们也没有料到，丁振邦是那么大气，淡然一笑，说此事不足挂齿。只是要求区委尽快确定主任的人选，以便他早日交出权力。

县人委派出小孟、老马到西流河调查。

消息不胫而走，你传我，我传他。最关心此事的还是居民们，在一起干活，免不了要说到告状的事情，说得有鼻子有眼睛，闹得人心惶惶。

丁振邦遭到家人和族人的埋怨。外人告状他不怕，家人和族人埋怨，他就觉得委屈，坐下来就唉声叹气。被调查说明什么，说明县人委相信告状的人。明摆着的事情，打个电话问问区政府不就清楚了？他心里很不舒服，立即辞去了临时主任职务。黄婆、张师傅更不好受，不拿报酬做事，不落好也就算了，倒落下一身的不是，与街坊们评了一阵理，赌气说再也不管居委会的事情了。居委会的担子全都落到魏莲芝的肩上。

调查人员先查看了居委会这一段时间的账目，然后找人谈话。第一个找的是魏莲芝，让她说说自己的委屈。

魏莲芝摸不着头脑，不知道他们想了解什么。

“你不是写信向县委反映过吗？”

“从哪里说起啊。我没反映啊。”

“区公所不让你当主任，选举不公正呀。”

“不是那样。我得票最多，但没有过半数，就当不成。居委会选举前就定了规则。”魏莲芝说，接着介绍了详细情况。

丁振山主动去找调查组，介绍了跟丁振邦的关系，他说：“我大哥是民主人士，不是坏人，你们要主持公道啊。”

老马说：“别人的说法不等于组织的结论。该怎么办，不用你操心。”

讨了没趣，丁振山又不好发作，就闷闷走了，心里很不舒服，就像吃了苍蝇，一路上只管低着头走路，熟人打招呼只是嗯一声。

是谁告状的呢？怀疑的舆论引向魏莲芝，就有人开始对她吐唾沫了。

丁振山也认定是魏莲芝在捣鬼。他来到办公楼，上楼喊叫要魏莲芝到一楼当着大家的面评理。看他眼睛在喷火，一副要吃人的样子，孔春芳她们做掩护，想让魏莲芝躲避一下。魏莲芝心想，是祸躲不过，不如当面把话说清楚。就随丁振山到了一楼。刚站定，丁振山就骂开了：“臭婆娘，你昧着良心告黑状，把脏水往我大哥身上泼，我跟你说，我大哥气出个三长两短，我就把你的儿子掐死！”

他那嚣张的气焰无人可挡，围拢的街坊就劝他有话好好说，莫发火。住刭背的姜桂琴故意站在他跟前往别的话题上扯，想分散他的注意力，让他消消气。

魏莲芝扒开挡在他面前的好心街坊，上前一步说：“振山哥，你骂够了没有？”

“我骂你，算是客气的，我恨不得把你的手爪子剁掉。”

“要剁我的手？无非怀疑我写了告状信，对吧？”魏莲芝十分镇静，大声说，“你冷静想想好不好，我为什么要告状，我告了能得到什么好处？我已经是居委会党支部书记，名正言顺的一把手，我还有什么不满？就算选出新主任，也在我书记的领导之下，我疯了，去告状？”

“你只怕现在心虚了，害怕了吧。”丁振山说，“不是你是谁？”他说话时，猛然意识到怀疑魏莲芝没有道理，声音逐渐小了。

“谁告状，我不清楚。我只晓得敢做不敢当的家伙白披了一张人皮。我也可以告诉你，作为居民，我感激你大哥，他这段时间，把居委会管理得井井有条。”

“你这话算是有点良心。我大哥怎么出来管事的，好多人都晓得来龙去脉，不能被诬蔑吧。”

“我晓得，居委会的街坊心里都有数，调查组也调查了，大家都说了实话。”魏莲芝说，“振山哥，好花自然香。好人说不坏，坏人说不好。事实摆在那儿，黑白能颠倒？”

曾先生也出来说话：“那告状的人，肯定是小人，不敢见阳光。用心很清楚，无非是想叫魏莲芝背黑锅，他好得渔翁之利。振山啊，你莫上当啊。”

丁振山觉得有理，摸摸脑袋，跟魏莲芝说了句“对不起”，就回家去了。

到底是谁在搞鬼呢？这一段时间，此事成为人们茶余饭后的话题。人们痛恨那个家伙，诅咒那个家伙。居委会刚刚恢复的良好秩序又遭破坏，大家痛心哪。

魏莲芝由于太劳累，小产了。居委会开始动荡了。每天只有孔春芳派活、核算，还是一丝不苟。会计金美云到各单位结算，各个单位都提意见了。金会计赔笑脸，请求谅解，意见带回来，不知道向谁反映。区政府知道了居委会的状况，安排刘昌学临时代管。

坊间开始流传起一个呼声，再选居委会主任。源头从哪里开始，说不清楚。倒是尚大强理直气壮：“这个事值得深究吗？居委会本来就不该乱下去啊，就该有个主任。”这个说法，赢得了一些人的赞同，要求主任马上到位的呼声又响动起来，大家都不想居委会动荡啊。

小冯和老马结束了调查。到西流河调查、谈话，居民们都是在为丁振邦他们鸣不平，替欧阳书记、刘昌学歌功颂德，事情真相已经很明了了。

居民因为活计安排不畅，影响到生活，怨气不小。魏莲芝休息半月后，主动找到区领导，她说主任事务目前如果没有人做，她就来做，一直等到新主任上任，她保证尽心尽力做好。区公所同意了。

以书记身份做主任的工作，似乎有点名不正言不顺，但她顾及不了那么多，一心扑到了工作中。她挨家挨户上门做工作，稳定了大家的情绪。请出那几位有威望的老人相助，走访了各个单位，得到了谅解，局面很快就打开了。

• 冲突

西流河小学校风好，环境也优雅。学校有四排教室，分为左右两边排列。每个墙头都有巨幅的宣传画，都是学校老师业余时间的作品。中间是宽敞的过道，过道两边栽有松杉和冬青。前两排一边有五间教室；第三排一边有三间教室。左边的三间教室连着教师的办公室，办公室有两间教室那么大的面积。右边的三间教室连着图书阅览室和美术室。前三排教室东西两个墙头都放有乒乓球台，一边是水泥台子，一边是实木台子。第四排教室旁边是教师的宿舍、食堂、乒乓球室和舞蹈室。第一、二排教室的前面都是大操场。靠东头的一边就是学校的礼仪台，每日升降国旗。二、三、四排教室的间距里有葡萄架、喷泉、花圃、三个水泥乒乓球台。

丁俊敏老师的身影出现在五年级一班的教室门口，学生们立即就安静了。

她身材娇小、容貌美丽，担任着副校长的职务，并兼任五年级一班的班主任。

丁老师今天要贯彻西流河小学的五年规划。这个五年规划经县教育局审查，刚刚批复下来。丁老师告诉同学们，刘昌学副区长主动要求兼任校长，就是想通过教育逐渐改变西流河的面貌，他认为学生的教育要从基础抓起，德智体美劳全面发展，便制定了五年发展规划，总体目标是让西流河小学进入沔阳县红旗小学行列。

接着，丁老师给同学们宣讲了规划的具体内容：

一、有五名教师评为县级先进。

二、十至十五名学生评为县级三好学生，十五至二十五名学生获得县级优秀荣誉称号。

三、篮球队、乒乓球队获得区级第一名，县级前三名。获得五项球类冠军。

四、其他体育项目有五个单项冠军，十人进入前三名。

五、文艺汇演力争学校进入全县前三名。每年有学生个人进入前八名，至少取得一次季军以上的荣誉。

六、每年保证有八名学生考取全日制初中，六名学生考取农中。其中，考取县一中或荆州三中的学生，力争达到每年一名。

丁老师的话同学们一知半解，但不敢乱问。丁老师话锋一转，开始给同学们讲道理："五年级学生，包含在这五年规划之内，要为学校和班级赢得荣誉，每个同学都应该有夺取第一的决心和行动，做德智体美劳全面发展的好学生。"丁老师开始表彰优秀学生：三好学生欧阳思友、何正清、吴友林；作文竞赛一等奖获得者刘昌兵、金红霞；长跑冠军徐满堂……全班的同学几乎人人受到表扬，个个喜笑颜开。

丁老师说："只要同学们顽强努力，就一定能够获得更多荣誉，登上学校的光荣榜。"略停顿一下，丁老师继续讲，落实五年规划，首先要做好两件事。一个是《东方红》的演出。她要求被挑选进《东方红》

剧组的全体同学，克服一切困难，做好排练与演出工作。金红霞举手，丁老师让她发言。她表示一定积极参加演出，也希望老师多安排节目。老师表扬了她。剧组的其他同学一个接一个举手，表达了演好节目的决心。丁老师很高兴，并提了几点具体要求后，说到第二点，积极参加全区小学生运动会。

上学期，西流河小学举行了一次运动会。在年级段，欧阳思友、刘昌兵夺得了乒乓球双打冠军，何正来夺得跳高冠军，徐满堂夺得长跑冠军，王文远获得跳远冠军。还有李家春得到了长跑亚军；罗骏同学获得一百米短跑季军。班级夺到了拔河比赛的第一名、接力赛跑第一名。在整个五年级组，比赛成绩最好，得到了最佳组织奖。

“同学们，成绩面前我们能够骄傲吗？”丁老师问。

“不能！”

“对，我们不能骄傲，还要再接再厉。”丁老师给同学们传递了一个消息，西流河区文教辅导组决定在10月16号举行小学生乒乓球选拔赛，分为高年级段和中低年级段。

欧阳思友举手。丁老师让他发言。他要求参加乒乓球赛，表示一定夺得冠军。

丁老师让他坐下，说道：“欧阳同学的想法很好。我们班级有资格，也有条件参加。从今天到比赛只有二十一天，所以，选派的选手应该加倍努力，刻苦训练，争取取得好成绩。这是五年规划的第一次比赛，希望参赛的同学一鼓作气夺取冠军。”

“报告，我要参加。”何正清站起来说。

“报告，我也要参加。”别丽萍站起来说。

“很好。”丁老师边说边用手势示意他们坐下，接着做出了安排：刘昌兵、欧阳思友、丁子明、何正清、何正来、李家亮、别丽萍、王翠莲、金红霞、孔国华组成乒乓球训练队，何正清担任训练队队长，分为男女两个小组。

乒乓球队的同学兴高采烈地出了教室，有的蹦跳，有的奔跑，大家都喜气洋洋。他们都拿着木球拍，那是何秉章做的，送给了他们班级。当时，与丁俊敏老师要好的张红老师曾开过玩笑说："何秉章送球拍，爱屋及乌。"丁俊敏脸涨红了，让张红再不要乱说。提起这层关系，丁俊敏心里隐隐作痛，她爱何秉章，也曾表白过。可是，他总说不合适。他们就保持着兄妹一般的友情。

非球队的同学也拿着球拍出了教室。球拍也是木头的，只是形状和木质远远不如球队队员的。个别同学的球拍，还是棺材板子砍成的。他们对着墙打，也有同学一个人对着天上打，还有两个同学空台对打。

就要到球台了，欧阳思友想起书包里有哥哥送的新球拍，就让刘昌兵等一下，说马上把带胶皮的新球拍拿来。他要刘昌兵等着，是怕刘昌兵跟其他同学去打，他没有合适的对手，打不过瘾。刘昌兵不愿意原地不动，就跟着欧阳往回走。看到刋沟杨姓的几位同学和庞三平在教室走道上闲扯，就弯了几步路。以前他们经常在一起玩，稍有摩擦也很快化解，然而，这次居委会选举后，刋沟的一帮同学跟他们分裂了，见到他们总是横眉怒目。刋沟的同学放出话来，说何定香、刘昌学偏向魏莲芝，打击他们杨家的姑爷尚大强，明显是在欺负人。他们要坚决抗争。庞三平虽然是磨盘洲的，但从来就跟这边的同学不合群。他手脚一直不干净，家长们都怕孩子们跟着学坏，不准自家的孩子与他多打交道。这回出现了区域阵营，庞三平就借机往刋沟那边贴。刋沟的势力本来就不大，为了壮威就接纳了他。庞三平甘愿听从杨家几个同学的差遣，还自得其乐。

看到欧阳思友和刘昌兵他们兴高采烈，庞三平为了讨好杨家人，小声说："你看那个'避孕套'，跟'撒尿泡'好配套啊。"

杨子方觉得他说得形象，竖起大拇指在他面前晃了晃，就拍着巴掌喊叫“避孕套”“撒尿泡”。庞三平做着怪模怪样的动作，在旁边助威。

“避孕套”是刘昌兵的绰号。刘昌兵刚上小学那年，只有七岁。读二年级的庞三平过了十岁，已经是个胆大包天的小偷了。去过仙桃，到过汉口，都是警察送回来的。一次，他带回了五颜六色的气球，在孩子们面前显摆，让大家羡慕死了。庞三平就是不给刘昌兵玩，刘昌兵生气了，就说我家里也有气球。马上跑回家，拿出了一个避孕套吹成了一个大球用绳子系着往天上飘，跟同伴们一起玩得可开心了。见多识广的庞三平也没有见过这样的气球，就要看个究竟，刘昌兵不让。他嘚瑟起来，居然拿到学校去，被堂哥刘昌学发现后制止。由此，就落下了“避孕套”的诨号。

快到教室门口，刘昌兵对欧阳说自己就在外头等着，然后就那么不卑不亢地看着杨子方他们。他要让他们明白，不理睬他们，不是怕他们，而是在让着他们。

欧阳拿到了球拍就跑了出来，递给了刘昌兵一只，一并朝乒乓球球台走去。刘昌兵边走边看球拍，左看右看都觉得好，很是喜欢，情不自禁地喊起来：“欧阳，有这独一无二的球拍，我们肯定所向无敌！”

“哟，哟，冏得不得了，只怕屎尿都要屙到裤子里了哟。”庞三平他们跟在旁边，阴阳怪气地说。

一旁的杨子方接腔：“别个有后台，还有人护，所以就敢吹牛屄，反正不交税嘛。”

刘昌学明白他们直接对准了自己，很是生气，站住了，打算跟他们理论一番。

欧阳思友的胳膊拐了他一下，让他不要理睬。

庞三平说：“是啊，赶快走，不然尿就屙到裤子里啰！”

他们都明白，这是在讥笑欧阳思友。刘昌兵按捺不住，侧头便对庞三平吼：“三只手，警告你呀，再乱嚼舌根子小心撕烂你的嘴。”

庞三平经常小偷小摸，被他父亲打过多次，在学校也检讨过几回。他不怕丑，但是，听到别人喊诨名，心里蛮不舒服。庞三平回嘴：“‘撒尿泡’都不生气，你倒是皇帝不急太监急。”

“撒尿泡”是欧阳的绰号。他小时候身体不好，每天尿床，一直到现在，稍不注意也要犯老毛病。

欧阳思友被戳了痛处，很恼火地反驳道：“庞三平，我撒尿泡总比你做小偷好。”他两手都握成了拳头，手心里沁出了汗。

“是啊，一把手、二把手都让你屋里包了，我就只能做三把手啊。”欧阳的父亲抗战受伤锯掉了一只胳膊，就剩一只手。二把手是说欧阳思友的妈妈何定香。从居委会成立开始，她一直处在二把手的位子，却不能脱产拿工资，还要抽出业余时间去解决一些鸡毛蒜皮的小事，于是就有了“二把手”的美称，意思是总是拉车别人坐。庞三平一知半解，拿来当作讥笑的口实了。

刘昌兵十分生气，骂道：“臭不要脸的王八蛋，真像一条疯狗。”扬起拳头，奔过去，跑了五步就停下了。他想起大哥刘昌学的警告，不能做任何违规乱纪的事情，只得气恼地站在了那儿，拳头还捏得嘎嘎作响。

杨子方来帮庞三平助威：“要就一对一，不兴打狗子架啊！”

“放你的臭屁，你不分青红皂白还像疯狗一样乱咬。”何正来过来了，骂完之后，叉腰站在那儿，一副不可侵犯的样子。

杨子凡跑了过来，咋呼道：“莫以为你们人多势众，我们杨家不怕你们。”

何正来接嘴：“好笑得很，搞你们几个还要人多势众？我揍不死你？”

“是啊，有丁俊敏给你撑腰，你的汗毛比我们的胳膊都粗。”杨子方说，“我们哪敢惹你呀。”

“有本事把话说清楚。”

“还要说呀，傻子都看得出来，丁俊敏一直都护着你们何家的人，还不是想嫁给何秉章。”庞三平说。

“放你的狗屁。”何正清也来了，“你说话要负责任啊，坏老师的名声，安的什么心？”

“晓得你们狠，西流河的几把手是你们那一边的，我们惹不起。”

已经气愤得说不出话来的欧阳思友，再也压不住心头的怒火，像一头发怒的狮子，朝杨子方猛扑过去，对准他的脑袋狠狠地揍了一拳，杨子方栽倒在地，欧阳思友趁势骑到了他的身上，用拳头表达着心中的愤恨。

就在欧阳思友冲向杨子方的同时，何正来、何正清都冲了过去，抓住了杨子凡、杨子新。刘昌兵迟疑片刻也冲了过去，揪住了庞三平。他们扭打着，在地上滚动着。不知是谁告知了何家的同学和杨家的同学，他们陆续朝这里拥来。磨盘洲何家的人以及何家的亲戚、刬沟杨家的人与杨家的亲戚先后也加入扭打的队伍中。操场上混乱一片，谩骂、吼叫、哭喊让人难以分辨。有同学拼命地喊：“莫打了，莫打了，老师来了。”就去拉扯他们，可是，这儿拉开了，那边还在打，那边拉开了，这边又重新打起来。

“住手，都住手！”闻讯赶来的丁老师严厉喝道。

“都住手！”随同丁老师一起来的老师们大喊。

打架的学生都松开了，互相不服气地瞪着眼睛。丁老师和其他班级的老师将各自的学生带到了自己的教室。丁老师将自己班级中参与打架斗殴的学生交由其他老师处理，把欧阳思友、何正清他们带进了办公室。几人站成一排，欧阳思友、刘昌兵有意与杨姓同学隔着两尺距离。

丁老师让他们各自说了情况。叙述时有出入，对方就插嘴，被丁老师制止。

了解了事情的来龙去脉，丁老师批评了庞三平有意挑衅，也批评了杨子凡和杨子方、庞三平故意侮辱人。“你们啊，真不懂事，欧阳书记是为了革命事业，为了中华民族，英勇负伤失去了一只胳膊，令我们心痛，也让我们敬佩，你们怎么能当作笑柄来嘲讽、攻击啊！”丁老师说着说着激动起来，让杨子方他们都把红领巾摘下来。他们心里都明白，摘下红领巾就代表是坏孩子，吓得哭了起来。丁老师就吼：“还哭？再哭我马上找你们的父母来，不然，你们不长记性。”他们就止住了哭声。丁老师让他们将脸转向了后面，叫他们好好想想，到底错在哪里，想好的先做检讨，再做检查，就让走了。就只剩下了欧阳思友，他始终噘着嘴，一声不吭。

丁老师坐下，对着欧阳思友说：“你呀，叫我怎么批评你？你是我们班级年纪最大的三个同学之一，也是最冲动的一个。动不动就打人，这是什么行为，你知道吗？他们是你的同学，不是日本鬼子，也不是敌人。”

“他们骂我爸爸！”

“你打人还有理了？”

欧阳思友梗着脖子，眼睛斜瞟。

丁俊敏不好再说什么，就让他站在那儿思考。她走出了办公室，她让欧阳思友冷静，也是让自己冷静，以便找到好办法解决这个事件。

欧阳思友在办公室站了一会儿，觉得累了，看看办公室没有一个老师，干脆坐到了丁老师的木靠背椅子上。一会儿，刘昌学进来了，就问他怎么坐到了老师的椅子上。欧阳思友站了起来，老老实实讲述了打架的事情。

刘昌学坐到了丁老师的位置上，说：“今天我要批评你，严肃批评你，你知道错了吗？好，你不说，就是认为自己做得对啰。对在哪里，你也可以说。不说？不说是不行的，你先想想，我们再谈，好不好？”

欧阳思友点头。刘昌学出了办公室去找别的老师谈事情去了。他打算在今天组织一场篮球赛，西流河小学对机械厂。他已经和机械厂谈好了。老师们没有意见，刘昌学就吩咐了人写海报，通知机械厂。

刘昌学转回头又去找欧阳思友谈话，问他想得怎么样？

“我，我，不该打同学。”

“嗯，这个应该肯定，你已经有进步，对自己的问题有了一点点认识。”刘昌学说，“你应该严格要求自己，因为你和别人不一样啊。你是少先队的大队长，同学们选的。说明同学们信任你，对不对？在二年级的时候，你小队长为什么撤职？就是因为打架。三年级，你改正了错误，被选为中队长，说明同学们信任你。为什么信任？因为你是大家喜欢的好学生。你想过没有，像这次公然与同学打架，大家还会信任你吗？同学们需要一个打架的大队长？你是不是不想当大队长，不想做三好学生了？”

“想。”

“打架是三好学生做的事情吗？”

“我错了。改正了，还能做三好吗？”

“改了就好，要三好，就应该比以往更好，对不对？”

“嗯。”

“我希望你严格要求自己，你是区委书记的儿子，母亲是共产党员，他们也希望你出息，希望你争光，你做三好学生就是为他们争光。要是和同学打架、闹矛盾，同学们可能会说你依仗父母的权势欺负人，对你的父母影响也不好，明白吗？”

“明白了。”

“你准备怎么做。”

“主动认错，和他们和好。”

“对。除此之外，还应该在全班和全校大会上做检讨，你们这次打架，影响太坏，要立即挽回。我希望你以后重做三好学生，带领同学们完成老师和学校布置的任务，给大家做出榜样。做不做得到？”

“做得到。”

“好，我相信你。最近，你还要和同学一道，积极训练乒乓球，拿到冠军。”

“好。”

刘昌学和欧阳思友一起出来，就看到了丁老师，欧阳思友喊了一声丁老师就往教室去了。刘昌学随丁老师进办公室。丁老师见校长不坐，自己就没有坐下。刘校长批评了她，处理欧阳思友的问题总碍于情面，不痛不痒。丁老师接受了批评，表示绝不会再犯。

第四章 茁壮成长

道歉 •

中午放学了，学生们在操场上集合，按照居住的区域列队。

各区域的值班队长负责整队，副队长清点人数；人数到齐，区域的队伍就可以出发。队长、副队长分别在区域队列一边的前后位置来指挥、督阵。每个区域内有若干小队，每个小队有队长负责。各个区域的队列出发后，同一方向的，由学校值班总队长统一指挥，总队长高喊一二一，各个队列就应和。走过学校前面的水泥桥，各个方向的负责人正式履行职责。往老街方向的值班总队长刘长林开始喊话："各位同学注意了，准备唱歌。学习雷锋，好榜样，预备——唱！"

学习雷锋好榜样，
忠于革命忠于党，
爱憎分明不忘本，
立场坚定斗志昂……

歌声中，行进的多列队伍过了学校的水泥桥，在岔道上有序地分开了。

往大口四五队去的一列，从岔道上下去，沿村道回家；往大口二三队的同学，走进羊肠小道。这条羊肠小道比人工渠道低矮，与人工渠构成三角形，它是三角形上的一条斜边。红旗和红领巾在上面飘动得格外醒目，人们在很远的地方就能看见。

往新街方向的队列，与往老街方向的、往西南村方向的队伍一起沿人工渠东边走到西流河大桥桥头的广场。这里开阔，每次学生队伍走到这里后就按不同方向分开。在总队长刘长林的口令调动中，各个方向的队伍在原地踏步中慢慢变换着继续前行的方向。另一支浩大的学生队伍转弯上了人工渠的西边。刘长林指挥的大队伍变化为三队：一队朝东转进入大口一队方向，一队通过西流河大桥去西南村，一队是老街方向的三列队伍。

老街方向的三列队伍刚刚在原地踏步中加大步幅，刘长林就看到人工渠西边从北向南驶来一辆汽车，卷起漫天尘土，就像一股股黄烟腾空而起。刘长林紧急发出停止前进的命令，队伍随着立定的口号停了下来。

那是从仙桃开到西流河的交通班车。西流河没有汽车站，班车就在桥头前停靠。回到西流河的乘客下车，去仙桃的乘客上去，司机就爬上敞篷代客车上卖票。现在到来的是上午的班车。车停稳当，车上的人，或从后挡板处跳下，或从两边的墙板爬出后踩着轮胎跳下来。这是一辆南京嘎斯车，两边是汽车墙板，乘客就站在中间。时常是人挨人，人挤人，摇摇晃晃，迎风吃灰。但所有人都没有怨言，反而觉得划算。

假若从仙桃步行回来，或者从西流河走到仙桃去，需要整整一天哪！搭车也就只有三四十分钟，快呀。人们甘愿吃灰挨挤。后墙板最先跳下来的是一个穿军装的高个小伙子，身后背着绑了三横两竖的草绿色背包。他转身接过上面同样穿着军衣的年轻人递来的提包。不难看出他们退伍军人的身份，军装上没有领章帽徽。高个的军装有四个荷包，另一个的军装下面没有口袋。

“喂，许小青，你看，高个子军人像你大哥吔。”总队长刘长林不知怎么激动地喊叫着。

“嗨，真的，大哥。”许小青不顾一切朝大哥那儿奔去，半路意识到了组织纪律，调头跟刘长林扬扬手，算作请假了。

去仙桃方向的人们陆续上汽车，两个退伍军人帮着递行李。许小青拉大哥的胳膊叫喊了几声，许文清扭头认出了弟弟，高兴得不得了，就与他闪在一边说起话来。

队列又出发了，刘长林喊：“同学们，注意队列整齐。”

许文清朝刘长林挥挥手：“小青请假了。”

“注意了，听我的口令，一起唱《歌唱祖国》。”刘长林说，“预备，一起……唱！”

五星红旗迎风飘扬，
胜利歌声多么响亮，
歌唱我们亲爱的祖国，
从今走向繁荣富强
……

歌声逐渐远了。

老街方向的队伍，走到大礼堂，附近的学生就回家去了。队伍行进到剅背附近分作三小队，一小队往剅沟去，另一小队往磨盘洲回家，剩余的小队一直往西走。

同行的复员军人叫汪德亮，家住中岭。在车站候车相互认了出来。

“呃，真快。”许文清见弟弟这么高了，不禁感叹。

许文清当兵时，汪德亮还送过咧。那个时候敲锣打鼓、戴大红花、放鞭炮，出发的前一天，区公所还举办慰问演出。汪德亮记起往事说：“送你当兵的场景好像就在眼前。”

“嗯。”许文清点头，不由自主哼唱起当年亲人送别的歌曲，一会儿严自立也跟着唱了起来。

爹妈别担心，爹妈别担忧，
光荣服兵役不过三五秋，
门前种棵小桃树，
转眼过墙头，
桃树结了桃，
我回来把桃收。

“嘿，我们回来了！”许文清和汪德亮不约而同相视一笑，一起振臂欢呼着。

刘昌学特意找到何定香，告知了欧阳思友在学校打架的情况。一场推选活动，打破了西流河的平静，何定香也是没有想到的。波及孩子的生活，她更是心痛。西流河的居民在这里营生了多少年，那么祥和，那么友善，多不容易啊。怎么就……嗨，绝对不能让孩子学坏了。同学之间、街坊邻里就分帮拉派，以后怎么一起生活、一起劳动？哪会再有安宁的日子？必须纠正！那就从自家开始吧。她告诉区公所的通讯员，转告欧阳书记六点之前回家，家里有要事。她提前做好了晚饭，欧阳思友放学，就和他谈话。经过刘校长开导、教育后，欧阳思友对错误的认识进了一步。同母亲交谈时，他没有推卸责任，母亲批评的时候，一直都是老老实实听着，不知不觉中，头低得更下。

“你答应刘校长去道歉的，去了吗？”

“嗯，没有时间啊。”

“我知道，你心里根本还不服气。”

“我服气了，您放心，我明天保证跟他们赔礼道歉。”

“不行，今天必须道歉。”

“今天练球呀。”

“练球不耽误你，我跟你到他们家里去。赔礼了，道了歉，再去练球。”何定香说，“你必须记住，你是干部子女，要求要更严格，必须要受得委屈，受得了气。要学会老实做人，夹着尾巴做人，绝对不能跟别人争强斗狠，更不能去欺负别人。”

“我记住了，我今后一定做到。”欧阳思友真诚地说。

他们一起吃了晚饭。

何定香领着欧阳思友朝磨盘洲方向走去。在到背拐弯处，碰到了欧阳正民。原来，欧阳正民对居委会的运转不放心，特意过来了解情况，同时听听居民的意见。

何定香说：“跟你说的事情都忘到脑后了。”

欧阳正民突然记起，看看表，六点早过了，抱歉笑笑。他把何定香拉到墙边，问出了什么事情。何定香就说了情况。欧阳正民立马扭头骂欧阳思友：“你为什么总是惹是生非呀？竟敢随便打人，那是你的同学，动手就打，你是土匪啊？”欧阳说着来气，用脚去踢欧阳思友，欧阳思友闪开了。

路过的街坊就过来劝：“哎哟，书记呀，这是你儿子啊，怎么跟打敌人一样啊。小孩子，不懂事，打打闹闹是家常便饭，没事的，没事的。”

欧阳书记说：“必须纠正过来。从小就好动手，长大了肯定蛮横无理，我绝不允许。”

何定香贴近欧阳正民小声说儿子已经认错了，要给一点面子，不要在大街上打骂。欧阳正民就不再追赶，吼道：“走，老老实实去赔礼道歉。”

他们夫妻想到了一块儿，要去挨家挨户赔礼，就往刬沟方向走。何定香想到两个内侄孙也参与了，就说去把他们喊到一起赔礼。欧阳正民赞同。正要转身的时候，刘昌学从刬沟方向过来，看到了他们，大声打招呼。刘昌兵放学，他就带着去了刬沟杨家赔礼道歉了。他不愿意选举的阴影笼罩两代人，搅乱西流河的平静生活，破坏西流河的祥和。欧阳跟刘昌学打招呼，何定香笑着说：“你单独行动了？”刘昌学点头，何定香就问杨家人的态度怎样，刘昌学说：“比我预料得好。他们还是讲理的。”

磨盘洲的何姓人家，多数住在内潭湾两边。何正清、何正来住在一排。他们的父亲分别叫何炳山、何炳年。何炳年的老婆老远看见了何定香一行人，她明白，定香姑妈一家人过来肯定有事，就把丈夫喊出来。何定香走近了，何炳年就打招呼：“姑爷、姑妈，你们过来了？稀客啊，快请到屋里坐。”

何定香摆手，欧阳正民也说不坐了。

何炳年老婆喊了声姑爷、姑妈，就说：“你们莫见怪呀，都是我们这些做下辈的不好，没有教育好我家的那个小杂种，看到外人欺负思友兄弟，不晓得马上帮忙，缩手缩脚，我听说了，揍了他一顿。”

何炳山听到动静也出来了，两只手作揖：“对不起啊，姑爷、姑妈，我家的那个我也打了屁股，怎能让外人欺负思友兄弟呢？”

欧阳正民跺脚说：“哎呀，你们搞什么名堂！两个孩子把思友当叔子，怕他吃亏，讲亲情，我很感激。但反过来，我还得批评他们，同学之间不能打架斗狠啊，更不能和思友一起打群架。”

“姑爷，我斗胆犯上。您说得不完全对，看到表叔受人欺负，他们做侄儿子的就是应该挺身而出。”何炳年说。

何炳山说：“我也赞成。不过，姑爷要批评他们打群架也是对的，您当干部的，风格高。”

何定香说：“你们两个不要这样说，在学校出现了矛盾，亲戚、辈分应该放到一边，他们是同学，就应该团结友爱。”

欧阳正民又说：“你们的观念要改。如果总是依靠拳头说话，你们说，西流河一贯的安宁祥和还保得住吗？假若遇到比何家更狠的，何家就应该挨揍？”

他们被问住了，站在一旁嘿嘿干笑。

何定香做了一番工作，何炳山、何炳年思想终于转过弯，愿意带着两个孩子去赔礼道歉。

到了刯沟，第一个遇到的是尚大强，他亲热地喊欧阳叔子、定香姑妈，还给何炳年两兄弟敬烟。听说他们是来跟杨子凡赔礼的，十分惊讶道：“哎呀，你们真是小题大做啊。小孩之间，哪有不打不闹的，今天你打我，明天我打他，赔礼只怕赔不过来哟。”他一边跟着他们走，一边又说，“你们过来，就是天大的面子，我跟他们说说就可以了，没有必要真赔礼吧。”

欧阳正民摆头，尚大强就不作声了。

杨子凡、杨子方住在一起。隔着两家的距离，尚大强就扯开喉咙喊叫：“辰光哥，欧阳书记看你们来了。”他要街坊四邻都听见，西流河的一号领导不敢马虎杨家，同时，也向人们显示他尚大强与欧阳书记的关系非同一般。

正在吃饭的杨辰光、杨辰丰放下碗筷出来，见到欧阳书记，他们恭敬地请他们进屋坐。

欧阳说：“先不进去。我带着儿子欧阳思友，还有老伴儿家的亲戚，是来跟你们赔礼的。他们在学校打了你们的儿子，是他们不对，我作为家长，没有教育好孩子，先给你们道歉。也希望你们能够原谅。”说完，就鞠了一躬。

杨辰光、杨辰丰不约而同喊道：“莫这样啊，书记，我们怎么敢领受啊？”

何定香说：“小孩不懂事，在学校打了杨子凡、杨子方，我们家长先跟你们说声对不起，带孩子来赔礼。”何定香说完就请杨辰光、杨辰丰把两个孩子喊出来。

杨子凡、杨子方出来了。欧阳正民看到他们垂头丧气的样子，估计受到了家长的惩罚，一问，果然挨过打。欧阳正民就说：“教育孩子不能光搞体罚啊。”

杨辰光说：“您不晓得，他总不听话，三天不打就上房揭瓦。”

尚大强说：“欧阳叔子批评你你还犟嘴啊？我的哥哥哟，对孩子要细细教育啊。”

何定香说：“不管怎么说，今天思友和正清、正来动手打人了，他们就该赔礼。”

“哪个叫他们臭不懂事的啊，该打！”杨辰光说，“是我们没有教育好，对不住你们。”

杨辰丰也说：“是我们没有教育好孩子，你们千万不再说道歉呀赔礼的，我们领受不起。”

“话不能那样说。”欧阳正民说，转身就要欧阳思友道歉。

欧阳思友说：“我错了，我不该动手。杨子方、杨子凡，请你们原谅我。”说完就对他们鞠躬。

“哎呀，这不好啊。”杨辰光惊慌地说，“按照辈分，思友是他们的前辈呀。”

欧阳正民说：“应该的，他们是同学。就算是前辈和晚辈之间也要讲理。”

何炳年按了何正来、何正清的头："你们的思友叔子都主动道歉了，你们直挺挺站着？赶快认错啊。"

"你们赶快跟同学认错啊。"何定香催道。

何正来、何正清两个先后说了对不起，还说保证今后再不打人。

欧阳正民说："你们是同学，要团结，有问题就找老师解决，再不要扯皮，更不准打架斗狠。思友年纪大些，要让着点。"

思友嗯了一声。

尚大强趁机指着杨子方和杨子凡："都要记住，欧阳爹爹的话，说得多么深刻啊，一定要讲团结啊。"

"定香姑妈、欧阳书记，你们真是宽宏大量，对孩子要求严格，我们向你们学习，以后也会一定好好教育孩子。"杨辰丰说。

杨辰光说："你们两个家伙都要记住，思友是叔子，同学是同学，辈分还是要讲的，哪个再犯浑，我就揍人。"

杨子凡、杨子方点头了。

何定香给了他们两个孩子各五元钱，说给他们买点补品。两家的大人硬是不肯要。何定香说："你不收，我明天还得买东西来。收了吧，这是我们的一点心意。"杨辰光无奈，只好收下了。

秋天的夜幕降临的时候，总是要悉心"准备"一下，恍若穿起薄薄的黄纱裙，舞动一番，才会悄然朝人们看不见的地方走去。

欧阳他们到学校的时候，学校前排操场上的篮球比赛刚刚结束，四面八方来看球的人们陆续散去。刘昌学与老师们一起迎战西流河的第一强队机械厂队，居然得胜了，他们高兴得很。何秉章与刘昌学说了一会儿话，估摸时间不早了，主动告辞。他要去帮助学生练球，答应了侄儿和老表，说话就要算数。

何秉章进入训练室，欧阳思友他们就鼓掌。何秉章让他们先热身，然后比赛。每场二十一分，三场定输赢。刘昌兵、欧阳思友、何正清、何正来四人循环。完毕后，何秉章做出评价：刘昌兵心理素质稳定，不急不躁，抽球有力，推挡沉稳；但是，削球技术不稳，球的落点变化不大，对方很容易防范。欧阳思友反应迅速，动作机敏，抽球有力还能变换落球点，推挡与削球的基本功还可以，就是急躁，输球后就想急起直追，失误较多。何正来、何正清心理素质很不稳定，抽球过猛，不能主动变换技法，需要下力气锻炼提高。

丁老师什么时候进入教室的，谁也没有注意。学生们发现后，不约而同地喊了一声丁老师。西流河小学的教师都是坐班制，每天夜晚也住在学校。晚上从七点开始办公，到九点半结束。丁俊敏批改完作业，惦记着学生的训练情况就来看看。

与丁俊敏的目光相碰，何秉章的目光马上缩了回来，却又克制不住偷偷瞟过去。每回看到丁俊敏，他心里都觉得舒坦。丁俊敏感受到何秉章对自己的感情，感觉十分润心，脸上飞起了艳红的光泽。何秉章向丁俊敏介绍四个学生的乒乓球水平，竟然结巴了。

丁老师要求刘昌兵和欧阳思友顽强努力，要利用可以利用的一切时间，强化训练，打出水平。她考虑到这个阶段应该强化训练，没有工夫关注何正来、何正清的水平提高，决定让他们当陪练球员。

这时，刘副区长也来了，他们分别打招呼。刘昌学向何秉章道谢，感激他给学校帮忙。

“我爱好运动。”何秉章说。他觉得到学校帮学生训练是一种乐趣。何秉章建议，加强参赛学生的强化训练，陪练人员最好水平相当，这样才能提高。刘昌学说，这个意见很好。何秉章建议学校抽出老师训练学生，如果缺人，他可以隔一天来一次，每次两个小时。

刘昌学高兴地说：“非常欢迎。有你辅导，我想他们夺冠有望，只不过报酬有限。”

“我免费。”

“嗯，以后协商吧。”刘昌学对学生们说：“我来就是给你们加油的。学校已经购买了新球拍，明天起就交给你们训练，如果你们夺取好成绩，就奖励给你们。有没有信心？”

欧阳思友答：“我一定积极争取。”

刘昌兵说：“我也争取。”但他说话没有底气。他在刘校长的面前总有畏惧感。

“刘昌兵，你的这种精神状态不行！必须纠正。夺冠，是目标，不是唯一目的。在这个活动里，你们要学会协调，增强集体荣誉感，增强毅力，增强耐力，磨砺意志，培养坚韧不拔、不屈不挠的精神。”

刘昌兵笑着答道：“我懂了，也记住了。我一定积极刻苦训练，勇夺冠军。”

• 可爱的小白兔

尚大强选举落败，令他如丧考妣，抽闷烟，喝闷酒，心里烦透了，在家里闷头睡了两天。

杨满珍偏偏数落他："你呀，小姐的派头丫鬟的命，死心吧。"

尚大强嘴硬："死心？我能服气？"

"我跟你说清楚啊，别再闷在屋里做春秋大梦。这一家老小还要吃饭呀，你几天都不上工，指望天上掉馅饼吗？"

他明白，不能跟杨满珍争吵，若是被隔壁左右的听到，会以为他在欺负杨满珍。上门女婿嘛，只能夹着尾巴做人。他拿着酒瓶出门了。

大龙潭，曾经满堂芙蓉，多彩多姿。到了深秋，一派凋零，枯萎的荷梗，残留的荷叶，只有湖里的水草还是那么茂密。

"喂，大强老表，怎么在这里？"

说话的是廖家台的陈跛子，是他叔伯舅父的儿子，平日里没有来往，平日里见了面，高兴的时候嗯一声，心里不舒服就只当没有看见。

眼下心烦意乱，就想有个人说话，就与他说话了，还带着一点热情。

“我看你眼神黯淡，印堂红中透紫，不消说，壮志未酬，心有不甘，好似虎落平阳。”

尚大强瞟他两眼，顿时刮目相看，二人细谈起来。知道了事情原委，陈跛子就出了主意，让他否定选举结果。

“整个居委会的人都见证了，否定得了？”

“大狠不要命，小狠不要脸。”陈跛子说，“老表，我告诉你一绝招，要成就大事，就必须不照规矩来，就得胡搅蛮缠。我跟你说，当官的也是欺软怕硬，许多人就会看菩萨点颜料。”

尚大强心领神会，哈哈大笑，对着酒瓶咕咚了一大口，说：“日后我有了出头之日，忘不了你。”

尚大强转身要走的时候，陈跛子喊住了他，问他具体有何打算。尚大强就说，到处散布言论说统计的选举票做了手脚。

“一篙子打翻了满船人。”陈跛子摇头说，“只能说魏莲芝在选举之前到处拉选票，尽管这次选举没有成功，也应该作废，重选。假若重选，你就一家一家登门拜访，征求街坊对你的意见。俗话说得好，伸手不打笑脸人，人家会拒绝你？你的选票不就多了？”

一席话，让尚大强心里暖和起来，他将尚未喝完的半瓶酒塞给了陈跛子，掉头就朝区公所跑去。

欧阳书记不在办公室，他就一直等着。暮色抖落中，欧阳书记从乡下回来了，听到尚大强的喊声，请他进了办公室。

“叔子，居委会的这次推选应该作废。”

欧阳书记笑道：“推选失败了，也只当作废了。”

“不一样。一个是自动作废，一个是宣布作废。只有宣布作废，才能打击弄虚作假的人。”不等欧阳再问，他就“揭发”魏莲芝拉选票。

“有证据吗？”欧阳书记问。尚大强心里慌乱，就说：“好多人都在说。”

欧阳书记就劝他以后不要说无凭无据的话。欧阳书记教育说：“传说的事情很多都不是事实，更不能无风起浪。”

“您就查一下呀，一查不就清楚了。”他想，只要一查，她魏莲芝的名声就受损。

欧阳书记笑着摇头。

“这次就这样算了吗？叔子，不能让坏人得势，好人遭殃啊。”

“话可不能这样说呀。”

“她没选上主任，却当了书记，我不服！”

欧阳书记说：“她当书记，是全体党员选出来的，也反映出了人心嘛。”

“可她很可能也拉了选票呀。”他说，“我要求居委会重选主任。”

欧阳书记告诫他千万不要妄加猜测，更不能说没有证据的话。

他怕欧阳叔子发火，就说：“我听您的话。”

欧阳书记告诉他，区委已经做了安排，进一步听取民意后，11 月份再进行推选。

尚大强心情突然好转：“叔子，下次推选，只要公平，胜出的一定是我。”

西流河小学流行打乒乓球，也许是因为它简单易行，才有吸引力。其实，追溯到建校初期，有几位学生，包括何秉章、刘昌学在内，在县里和地区都拿过名次，回校时，学校给他们披红戴花，当成英雄一般。这样的光荣吸引了大家，加上乒乓球容易入门，就成了一个热门。

西流河小学的乒乓球成绩不俗，每年都有学生在地区和全县的比赛中夺得名次。这段时间，参加比赛的同学训练占据了乒乓球台子，其他同学下课后就踢毽子、打陀螺、滚铁环，还有玩单杠、双杠，在沙坑跳远，也有摔跤的，玩得也开心。

第二节课休息，有二十分钟时间，球队进行十一分制的乒乓球比赛。

金红霞约了三个女同学来看欧阳思友、刘昌兵各显身手，看到精彩时就鼓掌，还不时尖叫。欧阳思友、刘昌兵喜形于色，打得更起劲了，但是失误明显增多了。上课铃声响了，欧阳思友赶紧把心爱的球拍揣进怀里，抱着卫生衣，撵上金红霞，说："喂，金红霞，刚才你们的喊声很带劲，很好听，就和你唱歌一样，以后比赛的时候你也要帮忙，当我们的啦啦队，好不好？"

金红霞嘴巴噘了起来，回头瞪了欧阳一眼，没说话回转头直冲冲往教室跑。她觉得欧阳思友在嘲弄自己，在这西流河小学，谁不知道唱歌好听的就是何芙蓉？她不好责备欧阳思友，想到欧阳思友平日对自己友善，心里的气就消了一点。

欧阳思友以为她怕迟到才走那么快，撵上一步，问道："我们得冠军，全班都光荣啊！你们女同学出点力还不行啊，就是加个油，喊几声，你有什么为难的？"

金红霞停下脚步，喘着气说："我哪敢喊啊，全区的比赛，我怕出洋相。"

回到教室，金红霞把欧阳思友的话报告了丁老师，她想为欧阳思友出力，又不敢擅自做主，只能交给老师决定。丁老师认为欧阳的想法很好，上完课以后，就去区委给刘副区长汇报了。刘副区长指示，学校成立啦啦队，为比赛的同学助威。

西流河小学参赛的同学在老师的指导、啦啦队的助威下，经过两天拼杀，取得骄人的成绩。高年级组获男女单打冠军、女子团体冠军、女子双打亚军，中低年级获男生双打冠军，单打冠军、季军……刘昌兵和欧阳思友就是高年级的双打冠军，欧阳思友夺得单打冠军，刘昌兵夺得单打季军。他们如愿以偿得到了奖励的球拍。欧阳思友就把哥哥为他购买的带胶皮的球拍通过老师捐赠给了西流河儿童福利院。

傍晚，何正清来找欧阳思友，约他一起去何秉章家里。

欧阳思友就跟何正清走。在磨盘洲的岔口，碰到了徐满堂。徐满堂见他们有说有笑，就说："你们真是一对好兄弟啊。"

何正清说："烧乌龟，我没惹你啊，你怎么乱说话？他是我表叔，你不知道？"

徐满堂突然醒悟过来，吐了吐舌头。见何正清生气，心里就后悔，马上赔笑脸，跟他解释说忘记了这层关系。

欧阳思友说："这回记住呀，再不准瞎说啊。"

"好好。"徐满堂笑着走了。

这时，刘昌兵和何正来从一条小路穿出来，相互问了问情况，就一同去了何秉章的家。

何秉章正在喂养兔子。小兔子，红红的眼睛、小小的嘴，还有白色的胡须、雪白的长毛，毛茸茸的，十分可爱。

有几只小兔子在何秉章的脚边静静吃草，欧阳思友过去逗弄，一边说："秉章哥，你自己养的兔子，还是买来的？"

"我养的呀，喜欢吗？"

"当然喜欢，好可爱呀。"

"喜欢，我送你一对。"

"真的？"

"我什么时候说话不算数了？"

"那我就不客气了。"欧阳就去接过何秉章手头的一只小兔子，一手提起它的两只耳朵。何秉章马上给他纠正，让他一只手揪兔子耳朵，一手托住屁股。

何正清、何正来也要小兔子。何秉章说："你们都有。他们夺得名次有奖，你们属于协助有功，都应给予奖励。”何秉章提过一只给了刘昌兵，然后给何正清、何正来一人一只。何秉章说：“给你们兔子，喂得好，可以勤工俭学。更主要的是，我想培养你们的爱心、耐心。你们要学会劳动，学会负责任，给小兔子采集食物，让它健康成长。”

“它吃什么啊？”

何秉章就给他们介绍养兔的有关问题：家兔的嘴巴很泼辣，青草、菜叶子、稍微嫩点的树枝、树叶子、白萝卜、胡萝卜它都吃，再就是豆腐渣、细糠也吃。然后嘱咐他们，记住喂养的基本方法：第一，兔子的吃食要多种多样，搭配着给它吃；第二，一天喂三到四次，兔子小的时候，需要喂五次，睡觉前也要给它一点吃食；第三，注意季节变化，热天和秋天，蔬菜比较多，水分大，为了防止兔子拉稀，要把青草、蔬菜稍微晾干再喂，到了冬天、春天的饲料就要干一些，青草要晒干，豆腐渣要挤去水分。每天的饲料大约一斤到一斤二三两，要摸索规律，给以适当的吃食。

他们只是觉得兔子可爱，心思都在欣赏上，何秉章说的养兔方法，一只耳朵进一只耳朵出。

接着，何秉章告诉他们，这些是肉兔，长得快。长大了就会打洞、繁殖。

“它们繁殖？”刘昌兵好奇。

“这个问题以后说吧，到了初中，你们掌握了一些知识，自然就明白。”何秉章给了刘昌兵、欧阳思友雌雄白兔一对。两个侄儿嫌叔子给少了，就说不公平，何秉章答应过几天也给他们各一对，他们的脸上才有了笑意。

欧阳思友很喜欢这对家兔，找篾匠做了笼子，上学的时候提到学校放在课桌下。下课了，同学们围着看，有的还用铅笔去逗弄。欧阳思友心疼，扬起手就打同学的手，打完了就后悔，说：“对不起，我不该打你。”他要求同学们也要好好待白兔，许诺生下了小兔，就送给大家。

“真的？”

“当然。”

“呃，晓得哪天生小兔啊？”

“还有八个月。”

要等那么久，同学们刚看到的一点希望就像五颜六色的肥皂泡，在空气中转动几下便破灭了。

几个同学约好星期天在剅背交易市场捡菜叶给兔子吃。欧阳思友洗漱后就到了剅背，他买了一个油饺，又进了馄饨馆吃馄饨。一会儿，刘昌兵来了，接着何家的两弟兄和徐满堂一起来了。他们在馄饨馆外面等着欧阳思友吃完早饭。

交易市场人声嘈杂，熙熙攘攘。他们几个挤进去捡菜叶，与买菜、赶集的人碰碰撞撞。欧阳思友刚捡到的几片菜叶被人蹭掉了，躬身去捡。区委的胡阿姨发现，大吃一惊：“你怎么捡菜叶？书记知道你干这事吗？”好心的胡阿姨把自己篮子中的白菜给他一棵，欧阳思友坚决不要：“我爸爸说了，爱劳动、勤俭节约是好作风，就是不准我得现成的，更不准我拿别人的东西。”说完，就从人缝里钻走了。

刘昌兵在人丛中看到了欧阳思友，就说这么多人，不好捡，提议到居委会办公楼里去玩一会儿，欧阳思友同意。他们一并找到何家两兄弟和徐满堂，一起进了办公楼。

欧阳思友和刘昌兵喊了声曾伯伯，其余的人喊曾爹爹。曾先生很热情，让他们挑书看。徐满堂说不看书，要听故事。大家赞成，一起起哄要曾先生讲。曾老先生想了想，就说：“那我讲‘文彦博树洞取球’的故事。”

“这个不好听。”

“我也不想听这个。”

“您讲过了，太短了。”

“有时间我就讲长的啊，保证讲个好听的。”他想了一会儿就说讲甘罗的故事。

徐满堂问：“是旧社会的人物吧。”

“古代的。我看你们几个都很有志气，讲讲甘罗，让你们少年立志，做国家栋梁。”曾先生说。

徐满堂说：“哎，古代太远了，没有意思。”

正要张嘴的曾先生停下了，喝了一口茶水，想想，就说那就讲讲沔阳的英雄豪杰。

欧阳思友问：“沔阳的英雄豪杰有多少啊？”

几个同学都睁大了眼睛。

曾先生放下茶杯，又吸了几口烟，一脸的幸福和骄傲，他说道：“不是自吹自擂，我们沔阳的英雄豪杰数都数不过来。今天告诉你们三位，沔阳尽人皆知，在整个湖北乃至全国其英名也是如雷贯耳。”

“哪三个啊？”

“一位是陈汉皇帝陈友谅，一位是辛亥革命元老张难先，一位是中山舰长、我们西流河的李之龙。”

“还有西流河的？”

“当然。”

“什么地方的？”

“杜家窑的。”

“算了，莫扯别的，还是要曾伯伯讲故事吧。”刘昌兵说。

“曾伯伯在讲啊，都怪你们打岔儿。”欧阳思友说。

徐满堂接嘴：“不是故事，是历史。”

曾先生双手悬在空中往下按，笑道：“你们都莫争了，我就开始讲。你们也不小了，也是时候了解沔阳英雄豪杰了。我今天就讲张难先老先生吧。”

“怎么先讲他？”

“我最佩服他。”曾先生说，“他是辛亥革命的元老。你们知道辛亥革命吧？”

“晓得一点。”刘昌兵说，“是孙中山领导的，推翻了清王朝，建立了中华民国。”

“你们要想记住，张难先是沔阳人的骄傲，是一个堂堂正正的人，他‘出淤泥而不染’，遇贪官而不伍，面权贵而不折，廉洁自守，疾恶如仇。有几个小故事就是比较好的说明。”

曾先生讲的第一个小故事，张难先白天打灯笼——暗无天日。

张难先看到军阀、土匪和贪官污吏争权夺利，腐化堕落，而劳苦民众处在水深火热之中，决定以特殊方式表示心中的愤怒。

艳阳高照的一天，张难先吃过午饭，穿上带有补丁的长衫，戴一无檐斗笠，左手提一灯笼，灯笼里点上蜡烛，右手拿一竹竿，从珞珈山上下来，右手的竹竿一边敲敲打打像瞎子探路，左手高擎灯笼口中念念有词，往武昌城走去。大白天的，艳阳又高照，一个人点着灯笼，并用竹竿探路，这真是千古奇闻！一时间，满街的行人和满城的市民倾城出动来看稀奇。顿时，人山人海，道路拥挤，甚至连交通都堵塞了。警察以为出了乱子，慌忙维持秩序，并准备捉拿“疯子”。当他们看清这个疯子时，马上双脚一并立正，行了一个军礼说：“原来是您老人家！”张难先是辛亥元老，武昌起义的组织者之一，又任过高官，名声很大，许多人认得。“老人家，您白天打灯笼这是为什么？”警察问他。张难先仰天长叹说：“为政者贪污腐败，加上水、旱、虫灾无人治理，你们看这哀鸿遍野，民不聊生，人民的路在哪里？这真是乌天黑地，暗无天日！”后来，民间就多了一个歇后语：“张难先白天打灯笼——暗无天日。”

“好厉害啊，真有胆量。”

“对，他无私无畏。”曾先生说。他正要再讲张难先叫板蒋介石，被会计喊上楼去了。这帮少年脸上不约而同地露出失望的神色。

“我长大了也会学张难先，维护正义。”欧阳思友说。

“我跟你一样。”何正来说。

徐满堂抢先说：“张难先做大官，了不得。我以后也要当官。”

何正清说：“你当官，不喜欢读书，写的字像鸡爪子扒的，说几句话都说不清楚，鬼才要你当官。”

欧阳思友说：“对，张难先有文化有正气，在警察面前不害怕、不慌张，佩服。”

刘昌兵说：“我也喜欢张难先这样的大英雄。”

这时，曾先生下楼了，接着他们的话说：“你们说得有道理。人无志不立，你们从小就该有雄心壮志，做国家的栋梁。”

“怎样才算栋梁啊。”

“简单说就是有用的人，出色的人，比方说，工程师、记者、军官、警察、法官、医生、教师等等。”

“我就做军官、警察。”欧阳思友说。

“我做教师。”刘昌兵说。

徐满堂说：“其他的，我做不了。长大了，我去做个能够做酒席的师傅，算不算栋梁啊？”

“算。对国家建设有用就算，人尽其才嘛，自己是个什么材料就做什么工作。关键是要有志气，做就做好，做出一个名堂。做一个出色的厨师也是了不得的呀。”

“我就做医生。”何正清说。

何正来说：“我要像我三叔子一样，什么都会做。”

“好。”曾先生喜笑颜开，说：“今天礼拜天，你们一人看两本三本都行，不收钱了。”

“您再讲啊。”

“算了，曾伯伯还要做生意呢。”

有几人进来。两人戴草帽，一人戴着漆了桐油的斗笠，身上都是补丁衣服，脚上的布鞋露出了脚趾头，进门后就冲着曾先生笑。曾先生知道他们是来要茶水的，笑着请他们落座。他们自带了饼子赶集，吃两块饼子，喝一杯水就打发了一餐。有的为了驱寒气，就买一杯热茶暖和身子。他们与曾先生熟悉了，先喝水、喝茶，再给钱。带钱了就给一分两分的，没钱就打声招呼或者说句抱歉就走路，所以，他们上街就喜欢到曾先生这里落脚，任何时候，曾先生都是笑脸。他们各自坐下，有人牵起了话头，你一嘴我一舌地聊起了家常。

勤工俭学 •

小白兔一天一个样，二十多天就长到了一斤多重。欧阳思友每天上学前，给小白兔喂食一次，看着它们红红的小嘴吞食着菜叶，觉得好可爱，真想多陪伴它们一会儿。可惜时间不等人，只好招手再见。中午放学后，尚未放下书包就找小白兔。小白兔就像调皮而又不懂事的孩子，有意和他捉迷藏，厨房、房间、床下到处钻，他找过去，它却跑得无影无踪了。后来，他再也不是驱赶它、撩拨它，总是抱着它抚摸，静静地看着它吃食，小白兔就不躲他了。他一放学，就跳到他面前，红眼睛滴溜溜转，小嘴巴蠕动着，算作招呼。欧阳思友将它抱起，用自己的脸庞贴着它的脑袋。

《东方红》的筹备活动有条不紊，丁俊敏想到后续的事宜，就有点发愁。演出服装，能借的可以借，但像红军军服，在几个场景中必须统一，还有器乐的琴弦……都需要钱啊。她想，刘副区长是不可能划拨经费的，学校也确实拿不出钱来，只能走勤工俭学之路。自从刘昌学就任西流河小学的校长之后，每年春节期间，就要组织学生文艺演出，所需的经费由学校承担。学校没有收入，平日里卖报纸积攒下来的一点钱，只能负担修理乐器、购买幕布的费用。费用缺口，就发动学生勤工俭学解决。她想，这次的经费缺口一次勤工俭学恐怕解决不了，就想将这学期的勤工俭学活动增加到两次。刘昌学同意了，又强调说，积累资金是目的之一，但主要目的在于培养学生的品质，还必须确保安全。

学校通过活动培养学生的品质由来已久，每个班级教室后面就有一个砖砌的花墙型的废旧回收角，每天打扫卫生收集的废纸都集中在里面，同学在上学路上捡拾的废品，例如破布、玻璃等等，也是存放在回收角里。每个同学从一年级起就已经有了勤俭节约的意识。在学生的集体活动中，老师还培养学生的团结协作意识，增强集体意识、荣誉意识，争先进，夺第一。

为了保证这次活动的收效，学校规定，农村户口的同学暂时不参加，街道同学以学雷锋小组为单位开展活动，勤工俭学项目必须经老师审核后，才能开展。

街东小组的组长是欧阳思友，他宣布：勤工俭学，任何人都不准依赖父母。他的主张立即得到了周春华的应和。小组决定，依靠自己的能力完成勤工俭学任务。

欧阳思友暗下决心，在这次活动中，给干部子弟做个榜样，翻倍完成任务。他从小就树立了节俭思想，所以对勤工俭学很热心。

有一回他们在郊外挖野菜，同学们身上出汗了，脱去了棉衣。李家庆穿着姐姐穿小了的衣裤，引得刘昌兵叫喊，说李家庆不怕羞。欧阳思友就批评他资产阶级思想，不像劳动人民家里的孩子。刘昌兵是家中的老大，从没有穿过哥哥姐姐的旧衣服，欧阳思友的批评他不服气，居然说，一个男生穿女孩的衣服就不男不女。这话引起了同学们的公愤。因为，各家除了老大穿新衣，其他人能穿新衣的很少很少。妹妹接哥哥的衣服穿，弟弟接姐姐的，司空见惯。同学们说他是山林的野兽，完全不懂人间的生活。

后来，老师也批评了刘昌兵，他的校长哥哥在全校的大会上，不指名地批评了他的错误思想。在全校，绝大多数同学都很节俭，尤其是家在农村的，别说草稿本，就算是日记本也不能像街镇的同学那样有专用的，而是用烟盒做成，有的还是用空水泥袋做的；不好写钢笔，就用铅笔写，铅笔用到手无法捏，就用竹片夹住，再用细线绑紧，照样写，直到笔芯用得干干净净。

同学们分头到各个单位摸底，寻找项目。欧阳思友到百货商店时，经理说："你来了，哪能没有？"就把他领到后院，指着一堆包装纸盒说："这里一直没人清理，放着还占位子，拉走吧。"欧阳思友好高兴，他晓得，这一大堆少说千把斤，可以卖几十块钱。他到学校向丁老师报告，得到批准后就去借三轮车。从粮站把三轮车借着骑到区政府前面的水泥桥上，就看到许文清急急朝他招手，他跟许文清不熟，也没有认出他来，就没有理睬，将车龙头拐向一边，许文清敏捷地挡在了车的前面。

许文清在西流河区公所工作，等待区委安排具体岗位，现在临时在办公室帮忙。刚才百货商店的经理亲自给区委办公室送新添置的杯具，碰到了欧阳书记，就说了他将包装盒给予欧阳思友做勤工俭学项目的事情。哪晓得欧阳书记拉下脸，说他帮了倒忙。欧阳书记清楚，那些包装盒是商店职工积攒着准备卖给废品收购站的，每年的收入几百元，是作为年终福利的一部分。欧阳书记又说："孩子还小，我们就是要培养他们勤俭节约、勤奋努力的精神，不是让他们晓得自己的父母有多大权势，他们可以沾多大的光。"马上指示经理予以纠正。经理走后，欧阳书记仍不放心，就让许文清去落实。

欧阳思友很不高兴，怪许文清不该挡道。许文清做了自我介绍后，讲清了来龙去脉。欧阳思友说："我如果晓得这个样，也不会同意。他是害我。要不然，我就会在同学面前丢人，我饶不了他！"许文清夸他思想好有觉悟，两人就聊上了。欧阳思友想到还有任务，便主动与他告别，骑车回转了。

周春华找到了一个好项目，到处找欧阳思友，以便确定了去向老师报告。周春华去了粮站又找到新街上，还是不见欧阳思友的人影，急得跳脚。顺着人们的指引，他找到老街，看到欧阳思友突然从机械厂冒出来，喜出望外跑过去，在他背后揍了一拳。

"哎呀，你给我挠痒痒啊？"欧阳思友转过身，看清了周春华，问他的情况。

"有，还说呢，再找不到你，只怕被别的同学抢跑咧。"

周春华在卫生院找到了项目。他的邻居阿姨是医生，告诉他，医院准备处理给废品站的吊针瓶子，铝皮子还在上面，浪费了可惜。阿姨告诉他，铝皮像废铜一样值钱，就领着他去找院长。院长不想答应，他担心这些小学生把瓶子打碎，或者把手割破。周春华机灵，说道："我们会很小心的，一个一个瓶子拿过来，放到一边，绝对不会打破，更会注意自身的安全，我们的老师专门强调过，您就放心好了。"

阿姨说："孩子们想通过自己的劳动赚钱，然后买学习用品，精神可嘉呀。再说，那些铝皮白白扔掉也是浪费呀。"院长就同意了，还把库房管理员喊来做了交代。

欧阳思友听了高兴，就和周春华一起到医院，又找了院长。确认后，报告了丁老师，得到了批准。思友就召集同学们出主意，如何撬下瓶口的铝皮子。没有实物，不好向老师报告。周春华与思友一起就去找那阿姨要了两个瓶子来，然后回学校开会。进校门后，打过篮球的刘副区长看到欧阳思友，就跑了过来，对思友说："我刚才听许文清说了你在百货店的事情，你做得很好。学校要好好表扬你。"欧阳思友高兴得直笑，就把撬铝皮的事情讲了。刘副区长说：“好啊，走，我跟你们一起讨论去。”

到了五年级一班，先到的几个同学在做作业，见到校长都站起来喊“校长好”，刘校长让他们坐下。刘校长看了看瓶口，就说应该配一只撬刀。撬刀做成什么样？他让大家一起想。集思广益后，做出大致的模型描述——前头作为握柄，因为必须受力，那么应该有一个弯钩，便于手指捏得住握得牢；弯钩下面是撬杆，撬杆的最前端，是一个圆锥形，便于撬动。也有坚持做成梯形的，说便于撬开。刘校长认为都有道理，让他们按两种形状各做两把。这项任务就交给了铁木厂的子弟，请他们的父母帮忙。

欧阳思友的小组和医院库管商量好，工作时间为星期天一整天，再加上平时下午下课后干一小时。小组分两批，每批五个人，四个人撬，一个人将撬过的瓶子整齐摆好。欧阳思友每次都参加。这批吊针瓶全部撬完后，铝皮卖了三十多元。接过这笔钱的时候，他们几乎是同时尖叫起来，为自己的劳动成果欢呼，然后一起到学校，将钱交给丁老师。

就在这天，欧阳思友回家后就听到妈妈焦急地说：“你总算回来了。”

原来，可爱的白兔中午过后就蔫了。今天在家休息的何定香发觉后也束手无策，试着去找欧阳思友，却没有找到。

欧阳思友过去一看，两只白兔都趴在那儿一动不动。思友蹲在它们的旁边，仔细观察，看不出一点端倪，急得眼泪在眼眶中打转。

何定香让他去找秉章哥。

欧阳思友立马窜了出去，急急去找何秉章，一路上碰到人也顾不得招呼。走了几步就跑，跑累了就疾走。

一见秉章，他就急忙说：“你做做好事吧，帮我救救那两只兔子。”秉章让他别急，给他倒了杯温水，欧阳思友一口气就喝下去了。

何秉章问清楚兔子这两天的饮食和大便情况后，觉得情况不妙，随思友一起到家看究竟。

何秉章进门与姑妈打了招呼后就去看兔子。凭他的经验，判断兔子患了感冒加肠炎。

“严重吗？”

“目前的状况看，已经很重了。”

“你有没有药啊。”

“带了点，估计作用不是很大。昨天发现也许还来得及。”

欧阳思友在一边唉声叹气，昨天忙着勤工俭学，竟然冷落了心爱的小白兔，他好后悔！

何秉章宽慰他道：“第一次喂养出现问题也是正常的事。吃一堑长一智，到我那里再拿两只来。”

“秉章哥，你告诉我，它是怎么病的？”

何秉章解释说：“因为连续喂菜叶子，菜叶中存留的水分比较多，滞留在兔子肠道里就引起炎症。加上天气变冷，没有为它保暖，就引起了感冒。”

拖了三天，两只白兔都死了。欧阳思友懊悔不已，十分伤痛，落下了眼泪。那天正好是星期天，不用去上学。他就把两只白兔的身上擦干净，将它俩并排放在一起，就那么痴痴地看着。他觉得自己对不住它们，不是自己疏忽，它们不可能死掉。他乞求它们原谅。

欧阳思友决定安葬兔子。他找出一块白布，放在篮子里铺好，然后把它俩装了进去，整齐地摆着。

他打算效仿送葬的那样送别心爱的兔子，把它们送到廖家台旁边的荒地里埋葬。走到刭背，就碰到了徐满堂。徐满堂问清了情况，心想做这样的事情自己内行，是时候在欧阳思友面前显摆，就要一起去。欧阳思友不答应。徐满堂就说自己去就是帮忙，又不是捣乱。徐满堂还说，你这么对待兔子，证明你和它们有感情，想安置好，我不出马，你只怕搞不圆满。

欧阳思友突然意识到，徐满堂搞这一类的事情比谁都能干，就答应了。他们一同朝刭沟走去。欧阳思友忽然记起忘记了带铲子，等会儿没有铲子挖坑，就会误事。可是自己家里也没有铲子，就要徐满堂回去拿。徐满堂跑了几步，担心欧阳思友是借故将他支走，就近在刭背借了一把带铁锈的铁铲便去撵欧阳思友。在刭沟与廖家台的交界处，看到了欧阳思友，于是立马像短跑冲刺一般呼呼地往前冲，还差点撞了尚大强。

尚大强一看是欧阳思友，以为有好事，撵了几步，喊住徐满堂问了个究竟。徐满堂如实相告。听到两只肉兔要埋掉，尚大强觉得他们太傻。三步并着两步，跟着徐满堂赶上了欧阳思友。尚大强伸头看思友篮子里的白兔，他估摸，一只少说也有二斤半。兔肉下酒那是多好的味道呀，就想把这一对兔子搞到手，于是就问欧阳思友："你把兔子提到哪儿去啊？我帮你。"

欧阳思友说："埋了。"

"哎呀，怎么埋掉啊。卖给我。"他就伸手去篮子里拿。

思友赶紧将篮子闪过去："莫鬼扯，不卖。"

"我给你一只三分钱，好不好？你勤工俭学一天也就只能赚三分五分嘛。"

"不卖。"

"一只五分？好，给你一只一角。"

"一只一块都不卖。"

"你当我二百五啊，一块钱？一块钱我买两只野兔子呢。"他停住了脚，心里还在愤愤不平，觉得欧阳思友太傻，愣在那儿看着他远去。

徐满堂三下两下就挖好了坑，他让欧阳思友看，欧阳思友嫌坑浅，他就又挖了几下。思友要给白兔下葬，徐满堂要帮忙，思友没让。思友认为亲自送走它们会好受一点。他先从篮子里抽出白布，徐满堂见状，在旁边扯了一把草铺到了坑里，思友就将白布放到了草上，徐满堂用手抹平，欧阳才把兔子一只一只放在上面，心里念叨着："你们去吧，是我对不住你们。"眼泪就涌出来了，又用手往上面掩土，徐满堂要帮忙，他摆手，徐满堂就再不动弹了。坑掩平了，他从徐满堂手里要过铁铲，在旁边挖了一些土，堆起了一个尖尖角。静默一会儿，他站了起来，给两只白兔作了三个揖：你们走好哇！

第五章　老红军还乡

紧急通知 •

区办接到县人委办公室紧急通知，老红军杨良辉十一点左右回到西流河，并有领导陪同。主持日常工作的刘副区长立即安排通讯员去乡下接欧阳书记，然后吩咐办公室主任安排酒宴；通知学校，组织学生列队迎接杨老一行。提到杨老，是因为杨良辉在新中国成立之初担任过某军区司令员。

半小时过后，刘副区长亲自查问了落实情况，对一些细节也做了交代。

昨天，杨老到达仙桃，可是，招待所的酒宴却不太受他喜欢。他说，回到沔阳最想吃的就是鱼参圆子和家乡菜，哪晓得没有找到那种感觉。晚饭后，众人一同去看沔阳花鼓戏，这是杨老的最爱之一，使他不快的情绪烟消云散。

按照计划，次日去沔城观光后，经过新堤到洪湖瞿家大湾，瞻仰革命故居，缅怀战友后再返回仙桃，然后才决定回西流河的日子。没料到，今天天刚亮杨老就起来了，说要马上回西流河。原来他在梦中回到了故乡，清醒后，就想极早回去。

见大家惊慌失措，夫人江医生觉得影响实在不好，急中生智，就说："老杨啊，等会儿就要开党小组会，你准备好了吗？"杨老一脸严肃，"有小组会？"杨老一边摸脑袋，一边努力思索，立即安静下来。原来多年以来，杨良辉只要发病不受控制时，唯有通知参加党小组会议才能药到病除。听到开党小组会议，他就会变得像一个老老实实的小学生。

兄弟相见 •

送走了副书记和县委书记一行，杨老急着要回刭沟。刘副区长慌了，现在尚未见到杨家的任何亲人，到了刭沟无人接待怎么办？魏莲芝一向办事扎实，怎么一去就不见人影咧！

刘副区长挽留杨老在区公所休息休息，杨老接连摆头，沉下脸说："我能安心在区公所做客吗？几十年都没有回过家呀……你们忙去吧，我找得到回家的路。"刘副区长便硬着头皮陪着走，心里盼望着杨家的亲人出现。

出了区公所大门，杨老看到戴红领巾的孩子高高兴兴地上学去，便跟江医生小声商量，要给学生们送一份纪念品。江医生清楚老杨的个性，得到了别人的好处，总是记得回报，何况是他特别喜欢的小孩呢？

"好啊。如何表示？"江医生思考一会儿说，"可以给参加欢迎的学生每人送一个笔记本，一条红领巾，或者给全校的学生每人送一支钢笔。"杨老直笑，夸江医生想得周到，就说："还是给每人送一支钢笔吧，参加欢迎的加一条红领巾。”

江医生侧脸问刘副区长：“西流河小学有多少学生。”刘副区长说一千零八十六人。江医生估算一下，告诉杨老手头现金不够数。杨老估计商店不一定有那么多货，就把想法告诉了刘副区长，让他帮忙办一下，所需费用明天送到。刘副区长说：“放心吧，一定办好。”

这时，许文清跑到了刘副区长面前，告诉他说把欧阳书记接回来了。刘副区长抬头，看到书记就像一个伤兵，一步一拐挪动过来，额头左边敷了一块白纱布，空荡荡的左袖管一晃一闪，随风飘动，右腿膝盖以下绑满白纱布，右胳窝支撑着一把旧拐杖。刘副区长埋怨许文清怎么不扶着欧阳书记。跑上前，打算扶住书记一把，却找不到支撑点，只好抱住了书记的腰。

“杨老，这位就是我们西流河的区委书记兼区长欧阳正民同志。”刘副区长侧身说。

欧阳正民让刘昌学松开了手，伸直了身体立在杨老面前：“报告首长，欧阳正民热烈欢迎首长回乡，请首长指示。”

尽管欧阳没有敬礼，杨老凭着他多年经验，断定欧阳当过兵，便问：“你是退伍军人？”

“报告首长，本人欧阳正民1937年5月参军，在新四军五师39团任过连长，负伤后转入地方工作。”

“嗯，身上有一股子虎劲，对我的脾气。”

刘副区长趁机向杨老解释了欧阳今天受伤未能参加欢迎的情况。

杨老说：“是我影响了你们的工作了，对不住啊。”

“首长言重了。”欧阳说，“我没有迎接首长，请首长谅解。”

杨老说：“没得必要客套。你好好休息吧，伤筋动骨一百天，大意不得。”

他们一行走到粮所粮库处，与魏莲芝一行四人碰面了。

魏莲芝打通了红星大队书记杨辰旺的电话，让他组织至亲赶到区公所迎接杨老。魏莲芝还向他转达了刘副区长的指示，做好迎接杨老回到老屋的准备。杨辰旺提醒魏莲芝说，我的小叔就在居委会，他们可是亲弟兄。你该马上通知啊。

魏莲芝连说好好好。

他们约定半小时后，在居委会办公楼碰面。

杨辰旺连忙派人找三叔杨星桥，自个回家把屋子里收拾干净了。想到五叔可能到本族的各家走走，就回到大队部，安排人对杨家的人一家一家叮嘱，收拾屋子，不要说不该说的话。

魏莲芝没有料到杨老的亲弟弟杨星亮恰恰今天去何口拖货了。她急忙往何口打电话，对方说杨星亮被一个熟人拉到餐馆吃饭去了。魏莲芝不能等着对方找人，那样肯定耽误事。于是，借了辆自行车就往何口赶，临走之前托人给曾先生带话，让他告诉杨辰旺先去区公所找刘副区长，她从何口回来就直接去区公所。

杨星桥听到消息，巴不得马上见到老五，转而一想，觉得自己一人去区公所不好，星亮毕竟是老五的亲弟弟啊，自己怎么好意思抢在他前面见面呢？

就这样，一直等到杨星亮从何口回来。这般折腾，四人才在这里碰了面。

杨良辉离开家的时候，星亮不到两岁，见到哥哥还不认识，但是从衣着、年龄立马判断出是杨老大哥，就喊了一声。

杨老迎上前。杨星桥知道他不认识弟弟，在一边介绍说：“他就是星亮啊。”杨老一把将星亮搂到了怀里，松开后，就指着江医生介绍：“这是你嫂子。”

星亮喊了一声嫂子，江医生伸出手说：“你好。”星亮却不敢去握嫂子的手。

“小哥。”杨老喊星桥。

“我们怕是三十七年没见面啰。”

“是啊，总想回来看看，老是抽不出时间。嗨！”杨老说，“这回就好了，能够还思乡债了。”

“对头啊，快六十的人了，以后应该每年带着儿子姑娘回老家过年啊。”

“这回，我和老杨住下就不走啰。”江医生说。

“不走啰？”星桥惊讶地张着口，好一会儿才合拢。

杨辰旺说：“五叔，你们不走了，我们更欢迎，就是巴不得啊。”

杨星桥介绍了杨辰旺，接着介绍魏莲芝。

杨老与他们握手，笑道：“我以后就是你们的兵啰。”

杨星桥指着杨辰旺介绍：“他是我们的老大——星明哥的儿子。”

杨老想了一下，明白过来，笑笑，顺口说出：“元伯光天，日月星辰，宗之源远，世代克成。我们是星字辈，下面到哪一辈了？”

“辰旺的孙娃子快结婚了，源字辈的都快有了。”杨星桥喜笑颜开。

弄巧成拙 •

说着笑着，就到了刯背西北和刯沟的交界处，呈现出一条长长的斜坡，东高西低，与小溪河平行。这里已是人挨人挤。卖菜的、买菜的，赶集的，都丢下了手头的活路，争着一睹杨老的风采。杨老来了西流河，消息就像长了翅膀四处飞，从新街到老街，从老街到周边。

有人说杨老带着几个卫士回乡光宗耀祖，开的是小轿车，别的是小手枪，穿的是呢子大衣，蹬的是高筒马靴；还有人说杨老人高马大，双目炯炯有神，说话声如洪钟，走路威风凛凛。现在大家亲眼见到的杨老中等身材，平头，偏瘦，一身布料旧军衣，士兵普通胶鞋。大家很失望，很惊讶，就有了小声议论。

“这就是个司令？哪像啊，还不如区委的干部呢。”

“你注意他的眼睛没，左边的好像不对头。”

“听说他的官比省长还大，我的天哪，六级，吓死人的。”

“当然啊，人不可貌相。”

杨老走到了下刭沟的斜坡中间，在南面住房边站住，微笑着向四周的乡亲招手，人群里发出喊叫。

“欢迎老红军回乡。”尚大强领头呼喊。听说了杨满珍的亲叔子回来，好不高兴，他感觉自己翻身的日子到了，马上组织了杨家的人一起到刭背迎接。他要让五叔看到他的能耐，推荐他坐上居委会主任的交椅。他想，五叔是那么大的官，说句话，选举的过场兴许也不用走了。

“欢迎老红军回乡。”

“红军回乡，无上荣光。”

“红军回乡，无上荣光。”

……

那些想看得更清楚的人往杨老的面前挤，已经看清了的人往外涌，互不相让，人群就涌动起来了，就像河面起了大风，掀起了波浪。刘副区长、魏莲芝着慌，就大声呼叫：“不要拥挤，注意人身安全。”可是喊声被口号的声音淹没。后面看热闹的人群控制不住朝前涌动，队伍前面的人惊慌喊叫，那尖厉的声音既刺耳又恐怖。看热闹的队伍仍不断增加，他们不分青红皂白就急着往前拥挤，引起了新的骚动。

杨星桥、杨辰旺好着急，两只手挥动着高喊：“莫挤，莫挤，大家注意安全。”

好在这斜坡处的住屋处在高坡，而且有两层，第二层更高。看到局面混乱，杨星亮担心控制不住，对江医生说：“往高处走吧。”可是，江医生似乎没有听懂，哥哥竟然呆若木鸡。星亮慌了，过去背起哥哥，上了第一层高处，想了想，又上了一层。这家的门槛高出地界一米多，人们再也挤不到杨老了，站在高处的杨老也让大家看得清楚了，杨星亮才松了一口气。

“欢迎欢迎，热烈欢迎。”

“欢迎欢迎，热烈欢迎。”

杨家人，一边喊口号一边护卫，可是，拥挤的人们更是不听招呼，依然你拥我挤，引起了骚动。

江医生从杨老的脸上失去平静的状态看，就知道杨老受到了刺激，精神状态已经不好了，凭她的经验，若不控制，杨老的思维就会进入混沌状态，便赶紧在手包里找药。

怎么了？我怎么得罪乡亲了？杨老的脑海里倒转到几十年前打土豪的那种情景，突然觉得自己变成地主，他莫名其妙，接受不了。

江医生的药找出来了，没来得及递给杨老，杨老就大叫："我不是地主，你们搞错了。"

杨家的人大惊失色，面面相觑。

江医生对杨星亮说："老杨旧伤发作了。"她的手指指指自己的脑袋，转了几个圈。

杨星亮没有明白江医生的意思，愣愣看着。

杨老还在那里乱说，江医生劝了几句，就对星亮说："帮忙倒点水来让老杨吃药。"

杨辰旺马上就进入旁边的住家，倒来了一杯白开水。

江医生让他吃药。

"你也跟着一起整我。哼，我枪毙你。你们这些反动派。"

江医生无奈，就走到杨辰旺旁边，让他说，过一会儿就开党小组会议。杨辰旺莫名其妙，江医生就告诉他，老杨伤及神经，遇到不高兴或激动的事情，思维就混乱，胡言乱语，甚至打人，没有药物可治。但是，只要通知他开党小组会议，他就会慢慢安静下来。

"五叔，我们一起到幺叔子家里去，党小组要开会。"

杨老翻翻眼睛，看看他，停止了言语，面无表情。

江医生说："要你准备参加党小组会议。先吃药，吃了药去参加会议。"

“好，好。”杨老回应，接过江医生的药片和水杯，吞下了药。

杨星亮不知下一步怎么办，就问江医生，江医生说到他家里去休息，杨星亮就背起哥哥回家了。

感恩 •

过了一天，杨老的精神状态变得很好，由弟弟引着、杨家的弟兄陪着去祭拜了父母。次日，他看望黄家婶娘，杨星亮陪同。

黄婆见到杨老，热泪盈眶：“回来就好，回来就好。你妈若是还在，该是多么高兴啊。”

杨老将手里提着的礼品放下，就地跪下：“黄家婶娘，请您接受侄儿跪拜，侄儿对您的恩情没齿难忘。”

黄婆说：“哎呀，你磕头，我怎么受得起呀，你是大官啊，快起来，快起来。”就去拉他。

杨老坚持磕了九个头才慢慢爬起。黄婆要他坐，他扶着黄婆先坐下后，自己才坐下。

在杨老的心里，黄婆如同自己的母亲。

在他八岁那年，腊月二十八了，家里无米下锅。外面雪花飘飘，屋里冷风刺骨。中午过后，家里依然冰锅冷灶，他当时饿得哇哇大哭，母亲心疼地把他抱在胸前，说你爸去借粮借钱了，马上就要回来了。就在这时，黄家婶娘来了，她手里提着几斤米，还有两斤肉，说是送给他们过年用的。

母亲感激地流下眼泪，要他给黄家婶娘磕头。黄家婶娘拦住，说道："哪个没个难处啊，你男人今年若不是得大病，也不至于落到这个地步。"母亲说："遇到您这样的好心人是我的福气啊。"黄家婶娘说："我要是有难处了，您也会帮我的。莫客气了，让星发跟我到家里去，我给他拿点年货吃，过年了，不能亏待了孩子啊。"黄家婶娘牵着他的手去了家里。

他至今还记得，黄家婶娘拿着一只小筲箕，给他抓了麻叶片、荷叶片，还有麻花和翻散饺子。他好高兴，端着筲箕回了家。母亲叮嘱他要记得黄家婶娘的恩情，晓得报恩。他怎么能忘记啊！去参加红军那天，走得那么匆忙。在河边等渡船，遇到了正在洗菜的黄家婶娘，黄家婶娘把身上仅有的一块银圆和手腕上的玉镯子给了他。嗨！恩人啊，他怎么能忘记？

聊起了黄云普，黄婆大加赞赏，说西流河的老百姓都很敬重他。黄婆说："他也是老革命，因病休养也没闲下来，我们居委会发展到现在的样子，多亏了他。你回来了，也该多关心西流河，关心居委会啊。"

杨老说那是自然的事。他问黄婆是不是遇到了什么难事，说出来他去帮忙解决。

黄婆轻轻摆头，说："我没事。就是希望你关心关心西流河。你看看，几十年了，西流河变化不大。好好的居委会也有人挑拨离间、争权夺利。"在杨司令的追问下，黄婆叹息。

"云普被人告状后，居委会就开始走下坡路了。"黄婆说，"没吃没喝不怕，就怕人心不安稳啊。现在，西流河每家每户都希望过安生的日子啊，好端端的一个居委会，就因为选主任，闹出了一些是是非非。

嗨，让人心寒哪。”

杨老说自己已经回到了家乡，希望家乡兴旺发达，和谐繁荣，他将关心居委会，也会主持正义。

走时，他给黄婆留下了一个千元红包。

回到弟弟的家中，江医生告诉杨老，侄女婿尚大强又来过。真不巧，昨天尚大强来的时候，杨老在洗澡，今天来和江医生聊了居委会的一些情况，杨老一听，又是居委会的事情，就记起了黄婆的话，居委会因为一场选举，搞得不安宁了。到底为什么呀？

杨星亮告诉哥嫂，尚大强想当居委会主任，没有当成，心里一直不服气。

“哦，我记起来了，小尚说要五叔关心他的进步，原来还是想当主任啊。”江医生说。

杨星亮说：“我们的那个侄女婿呀，一直都认为自己屈才了，总想出人头地。”

杨老说：“有理想是好事呀，我抽空跟他谈谈。”

再后来，杨老拜访了儿时的伙伴，感恩各位以前帮助过杨家的人，还到西流河街道的各家走了走，遇到男的就给烟抽，遇到女人和小孩就给糖果。与人说说笑笑，聊几句家常，还是说西流河土话，关系就拉近了。随后就有了杨老的传言，说他是个大好人，一点官架子都没有。那些胆小怕事的人再遇到杨老就不用刻意躲避了，儿时的伙伴，还像以前一样喊他的诨名“金钱豹”。

尚大强一直关注着叔岳父的活动，终于等到了一个机会，他向叔岳父汇报了思想。对他的雄心壮志，杨老大加赞赏。他趁机说：“居委会当前风气不正，几个大姓家族在联合打击我们刭沟杨家。”

杨老说：“新社会了，哪能允许人欺人？”

见杨老生气，尚大强不失时机添盐加醋，还说：“目前居委会主任候选人没有推选出来，搞得人心不稳，再这么下去，恐怕惹出更多的是非。魏莲芝拉选票，当了书记，管居委会，一点能力都没有，居民们意见很大。”

杨老说：“我回到家乡，就希望家乡兴旺发达，我会关心这件事情的。”

次日，杨老抽空去找了欧阳书记和刘昌学，谈了居委会的事情。这几天，刘昌学、欧阳也听到了一些对魏莲芝不利的议论，也在打算采取措施，于是马上表示，一定做好居委会的稳定工作。

第六章　百依百顺

探寻出路

杨老家成了到沟的活动中心。年老的来坐，年轻的来玩，少年儿童在房前屋后逗逗闹闹。杨老和夫人都喜欢孩子，当作亲孙子一般。孩子们混熟了，胆子就大了，就要他讲故事，而且要讲打仗的故事。讲完一个，就缠着讲第二个，还要杨老打枪给他们看。后来，杨老把孩子们组织起来，编成了少儿英雄大队，对他们进行基本的军事训练。

星期天，杨老请了刘昌学到家里做客，他想讨论西流河的发展问题。他答应过黄家婶娘要关心西流河，也承诺过要为西流河的发展出力，他要兑现承诺。

杨老回到西流河，才发现实际状况与想象有很大差距。弟弟杨星亮的情况在同族中是较好的，但也只能吃饱穿暖而已。缝纫机、自行车、手表、收音机一样都没有。他问弟弟，你总该买个座钟吧？弟弟说，那不是白花钱？再说，做工的钱一个月顾不到一个月，哪还有闲钱啊。还在务农的人，身上总是粗布衣。他离开西流河的那会儿，西流河的人就是穿这样的布衣。种田的人，吃油也是省了又省，一是要油票，二是无钱打油，不是过年、来客很少割肉。他问刘昌学，这些到底是什么原因造成的。

刘昌学也曾想过这个问题，还和西流河街上几个有见地的人讨论过，大家一致认为，交通问题掣肘了西流河的经济。

“哦，交通问题，嗯，有道理。”杨老若有所思。

刘昌学给他分析：相邻的长塘口区，水路可以借助乡村公路入襄河，陆路可以通汽车。就在汉沙公路的旁边，很方便。再就是沙湖，在通顺河的岸边，上行下走都十分方便。公路连通彭场镇到仙桃镇，是比较好的省级公路。而西流河呢，距离汉沙公路二十一公里，而这二十一公里又是乡村公路，雨天根本就不能运行；走水路吧，从西流河到黄丝河再到通顺河，一天的时间还不够，不管是运出去还是买进来，成本就加大了，而且极其不便。这就是西流河经济发展的明显劣势。

“嗯，运输是极其不便利，走水路我是清楚的，风险大，装载能力也十分有限。船太大，西流河行走不了；船小了，在长江只能在岸边走。嗨！”

杨老转而笑笑，就说：“找到问题的症结就有办法。我主张自力更生，举全区群众之力，问题不能说全部解决，至少能够解决一部分。这总比一直等待条件，什么也不解决好得多。”

刘昌学又说，制约着西流河发展的，再一个突出问题就是渍水问题。西圻垸、草八垸、四方垸、南风垸，在雨季和汛期都会受到水患的危害。只有疏通水利，修渠筑坝，才能保障农业丰收。

杨司令沉思一会儿，就问刘昌学：“水利也是因为经费问题搁浅了吗？”刘昌学告诉杨司令，水利都是由省地县统一调度，每年年底都安排一个水利工程，各个公社各个大队全体劳力都必须去，只有老弱病残在家，根本就无力顾及本地的水利建设问题。

杨司令就说："活人不能让尿憋死啊，换一个时间修水利嘛。"

刘昌学说："平时，把精力都放在了播种抢收，完成粮食任务上，抽不出人力，也没有物力。"

"说来说去还是思想保守，还是在指望、依靠。我看你们没有相信人民群众，你们领导应该立足把群众发动起来。"

刘昌学表示马上就把首长的指示带给欧阳书记，立即研究可行性方案。

"我的话不是指示。"杨司令真诚而严肃地说。

接着，杨司令与刘昌学一起去找欧阳书记汇报了他们讨论的意见。在交谈的过程中，杨司令基本摸清了区公所的家底，可用资金还不足五百元，解决公路与渍水问题，犹如杯水车薪。他拿定主意，要找上级请求拨款。修公路、修水利，必须夜以继日，强大的劳动需要补充营养，区公所不发点补助费用，老百姓哪有钱吃肉买油？

区公所在11月就开始筹划居委会主任候选人的推选工作。尚大强又找陈跛子出主意，陈跛子建议他想尽一切办法去拉选票，但要做得巧妙一些。尚大强挨家挨户征求意见，他说他主动站出来，就是想要街坊们过上好日子。他的热心与真诚，让很多人有了好感。杨满珍再次给杨家的亲戚、朋友做工作，大家答应一定会抬举尚姑爷。

刘昌学在彭场开完会，特意与王副镇长谈了该镇的发展，认为西流河如果建镇必能加快发展。后来，他咨询了在县委、县人委工作的同学与有关领导，他们也认为，建镇肯定会促进经济发展。与欧阳书记谈起来，一阵又一阵感叹。欧阳书记一口接着一口抽烟，他对建镇也十分感兴趣。

党政会议一致同意建镇，刘昌学亲自起草了报告申报，并向杨老汇报了这个消息。

推举居委会主任的工作暂时停了下来。杨满珍埋怨尚大强又托人情又费精力，结果又是一场空。尚大强心里怨气冲天，在杨满珍面前却要装得毫不在乎的样子。他说她是头发长见识短，他认为，虽然没有投票，但也贴近了人心，今后做大事就有人气，有人气说话办事就有底气，终究能出人头地。他在送江医生最爱吃的青鱼的时候，听江医生说西流河就要建镇了，心里就升腾起新的希望，想要当上西流河的镇长。

12月3日，县人委下达批复，批准西流河建立街镇合一的小镇，隶属西流河区公所管辖。

接到建镇的批复后，区公所立即研究了实施方案。拟将手工业联社管理的几个集体单位划归到街镇建制，原来的名称、营运照旧。红星大队更名为红星农副业实验研究所，整体归属街镇建制，非商品粮，非农业户口，需自行解决口粮问题。试验所分为三部分，一部分继续种田解决全大队口粮；一部分种植蔬菜、养生猪，除供应本镇外，部分输送到仙桃和武汉；一部分做农科试验。街镇合一后，居委会各组扩建为合作社或公司。原居委会分为三个片区：剅沟与磨盘洲、八字朝门与老街西头、剅背和老街东头与新街，各自成立一个居委会并建立党支部。

原居委会、红星大队、几个集体单位，由党支部主持，推荐了镇人委候选人。经过推荐、初步选举，西流河镇人民委员会的委员候选人，有七人入围，原居委会四人，并入的集体单位和红星大队三人。

镇人委候选名单张榜公布以后，推进工作搁置了。原因是关于养殖业的归属尚有争议。刘昌学副区长提出在此次设镇时，将附近的天然湖泊选择一部分划入街镇，专业喂养家鱼，销售到仙桃和武汉，带动西流河的经济发展。这样，又要扩充一个养殖渔业队。欧阳正民犹豫不决，副区长徐静波反对，他认为，这是自己给自己出难题。养殖渔业队不产粮还要吃粮，而全区上缴余粮的任务不会减少，摊到其他大队，谁有能力承担？另外的两名副区长则积极支持刘昌学的意见，认为新设立的镇，经济要搞活，业务就要扩大。养殖渔业队建立，能够起到一个很好的导向作用。欧阳正民认为大家都需要慎重考虑，就说将这个问题放到春节之后再做决定。

这时，李顺久希望担任镇长这一职务，于是就给哥哥打了长途电话，李顺长的回复是：“你要是能够胜任，组织上自然会考虑你。”

尚大强也在抓紧活动。听到街坊们议论说，吴婆将到大儿子李顺长那里过年，他就心慌意乱。赶紧找到陈跛子合计，就有了一个好主意：诱惑李顺久犯错误，并且人人皆知。

• 成行

今年冬天，太阳特别温暖，一连几天阳光普照，家家户户都在门前的树干上扯起麻绳，晾晒被套。各家被套大致相同，素面、深色，只有少数几家是自家织染的蓝底起白花土布。被套洗净、透水，然后浆米汤再透水晾晒。

今年风调雨顺，全区大丰收，人们腰包比前几年暖和。进入腊月就开始了打年货，各村各户从腊月初十后陆续歇工，上街打年货的人一天比一天多了起来，刓背上、新街上人来人往。相识的站在一起聊聊家常，相互敬烟，还有的一起到曾先生那里喝茶，也有朋友、亲戚到餐馆里小酌。

人们忙着准备年货，李顺久却忙着求母亲到大哥那儿过年。母亲虽然最后答应了，但是她一天不动身，他就不安。他还特意打了电话让哥哥派人来接母亲。为了让母亲放心出发，一连好多天，都没有出去打牌，老老实实待在家中。

腊月二十三，刘小木登门告知：李思思腊月二十五来接婆婆。

腊月二十四，敬灶神的日子。罗芹花担心变天，一大早就浆洗了衣被。太阳出来后，就开始腌菜。罗芹花是有名的能干人，会做家务，也做得了一手好饭菜，还会精打细算过日子。前天抢着腌了两罐“雪里蕻”、两坛子“呛萝卜”、两坛子萝卜丝子、四坛子酸白菜，都是为明年春上准备的。每年开春后都缺蔬菜，只能依靠这些腌菜和炸辣椒、豆瓣酱度日子。只有少数光景好的人家才有腊肉、腊鱼、新鲜蔬菜吃。今年她瞅着菜价便宜的时候，就把明天度春荒的腌菜准备好了。今天，她做了几坛子腐豆腐，腌制了三坛子红辣椒。婆婆是湖南人，爱吃辣的，她每年都要给婆婆准备充足。

童秋莲看到了，就问她怎么现在才腌菜?

“手头不宽裕啊。”罗芹花回答，“冬至那会儿，只腌了点辣椒、腐豆腐，婆婆肯定不够吃，再不腌点，春荒就度不过去了。”

童秋莲说：“你腌的呛萝卜好吃，我婆婆喜欢，帮我腌一坛子吧，你答应的话，我就去买萝卜。”

罗芹花马上说：“街里街坊的，我能不帮忙，买回来了就喊我一声。”想起吴婆要去广州，就问：“婶娘去了广州不多玩些日子？”

童秋莲说：“就看婆婆的心情吧。”又说，“还是给婆婆准备一坛呛萝卜为好。”说完就上街去了。

罗芹花洗了旧衣服、烂布片晾晒，刘昌新看到，提醒婶娘说：“卖破布不需要洗。”

“这不是卖的，这是糊‘鞋壳子’的材料。”刘昌新不懂。罗芹花解释道，纳鞋底的用料叫鞋壳子。先用一层较好的废布或旧布铺好，糊上面糊，再贴上一层旧布，一层一层糊好、晒干，就可以纳鞋底了。

一会儿，童秋莲把买来的萝卜、食盐交给了罗芹花，就要回去扫尘、敬灶神，准备年饭。罗芹花笑道：“放心吧，你去忙，我一定给你搞圆满。”

罗芹花洗晒完毕，就开始扫尘。民谚说：腊月不扫尘，来年招邪神。哪家愿意招惹邪神啊！就纷纷净手换衣，恭恭敬敬了灶神。

李顺久家的小年饭当作年饭吃，一来寓意团圆，二来为吴婆饯行。

年饭十大碗：大肉圆子、红烧全鱼、豆腐圆子、鸡蛋饺子、糯米蓑衣圆子、蒸藕、蒸鲫鱼、蒸茼蒿、蒸萝卜、八宝粥外加一碗鱼参汤。吴婆却吃不下，心里怎么也放心不下顺久。逢年过节，就有摇骰子的，那是个无底的洞啊，有的人一个小时就输得倾家荡产，也有人一夜暴富。自家顺久总指望天上掉馅饼，经得住怂恿？自己在家压着，他就不敢，她走远了，他的老婆管不住，亲戚劝阻不会听。

想到这儿，吴婆就着急。喝了几口鱼参汤，吃了两口八宝粥，就放下了筷子。李顺久大口大口喝酒，家鸣和桂香拣爱吃的菜一筷子接着一筷子夹到嘴里，不停地嚼着。童秋莲夹一筷子菜放到碗里，就低头往嘴里扒饭。吴婆看看欲言又止。童秋莲突然发现婆婆停了筷子，就劝婆婆再吃几口。吴婆又吃了一个鸡蛋饺子、喝了半碗鱼参汤。干坐一会儿，给了家鸣、桂香每人二十块的压岁钱，就下了桌子，从后门回到了自己的屋里。在桌子上不便多说，顺久也是有儿有女的人了，他还要教育儿女的，总要给他留点脸面。

李顺海和老婆一道过来了，吴婆起身招呼。

李顺海把提着的布袋子放到了地下，问婶娘是不是明天去看大顺子。

“是的哦。”吴婆拉过条凳让他们坐，埋怨儿子这些年也不回来看看。

“我兄弟做大事嘛，他那样的人，全国也只没多少个，说起来我们脸上都有光。”李顺海一副自豪的样子。随后说自己是提前来拜个早年，祝愿您老身体越来越好。说完就与老婆给婶娘作揖、鞠躬。

吴婆高兴。

李顺海告诉婶娘，大顺子从小就喜欢吃“麻叶片”，自己特意赶做了出来，带去给他尝尝。

“亏得你们记得他，他就不记得你们，我要教训他的。我是记得的，没有当红军之前，都是跟在你的屁股后头跑。”

闲扯一会儿，他们说了一路顺风的话就走了。

接着，李顺江两口子来了，给婶娘拜了早年，给顺长带去了糍粑、麻糖。随后，李顺洋、李顺河、李顺潮、李顺潭、李顺新也来了，带了给顺长的礼物，给婶娘拜了早年。

李顺久喝够了、吃饱了，带一家人到了母亲屋里。“妈，刚才我们家里提前过了年三十，现在我们就和两个孩子给您老拜年。”说着就跪在了母亲面前，童秋莲和两个娃一起跪下了。他们磕了三个头。

吴婆的心情好了一些。

李顺久随手解开李顺海送来的布袋，拿出了一片“麻叶片”，吃了一口，感叹说：“老大做的就是好吃。”

童秋莲说：“你就只晓得麻叶片好吃，你就没有想想，怎样才有麻叶片吃？像你这样不顾家，莫说麻叶，只怕菜叶都吃不到。”

“是的啊，不是秋莲把这个家撑住，天晓得会成什么样子？”吴婆说，“秋莲，你跟我看紧些，我去广州的这些日子，他要还敢胡作非为，回来我就收拾他。顺久啊，你给我记住，绝对不能去摇骰子。”

“您放心，我绝对不会。您就安心在哥哥那里多过些日子吧，享享清福。当然啰，我的事您千万千万不能忘记。”

李家鸣小声嘀咕：“多住些日子，我上学怎么办？”

“你上你的学，哪个拦你？”

童秋莲说：“婆婆答应带他一起去的，你搞忘记了？”

女儿李桂香就说也要跟婆婆一块去。

“去去去，去哪里去？你个姑娘家，就老实待在家里吧。”

“你们重男轻女。”李桂香哭起来，蹲在地上。

吴婆就说：“桂香，来来，婆婆带你去。”

童秋莲说：“婆婆，您不能迁就她。”就拉过李桂香，说，“你听话，不去，妈跟你做一身新衣服。”

李桂香破涕为笑，说道：“您要说话算话。我要和孔国华一样的新棉袄。”

吴婆从棉袄里摸出一个白布小包，放到并排曲卷着的大腿上，一层一层打开，将一沓钞票拿起，数了起来。

李顺久在一边喊：“妈，还怕大哥不给您钱花？他一个月三百多块咧，抵我一年的工钱咧。”他的言外之意就是要母亲把钱留给家里。吴婆平时很少给他钱，每月总要给媳妇五块八块的，再就是给孙子孙女。

吴婆不理睬李顺久，喊过童秋莲，嘱咐她一定要给桂香做新棉袄、新外套。吴婆从来都不嫌弃女孩，她说自己就是个女人，为什么还要嫌弃女孩子呢？看到桂香的棉袄吊三寸，心里就痛。吴婆递给秋莲两张十元的钞票，说是给桂香做新衣的。然后，给她五张十块的，嘱咐她添置一些年货，给桂香的外公买两瓶酒。吴婆晓得他们的日子过得难，腊肉腊鱼总共就腌了十来斤，新衣服也没有添。按照风俗，接近过年了，年货置办也就要差不多。一般来说，各家要置备鸡鸭鱼肉、糖果副食、柴米油盐酱醋茶酒。也要“熬糖”，做“麻叶片”，发麻花、饺子、玉兰片、荷叶片，还要做糍粑、汤圆、打豆腐、购烟花爆竹。到了腊月二十九还要开卤锅，卤野兔、野鸡，卤千张、猪头、猪大肠、猪肚子等等。可是，到现在，他们都没有准备。原因很简单，大顺子寄给顺久过年的钱，他都输了。吴婆怎么安心出去呢？吴婆还有打算，待会儿顺久出去摸牌，再给媳妇几张十块的，让她再置办一些腌菜度春荒。

太阳探出头来了，歪歪脑袋笑盈盈地向上爬升。吴婆拄着竹篙站在门前，一只手遮挡在眉毛处望望天空，看见几片淡淡的云彩，就断定今天是个好天气，少了一点担心，脸上就有了笑意。

李家鸣今天穿了一套学生蓝的卡其布新外套，就去找刘昌兵。刘昌兵对他的新衣服不感兴趣，他就去找何正来、何正清，还去找了欧阳思友，名义上告诉同学们去看大伯，心里就是想让他们知道今年做了一套里外全新的棉袄、棉裤。哪晓得，这几个同学和刘昌兵一样，没有注意他的新衣服，倒是关心他的伯伯，问他会找伯伯要些什么东西，他伯伯会不会把他留下当个小兵，会不会让他打真枪。他瞎吹一气，牛头不对马嘴，引得他们嘲笑了一顿。

一辆银色轿车开进了西流河镇，立即引来了人们的猜测和议论。

“看到没有，小轿车，绝对是大官坐的。”

“对呀，听说县委书记都没有轿车。”

“西流河谁够格坐乌龟壳呢！”

轿车到了剅背，速度很慢很慢。菜摊子堵住了去路，车停了，下来一个女军人，招呼着赶集的人们：“乡亲们得罪了，得罪了，让一让啊，请让一让。”轿车慢慢蠕动，过了剅背，直奔八字朝门。

快到八字朝门时，轿车又停了，女军人从车窗里探头打听李顺久的家，玩耍的小孩子就大喊李家鸣，一下子围到了汽车边。因为担心出现意外，司机将汽车喇叭嘀嘀按响，孩子们吓得赶紧散开了。汽车启动，开了约二十米远，李顺久就在车前招手，轿车便停了。

“你们是来接我妈的吧？”李顺久冲着车上下来的女军人问。

“您是李顺久叔叔？”

“是的啊。”

女军人自我介绍，叫李思思，是李顺长的女儿。

李顺久应声，笑眯眯地说：“哦。想起来了，我看过你的照片。”

这时，吴婆已经站在门口，李顺久告诉李思思，那就是婆婆。李思思跑过去喊：“奶奶，奶奶。”

吴婆愣愣看着她。

李顺久在一旁说：“妈，她是大哥的女儿，您老的孙姑娘思思。”

“啊，你是思思。”

“是的，奶奶。”

“你喊我什么啊？”

李家鸣说：“婆婆，姐姐喊的是您，奶奶就是婆婆的意思。那是普通话。”

“哎呀，我哪晓得什么普通话啊，沔阳人怎么不说沔阳话？”

他们和婆婆一起进门。一会儿，李思思又出来，在轿车的后备厢里，拿出来两个提袋。李顺久见了，赶紧帮忙提过一只。思思告诉婆婆，这两个包是她爸带回的礼物，有婆婆的补品、叔叔婶娘的衣服，还有给其他伯伯叔叔的礼物，再就是香烟糖果。

吴婆让李家鸣给看热闹的小孩们发糖果，给大人发烟；让李顺久打开两只包分一分，使大顺子的一番心意让亲戚和乡亲都知道。李顺久打开，一一清理，搞不清楚的就问思思。清理妥当，吴婆就要李顺久领着思思去给族亲送礼，认个门。

李家的兄弟都住在附近，送礼一会儿就完毕了。李顺久又给站在门前看热闹的街坊散香烟，再次给孩子们发糖果，孩子们接过糖果，有的就往家里跑，有的就打开了吃。大人们谈笑风生，小孩们嘻嘻闹闹。

童秋莲提前做好了午饭，他们吃完就上了轿车，开出西流河。

训子 •

到达广州火车站，已经是腊月二十六的下午。李顺长参加地方的春节军民联欢会，心神不宁地看节目，他不时看手表，眼看火车就要到站，他不得不提前退场。赶到火车站时，得知母亲乘坐的火车晚点了。他在站台上走来走去。警卫员、秘书、司机站在一边，眼睛跟着他的身影挪动。

火车进站了。李顺长就往前迎，一边问跟在旁边的警卫员："几号车厢？"

"好像是14 号车厢，在前面。"

旅客开始下车了，人头攒动。他焦急地寻找思思。

"哎，这儿啊，奶奶在这儿！"

李顺长听到了思思的声音从身后传来，转身果然见思思举着军帽在那儿挥动。

原来，思思在04 号车厢。

李顺长跨着大步，朝那里走去。他看到了思思旁边的老人，穿着士林蓝布对襟棉袄，拄着一根竹篙。他认出了那就是日夜思念的母亲。

隔母亲三步远的地方，李顺长挺直腰杆，大声喊道："报告母亲，儿子大顺子前来迎接您老人家。"

吴婆停住脚步，睁大了眼睛打量着李顺长："你，你是大顺子？"

李顺长又是一个立正："报告，我就是大顺子，母亲。"

吴婆上前，扬起竹篙子就往李顺长身上抽打，站在两边的人们惊慌失措。警卫员赶忙要拦，被李顺长呵退。

吴婆的竹篙又打在在儿子的腰间、肩膀上。

警卫员情急之下，大喊："太婆，您怎么打首长啊。"

司机说："老太婆，他是我们司令啊。"

吴婆打累了，拄着竹篙支撑身体，冲着旁边的一帮人说："我不管他是手掌还是手背，我也不管他是司令还是冰凌，我只晓得他就是我养的儿，做娘的就是要教训这个忘本的家伙。"

众人面面相觑，李顺长夫人向思思使眼色。

思思过去扶住奶奶，问道："奶奶，您为什么生气啊？"

吴婆望望思思，就说："你说说啊，几十年不见了，连妈都不晓得喊一声，这是我养的儿子？我养这种不孝的东西有什么用？"

李家鸣说："婆婆，您搞错了，伯伯喊了母亲，母亲就是妈，是普通话，婆婆！"

"狗屁普通话，你思思姐姐在外地生养的，怎么说话，我就不计较了。李顺长，他是西流河的人，土生土长，为什么还要山东驴子学马叫，南腔北调，不该打？"吴婆还不解气，对思思说，"你说说，他是来接我的，还是来吓我的？身上扎的是皮带，脚上蹬的是马靴，屁股后跟着几个当兵的，在我面前抖威风？要是这样在西流河，祖宗都要挨骂，忘本啊！"

思思要解释，李顺长阻拦说：“不要跟你奶奶犟嘴。”他迅速摘下军帽，脱掉了礼服，跪在母亲面前：“妈，是儿子不孝，对不住您老，儿子只求您老不要再生气了。”

吴婆就去扶儿子:“起来，起来。”儿子两腿尚未站直，她就把儿子搂住，“儿啊，妈想你啊。”泪水在脸上流淌。李顺长紧紧抱住母亲，说道：“儿子也想妈啊，儿子不孝，这些年都没有服侍您老，见面就惹您生气，对不住啊。”

思思过来说：“奶奶，您老累了，我们回家休息去吧。”

母子二人就松开了。李顺长向母亲介绍夫人赵静怡。

儿媳赵怡静就喊了一声“妈”，给婆婆鞠了一躬。吴婆高兴，拉到眼前上上下下看了三遍。

孙女婿顾嘉过来，李顺长给妈介绍说他是思思的丈夫。

“哦，也是当兵的，好，好。”吴婆张望，“我的大孙子呢？”

赵静怡告诉说建国在上班。

吴婆失望的神情表现出来，喊过李家鸣，让他喊伯伯、伯娘、姐夫，李家鸣一一喊过。李顺长摸着他的头，说道：“到伯伯这里，就是在家里，莫认生啊。”

李家鸣嗯了一声。

赵静怡说：“想吃什么，想要什么，你就跟伯娘说。”

李家鸣点头。

李顺长扶着母亲，问道：“妈，我们回家去吧？”

吴婆说好，李顺长挥手示意，大家都上了车。

• 背母亲

轿车朝省军区大院开去。吴婆突然觉得头晕胸闷，一只手捂着额头，一只手扶着竹篙闭起了双眼。

李顺长忙问母亲怎么不舒服，他用手托住母亲的后脖颈，让母亲的头靠着柔软的垫子。

司机减速了。

思思侧身回头，问奶奶哪儿不舒服了。

吴婆半睁眼睛："头晕。"

思思猜测，没有坐过轿车的奶奶，在狭小的空间里可能觉得闷。她告诉爸爸，奶奶可能是晕车。李顺长马上打开车窗，一阵裹着凉气的北风不由分说地涌进车里，吴婆打了一个寒战，嚷道："让我下去，我要下去！"车马上停下，吴婆就推车门，一边骂："什么狗屁轿车，牛车不如。"车门打不开，心里发毛的吴婆就捶打。

"妈，我来开。"李顺长说。

坐副驾驶位的思思已经跳下了车，急忙打开了后车门。吴婆急不可耐地下车，趔趄中被思思搀扶住了。李家鸣也随着下车，埋怨婆婆：“轿车坐着蛮柔软，好舒服，您为什么就不坐咧？”

“柔软？把你婆婆晕得昏头昏脑，老骨头快散架了，肠子肚子都快搅翻了，再不下来，只怕都要晕死。我坐牛车、板车从来不像这样难受，还小轿车咧。”

思思要解释，李顺长拦住，说：“妈，是我不好，让您老受罪了。”

“我不是怪你，只怪这车古里古怪。”

“您老歇一下，我们换一辆车。”

“换什么换？我不坐车，我就慢慢走。”吴婆说。

众人吃惊，面面相觑。李顺长忙说：“好，走回去，我陪您老。”转身吩咐大家坐车先走，把李家鸣带上。大家不好意思也不敢走。李顺长挥手，拧紧眉头厉声道：“还等什么呀，把车都堵在这里，围成一大圈好看吗？”

吴婆说：“你怎么说话呀，人家就该听你吼叫？”

“嗯，是大顺子不好。”

“儿啊，什么时候都不能忘本，要记得我们是穷家小户的人，要有骨气，也得有义气，不能让人欺，也不能欺负人啊。”

“我记住了，妈，您老放心吧，我以后一定小心。”李顺长又转身，再次挥手让大家走，嘱咐夫人回家后就做好准备。思思坚持留下陪着奶奶，李顺长点头同意了。脱下军装放到了轿车里，轿车就开走了。

吴婆拄着竹篙，一步一步艰难前行，不时有汽车从身边疾驰而过，嘀嘀的喇叭一叫，吴婆就像听到狼嚎一样，缩动一下身子。吴婆问李顺长：“这个牲口怎么这般叫唤，没人管吗？”

思思说：“奶奶，那不是牲口，是大汽车按喇叭。”

“我们西流河的铁喇叭喊话有时候难得听清楚，这个喇叭的喉咙这么粗啊。”

“它是用电、用油，不需要力气。手指一点，它就叫起来了。”

李顺长护着母亲，走着马路外侧，母亲走内侧。见母亲行走那样艰难，李顺长心里很不好受，突然有了主意，就要背着母亲前行。吴婆停下脚，迟疑一下，答应了。

李顺长脱下毛衣交给了思思拿着，上身只剩下衬衣和军绿色的卫生衣了。李顺长弓腰，吴婆就爬到了他的背上。李顺长问：“您老好了吧，我走了？”听到了母亲说好，李顺长直起身。吴婆一手勾住儿子的颈脖，一手拖着竹篙，竹篙与水泥地产生的摩擦声吱吱地刺耳。思思发觉后，不好责备，就说帮奶奶拿竹篙，吴婆就把竹篙交给了思思，双手趴在儿子的脖子两边，心里涌动的是自豪与幸福。“大顺子，还记得那年我背你去舅舅家吗？”

李顺长说：“我记得，那是我八岁的时候，对吧？”

“是啊，走了大半天，你说走不动了，肚子又饿了，坐在地上赖着不走了。”

“您说，越歇越懒，又怕我睡着，就背着我。我趴在您的背上一下子就睡着了。您背着我走了三十里，到了舅舅家里就倒在地下了，我吓得直哭。”

说话间，顾嘉骑着一辆三轮车从马路那边弯了过来，他们就停了下来。李顺长说：“妈，歇一下再走吧。”吴婆嗯了一声，李顺长蹲下身，思思扶住奶奶站住了。

顾嘉从三轮车上拎起热水瓶，拿过两只碗，倒出热水烫了烫，就倒了两碗水晾着。

三轮车上铺着棉被，还有一条军毯。思思给了顾嘉一个奖励的笑容，与爸爸交换了脸色，就对奶奶说：“奶奶，您看，坐到这个车上怎么样？”

吴婆犹豫着。

思思劝奶奶，先坐上去试试，不舒服就再不坐。

顾嘉给奶奶端过温热的开水，奶奶一饮而尽。

思思又催奶奶上车，李顺长说：“你婆婆不喜欢就算了，莫要勉强。”

吴婆说：“我坐，孙女婿的孝心，我领情，坐。”

李顺长笑了，思思很开心，先上车，在车上接奶奶，李顺长在车下抱着母亲往上递，顾嘉确认吴婆坐好后就松开车闸把骑走了。一会儿，一辆吉普开来，李顺长坐了上去。

• 合家欢

“妈。到家了。”先一步到家的李顺长站在门口迎候母亲，指着三层小楼对母亲说。

“哦，这是你的房子？嗯，好高啊。”吴婆边说边往屋里走。

赵静怡满脸是笑，指着沙发请婆婆坐下。吴婆不坐，他们都只好站着。

吴婆拄着竹篙在屋子四周看。她的眉头紧蹙，嘴也瘪了。房子不是她想象的那样，心里就不高兴。她觉得儿子这个家没有一点讲究，大门没有门神，屋里没有神龛，没有中堂。她喊过顺长：“大顺子啊，你呀，你是忘本了啊，还是不讲规矩？”

“妈，我不敢忘本的，不会忘本的，您放心。”

“我放心，你是让我伤心啊！”吴婆扬起竹篙子指着四周数落说，“你看你看，西流河的规矩，哪里能找到一点影子？中堂、神龛都没有。居家过日子，要守规矩啊！”

思思说：“奶奶，您说的是迷信。”

吴婆把竹篙在地下戳了两下：“迷信是什么东西？你不懂，我不跟你说，大顺子晓得的，咱西流河镇每个家都要供，你们凭什么不供？”

李顺长示意思思再不要辩解，就对母亲说：“您不知道，这个地方，跟我们西流河的乡风不同，不卖那些东西。”

“哦，真的？”

“是的，您老想啊，我们西流河一马平川，清一色的平房。但这里有湖有山，都是楼房，有的还有七八层高。不一样啊。”

“这样啊，妈错怪了你。”吴婆说，“难怪，路隔十里，乡风不同哇。大顺子，等下跟我说说，这里有哪些犯忌的事、犯禁的话，我就注意一点，免得人家笑话你妈不讲规矩。”

“好。吃了饭我跟您说。”李顺长向母亲解释，家里做饭来不及，就在外面让别人做了饭，要一起到外面去吃。

吴婆说：“要花很多钱就不出去了，更不想下馆子。”

李顺长告诉母亲，是自家买的菜和米，军区食堂帮忙做，只出手工费，钱不多。

“哦，那好。妈也不是外人，你侄儿子还小，不要铺张，记得细水长流。”

“我晓得了。”

赵静怡说：“妈，您老放心就好了，顺长啊，可节约了，他的衬衣几个补丁，别人还笑话他土包子。”

“笑破不笑补，那些人哪，痴笑。”

李顺长拨完电话，背着母亲到了军区小灶食堂，几个当兵的守候在那里热情接待。吴婆落座后，就说：“大顺子啊，我们家里吃饭，几个当兵的站在旁边，不自在啊。”

思思说：“那是服务员，招待我们是他们的工作。”

“又要多花一份钱？”吴婆说，“我们一家人，自己添饭，自己端菜，让他们招待别人去吧。”

顾嘉就去执行了奶奶的命令。

这时，李建国下班，马上赶了过来，吴婆笑得合不拢嘴，让大孙子坐在了身边。

“妈，今天的菜，不合您口味的话，您就说，我们就换菜，只是这里的人不会做我们的沔阳三蒸。”

“过年的时候再蒸。现在将就一下，不太辣就行。”

菜端上来了，红烧青鱼、汆汤圆子、清炒藜蒿，再就是家常豆腐、萝卜烧肉。吴婆吃菜，觉得口味蛮好，笑着说，原来这里的口味也和西流河差不多呀，笑道：“你还记得妈的口味呀，嗯，不错，家鸣哪，吃啊，到伯伯这里也是自己家里，不要认生。”

李家鸣说：“我知道，伯伯是我爸爸的亲哥哥嘛。”

李顺长说：“你多吃点，以后想吃什么，跟我说、跟伯娘说都行。”

吴婆说：“你们可不能迁就他啊，娇生惯养就是害他。”

李建国给奶奶夹菜，奶奶笑眯眯的，让他自己吃，说自己拈才吃得多。

李顺长给母亲拈了一筷子菜，就问顺久的情况。

提起顺久，吴婆就揪心，“嗨！他啊，一天到晚都是在云里雾里过日子。根本不怕我，阴一套，阳一套。”吴婆停顿一会儿说，“他把我当日本鬼子对付。他一再怂恿我到你这里来，就是要我跟你说，他想当书记、当镇长，想你跟县里打招呼。”

“这个事不好办啊，妈……”

“我没打算要你说。他当镇长，不能做正事，不是害人吗？”吴婆说，“你们哪，也该管管，长哥长嫂当爷娘呢。这回呀，我就是要督促你们回西流河，只有你回去了，才管得住他。”

“是我们做得不好，妈，我们也晓得对弟弟关心太少了，以后会注意的，妈放心吧。”赵怡静说。

李顺长疑惑：“顺久不是党员吗？”

“党员？就像拆白党，不是个好东西，还厚着脸皮争书记当。他也不晓得街坊背后戳他的脊梁骨。”

“怎么就变了呢？”

“还不是因为你。”

“我？”李顺长莫名其妙看着母亲。

“听说你是司令，他就不得了了。街坊，让他三分，就算做错了事，也没得谁敢管他。他胆子越来越大，不知天高地厚。别人不敢说的话，他敢说；别人不敢做的事，他敢做，还以为自己有能耐。”吴婆接着叹息，“那些人也是贱，听到当官就怕。你再狠，再多兵，一枪也打不到西流河，县官不如现管，那些人怎么就怕你呢？”

“妈，我今天就给县政府、区公所写封信，不能纵容顺久，我也不会袒护他。”

“写什么信咧，不晓得回去？我刚才说的话你当了耳旁风？”

“我没时间回去啊，妈。”

“你难道在外面过一生啊？叶落归根，总得要回西流河吧。”吴婆停顿一下，“‘金钱豹’，你还记得吗，比你早两年当红军的街坊。”

“哦，我晓得他。他受过伤。”

“他都回西流河了。”

“探亲，还是……”

“在西流河都盖房子了，你就不想回去？你能不回去吗？”

“妈，我要回去的。”

“那就早点回去，也好管教管教顺久，我就担心他，总是胡作非为，哪天坐牢了如何收拾啊？”

“我以后一定多关心他一些，妈，您老莫着急。”

“说到天调转到地，你还是回去吧。司令也好，师长也好，当兵能当一辈子？你要是做不得重活了，回西流河区公所谋个差事，总能混一碗饭吃。”

思思哧哧笑出了声，吴婆说：“思思，笑什么呀，笑你婆婆？我跟你说，婆婆老是老了，不糊涂！”

思思就挪到奶奶身边坐下：“奶奶，您别生气，您老绝对清醒而且明事理。我是说呀，我爸爸，您老人家的儿子，比区长的官大，比县长也大。”

“比县长大？不就是省长？”

“我爸不是省长，是和省长一般大的官。”

“哎呀，我儿子当了这么大的官啊。”吴婆略有所思，叹息说，“沔阳也有一个大官，叫张难先，当过浙江省省长，后来省长当不成，回沔阳当了教书先生。人生无常啊！”

搬沙发 •

一家人说说笑笑往家里走。

吴婆突然想到了睡觉的问题，告诉媳妇说，婆孙两个一个铺就够了，没有床铺就打个地铺。

赵静怡说：“妈到了儿子的家里，哪能睡地铺啊。您老放心，房间有的是，妈一个房，家鸣一个房。”

李家鸣看到一个当兵的别着短枪站在门口，就急着往那儿跑。他想看看真正的手枪。

“喂，你想干什么呀，家鸣，家鸣。”李顺长喊他。但李家鸣似乎根本听不见喊叫声，直奔门岗，李顺长只好追上去，一把抓住了他的胳膊。

原来在李家鸣看来，把枪拿过来看看又不妨碍谁。

问清楚了原因，李顺长又好气又好笑，严肃地告诉他：“枪支是战士的生命，任何人抢夺他们的枪支都是犯罪的，是要坐牢的。”李家鸣似懂非懂、半信半疑地望着伯伯，伸出舌头后，低下了头。李顺长不想孩子刚来就被吓怕，就说：“有很多事你不懂，你还小嘛。以后伯伯教你。你喜欢枪，长大了就当兵，手里头每天都有枪，对不对？”

“真的？”

“伯伯能哄你吗？”

“我要当兵。”

“长大以后吧。”

“长多大。”

“长得比步枪高一个头。”

“好，我就快点长。”李家鸣说，“我长高了，就到您这里当兵，不，我要当官。”

“从小不要尽想着当官，当官必须是从当兵开始的。你现在要好好学习，多长点本事。”

吴婆与她们一道进屋，赵静怡让思思安置婆婆休息，自己要给婆婆泡茶。“婆婆，您喜欢龙井还是碧螺春呢？”

“你说的这些我都没听说，随便放点到里头，变个味道就可以了。”

思思扶着婆婆，请她坐到沙发上休息。

那是一款牛皮软沙发，高大宽敞，单人独坐。婆婆这时才注意到这个庞然大物，用竹篙敲敲：“这个东西能坐？”

“能。”思思说，“奶奶，这个就是弹簧椅子，坐上去特别舒服。板凳是硬的，坐久了屁股会疼，它是软的，时间坐久了也不觉得累。”

“哦，还有这么好的玩意？”吴婆想试试。思思扶住奶奶，看见奶奶的屁股落到沙发里才松开手。

“啊！”吴婆惊叫。她坐进沙发里，就像从半空云里往地下坠落，惊吓得魂魄出窍，本能地叫喊出声。她顾不得回答思思的问询，就往上挣扎。她不喜欢这个高大却不听话的“怪物”，陷在里面很不舒服。不料，越是挣扎，越是爬不起来，往上拱起一点儿一会又陷下。吴婆的双手抓着沙发两边的扶手，就是抓不住。扶手又宽大，又柔软，就像水里的泥鳅，抓住了又滑落了。吴婆好像掉到了水井里，看得见天，看得见井口，怎么也爬不上去，心里烦透了。

一旁的思思也在着急，奶奶不回答，她就不知所措。奶奶这样是因为身上瘙痒，顶着沙发背擦痒吗？不像。也许奶奶觉得沙发新鲜，高兴地在里面摇荡咧。常言道：老小孩老小孩，老人有时候就和小孩一样。不，也不像。“奶奶，您怎么了？”见奶奶仍然在沙发里不停挣扎，思思又问。

这时候，李家鸣和李顺长一起进门，吴婆就喊：“大顺子，大顺子，拉我。”

李顺长赶忙过去，一手从母亲脖颈与沙发靠背的缝隙里伸进，托住母亲的腰背，一手勾住母亲的双腿，屏气凝神，将母亲抱出沙发，慢慢地放下，等母亲的双脚落地后才松开手，忙问：“妈，您哪里不舒服啊？”

吴婆来气了：“我浑身都不舒服，魂都吓得不在身上了。”

“您莫生气，都是儿子不好。”

吴婆的竹篙在那沙发上敲，然后左一下，右一下地抽，就像抽打一个怪物。对，在吴婆眼里，它就是一个不祥的怪物：“你说说，屋里摆这个怪物干什么，要把你妈吓死？”

“奶奶，您啊，别生气，这是个沙发，不是怪物……”

“沙发？只怕要你婆婆发痧吧。”

李司令责备思思，不该跟婆婆瞎说，然后对母亲说：“您不喜欢，以后就不坐。是儿子不好，没有想周全，让您受了惊吓。”

吴婆就不作声了，拄着竹篙站在那里喘粗气，李家鸣走过去牵着婆婆的手说："您不生气了嘛，婆婆，伯伯都赔礼了。"

吴婆的气就消了一点，竹篙敲敲沙发："你给我把这个怪物弄走，我看着就来气。"

"好，我马上就搬。"

"丢得远远的。不，烧了算了，留着的话，别人捡去了，还是害人。"

李司令不敢应承。

"怎么，舍不得呀？"

赵静怡找到了一把木质靠背椅，端了过来请婆婆坐，一面解释："妈，您老先消消气，大顺子不敢不听您的话。您先坐一下，让他想想丢到哪里，在哪里烧。您也看到了，这个院子，没有空地，找不到一个能烧的地方。直接拉出去烧，人家以为失火了，消防员一来，我们还得罚款交钱。"

吴婆觉得媳妇说得在理，没有作声，坐到了木靠椅上。

思思着急了，她真以为爸爸妈妈同意烧掉沙发，就说："不能烧，奶奶，这套沙发是公家的，租给我们家用的，烧了就要赔钱的。"

"公家的？"

"公家的东西就烧不得，老师教过我们，要爱护公物。"李家鸣说。

"嗯，公家的东西就不烧，也不丢了，大顺子，你把它还给公家。"

李顺长脱掉军装，挽起衣袖，就去搬那单人沙发。他蹲下身子，扎着马步，弯下腰，一只手从底部托住，一只手从扶手处扣住就往上使劲儿，沙发稍稍动弹了一下，再也不听调遣。李顺长站了起来，大口喘粗气。

吴婆着急，起身看沙发，弯腰看底部，再看上面，说："这个家伙没有生根啊，怎么就搬不动啊你，大顺子你十五岁就能抽得动石磙的啊，你呀，现在真是亏了哦。妈说让你回西流河你还不服。"

思思在一边偷笑，又说："奶奶，我爸呀，从来都不做家务事。"

赵静怡胳膊拐了思思一下，瞪了她一眼："你怎么不懂事啊，还要火上浇油。"接着又说，"老李呀，我帮你抬。"

吴婆高兴："嗯，好，夫唱妇随，家庭兴旺。"

思思说也要帮忙。吴婆表扬："做姑娘的晓得心疼父亲了，到底长大了嘛。全家同心，其利断金。好！"

赵静怡就过去了扶住沙发的靠背，思思在另一边的扶手上搭手，准备帮忙抬一把。李顺长说不用，坚持一人搬。李顺长再次下蹲，托底抱扶手，猛然发力，沙发抱起，一步一步挪出大门。过了一会儿，他又搬出了第二个沙发，浑身都轻松了，似乎完成了一项重大使命。再回到客厅，觉得腰间胀痛，他双手叉着腰，慢慢摇动。

赵静怡看出了端倪，说："老李，莫不是腰扭了？快，看看医生去。"

李顺长说："不用。长期没动了，我就活动活动。"就坐到了木椅上。

赵怡静说："别大意啊，搞成腰伤就麻烦了。"

"不消大惊小怪，我来帮他揉。"吴婆说。

李顺长不肯要母亲揉，他认为只是因为长久不活动才导致这般痛胀。吴婆心痛儿子，起身到了李顺长身后，放下竹篙，不由分说就给他揉肩："妈跟你外公学过推拿，你当红军前，跟别人赌力气伤了腰，是我揉好的，你忘了。"

"嗯，我记得。"

捏完了肩颈，吴婆让媳妇找来一只矮凳，叫李顺长坐上去，躬起背。吴婆一边按一边数落："你看你，事做少了，尽长肉。"

"我也五十多了，也是该发福了。"

"不是个个都发福的，西流河跟你差不多大的，没几人像你这么胖，你看你，长得圆滚了。”

“奶奶，我以后督促我爸锻炼。”

吴婆叹息。

购物 •

过了正月初三，吴婆就想回西流河。她在这里很不习惯，儿子、媳妇、孙子、孙女过年也在上班，万万没有想到的，家鸣也跟着哥哥、姐姐到上班的地方去玩。吴婆一人待在屋里，没有一个说话的人。出去吧，两眼一抹黑，不晓得路怎么走，再说小脚颠颠，歪歪倒倒，自己都觉得不方便。在西流河多好啊，待在屋里有收收捡捡的事，不想做了，就出门，到王婆、张伯、李婶随便哪一家都可以谈家常，还可以到居委会里听新闻。嗨！在这里简直像坐牢。“我不要你们送了，自己回去，大顺子，你给我买两张票，反正家鸣还认得几个字，回得去。”吴婆不容分辩的口气。

“妈，您才过来几天哪，怎么马上就要走啊？儿子做得不好，您可以打，可以骂。儿子保证马上就改正。无论如何您都要多住些日子。”李顺长苦苦挽留。

“你呀，什么都做得好。”吴婆说，“只怪你妈不喜欢这里。金窝银窝不如自己的狗窝，天好地好还是西流河好。”

“婆婆，您说得不对，我觉得还是这里好玩。我不走，我要多玩几天。”李家鸣牵住婆婆的手。

吴婆叹了一口气，再不作声。李家鸣高兴得不得了，非常得意地笑着，等着伯伯的表扬。伯伯摸摸他的头，说要建国哥哥带他到百货商场去，给他买钢笔，还买一把玩具铁质手枪。家鸣笑得合不拢嘴。

为了留住婆婆的心，赵静怡和思思特意抽出时间陪婆婆逛街。婆婆来了几天，只是出去看了一场春节文艺演出。可惜的是，看着看着，睡着了，还是建国背回家的。

百货公司的货物琳琅满目，来往的人络绎不绝。好多东西吴婆在西流河未曾见过，就盯着看，看得很仔细，不时赞扬几句。

媳妇将婆婆领到了首饰柜。五彩缤纷的珠宝，金光银光交汇，吴婆觉得喜庆，就在柜台前流连。一条翡翠项链，流光溢彩，吴婆凑拢过去瞅了好一会儿，翡翠绿幽幽、白生生，让她想到了西流河，想到了河边的杨柳倒映在清清的河水里。在那春风和煦的日子，嫩绿的树枝悬挂在河面，河水清亮，波光粼粼，水底的鱼儿追逐嬉戏。她想要儿子的一家人也记得西流河，打算买下这个物件。头一回见儿媳妇，该给她礼品，西流河也有规矩，儿媳妇第一回见婆婆，婆婆不是要给红包吗？吴婆就让营业员把项链拿出来。“对不起，老人家，这是贵重物品，只能在柜台外面看。”

吴婆就说：“你这个姑娘，说话不在理啊，不看清楚我怎么买？”

营业员告诉吴婆，假若想要，就预付押金百分之三十，确定购买再付余款。

“嗨，你们欺穷啊，看不起我这乡巴佬？”吴婆好生气。思思就劝婆婆。赵静怡便找营业员交涉。后来，经理来了，向吴婆道歉，请她到柜台里面的休息室休息，顺便让她看翡翠项链。

赵怡静知道，项链的价格不菲，身上的钱肯定不够，于是避开婆婆给李顺长打了电话，说了情况后，李顺长说马上取钱送来。他们夫妻只有一个心愿，想尽一切办法满足母亲的心愿。只要母亲喜欢的，无论如何也要满足。

吴婆不懂翡翠，只是觉得好看，拿在手上，窗外的太阳照射过来，就像鲜嫩的荷叶；灯光下看，像那新绿的麦苗含着雨露在阳光下闪烁。她喜欢，儿子给的钱，她带在身上，记得有五百块。五百块，李顺久做一年的工也没有这么多，想到媳妇对自己的好，更为给儿子一个颜面，狠下心，决定买下。吴婆问："这个东西是几十还是上百？"

经理说："您老喜欢的话，我们可以打折，打折后的价格是二千八百八十元。"

"这么贵？像要杀人的，你把它当金子卖啊？"吴婆来气了，站起身。

经理还要说什么，被赵静怡的眼色制止了。

李顺长赶来了，母亲出来时，他正要往里走，看到后就问母亲选好没有。

"走，走，惹不起，黑店。"

李顺长说："妈，您老莫生气，我带了钱，想买我马上付钱。"

"不买了。两三千块，盖三间大瓦房都有多的，就买这个东西？"吴婆对媳妇说，"我认为好看，你又在城里，想买给你戴。贵了，就不买了。婆婆对不住你，只能送别的礼物给你。"

"谢谢您，妈。您老呀，不要再想到给我买礼物，多住几天，比什么都好。"

"是啊是啊！妈，您的儿媳妇说的是真心话。"

"我知道。你这大半生，就做好了这桩事，帮我娶了一个好儿媳。"

大家都笑了起来。

婆婆的话提醒李顺长和媳妇，他们说给弟媳妇买几件首饰带回去。

“带礼品我不反对，哥哥嫂子的一片心意嘛，你们的礼数到了，他们就不能挑礼。”吴婆说，“不许乱花钱哪，莫要买花里胡哨的东西成个摆设。”

“给他们各人买一套好衣服，给弟媳买一条项链，给顺久买一块手表，您看行不行？”

“衣服嘛，不要太好，一般的衣服就行了。给你弟媳买一对金耳环就行了。”

他们就听从了母亲的安排，一起往服装柜台走去。思思挽着奶奶，说道：“奶奶，我也该孝敬您老，我来给您买两套衣服。”

李顺长忙说：“这个主意好。”

吴婆说：“哪里有我穿的呀，思思啊，你有这份孝心，婆婆就心满意足了。”

“妈，她都赚钱了，一个月六十多块，该孝敬您老。”李顺长说，“这里什么衣服都有，您老选不中的话，我们就专门定做，这里的裁缝手艺顶呱呱。”

母亲被说动了，答应试试。吴婆一生未穿过皮袄，看到水貂皮的对襟皮袄，很是喜欢。赵静怡怕又生出事端，婆婆舍不得买，就叫思思陪婆婆试衣服，她悄悄和营业员交涉。谈妥价钱，也教了营业员怎么说话。

吴婆试了一件，嫌大了，换了一件，正合适。思思说：“买了啊，我来付款。”

吴婆让思思不要急，说贵了就不要，然后问营业员多少钱。

“六十元。”

“贵了，便宜一点。”

“便宜十块，五十。”

“不行，图个吉利，四十八。”

营业员看到了赵静怡的眼色，马上答应卖给吴婆。

买了皮袄，吴婆心情明显好了些，她高兴的是，还价成功，少了十多块。吴婆对思思说：“哪个说公家的不让还价？买东西呀，你就是想买也不能说想买，要装作挑剔的样子，这样就好讨价还价。我跟你说，只有买错的，没得卖错的。不还价就吃闷亏，划不来哟。”她根本就不会知道，儿子媳妇另外支付了二百一十二元。

思思说记下了，赞美了婆婆几句，吴婆心里像抹了蜜。

又过了两天，吴婆再次提出要走。孙子李建国正好在家休假，就劝奶奶留下。吴婆说：“在这里过年，我回去过十五，西流河的十五热闹啊。”

“这里也热闹，奶奶，有花灯、有焰火，还有演出。”

“演出？我不喜欢。我就喜欢狮子、龙灯、花鼓戏。”

李建国想不出好的理由，就说：“反正我不让奶奶走，您不是说喜欢我吗？我要多陪陪奶奶嘛。”

大孙子诚心挽留，吴婆就不好再说走。大孙子特别像大顺子小时候，喜欢搞恶作剧，喜欢抱打不平。莫看他高大魁梧，在奶奶面前就像乖乖听话的小绵羊，缠着奶奶讲西流河、讲他爸爸小时候的事情。尤其是对家鸣，就像亲兄弟。吴婆从内心里喜欢。

第七章　迎新祈福

忙年 •

寒假前夕，西流河街道的子弟组织了一次学雷锋活动，帮助军烈属和五保户挑水、卖煤。

居委会赶在吴婆到广州探亲之前，慰问了军烈属。

既是军属也算孤寡老人的张婆很感激。她在腊月初三就腌了五十斤腊肉、六十斤腊鱼，就是准备向善良的街坊邻里表达一下心意的。

腊月十八这天，张婆开始分头感谢。她首先提了五斤腊肉到徐满堂家里，徐满堂一年四季都帮她买米、挑水、劈柴，要第一个感谢。徐满堂的母亲高素珍坚决不收，“乡里乡亲的，满堂帮您挑水、劈柴应该的，怎么能收您的腊肉啊？”

张婆说：“不表示一下心意，我怎么过意得去？”

对徐满堂家里来说，五斤腊肉太贵重了，收下了，还不起那个情。见张婆仍然坚持，高素珍急得不行，就说：“您提回去吧，我肯定不会收，您不要为难我啊。”

张婆着急了，腌了五十斤，都不要，自己一个人也吃不完，放坏了不就糟蹋了？于是放下就走。她毕竟是小脚，走得慢。高素珍提起腊肉撵上几步硬是还给了张婆说，二月初九满堂过生日，让他到张婆那里去吃一碗腊肉面。

张婆无奈，就回家了。她把腊肉放好，内心不安，就想到了找曾先生。她拄根木棍，到了居委会。

曾先生给张婆泡了茶，听完张婆说清来龙去脉，就说："我也没有好法子啊。人家哪个敢收您的东西啊？西流河的乡风您清楚，从来没得哪个白要人家东西。收了您的礼，人家还不起情啊。"

"要还情我就不会送了。"张婆说。

"您的心意是好的，那些孩子确实应该感激。"曾先生就问张婆，"孩子是哪里人？哪个教育出来的?"

张婆望着曾先生，眼光里流露着莫名其妙的疑问。这么简单的问题谁不知道。

"您别着急，我的意思是您的心思没有白费。"曾先生告诉张婆，"居委会要在春节期间演出，学校也会在春节期间演出，那么，演出人员吃饭的问题就需要解决。但是，餐馆最晚腊月二十四关张，最早正月十六开门，那么，只能是自己做饭……"

"哦，我明白了，把那腊鱼腊肉送给学校和居委会做菜？"张婆说。

"是啊，感激了居委会，也感激了学校，也给那些孩子们传了个好名声，两全其美啊。"

张婆就请曾先生去跟魏书记说。魏书记下楼后，听完张婆的请求，十分感动，她乐意帮忙转交一部分给学校，但给居委会的不能接受。书记表示照顾她这样的孤寡老人，是居委会的责任和义务。张婆反对说："你们不收就是看不起我。"奈何不了张婆真心诚意，书记同意了。

张婆刚出居委会的大门，差点被急急忙忙进门的黄云普撞到。黄云普连说对不住，一手接过张婆的木棍，一手扶张婆出门，然后把木棍递给张婆，嘱咐她路上小心。

黄云普住院治疗直到前天才回到西流河，回来后，街坊四邻都去看过他。

曾先生按照老习惯给黄云普泡茶，黄云普赶忙拦住，说他的事火烧眉毛。

曾先生就坐下了。

黄云普摸出信，递给曾先生，曾先生抽出信，一张照片掉了出来。曾先生不敢随便看，指着照片问是谁的。黄云普说："这是我儿子黄蓉发的信，您看信就能明白。"

黄荣发信中说，他确定的恋爱对象，是部队军医，二十四岁，父母都是大学的教授。他打算带她回西流河过春节。

"好事啊，云普大哥，不满意？"曾先生以为女孩的长相有问题，就看照片。哎呀，多标致的姑娘啊。姑娘戴着棉军帽，圆溜溜的大眼睛，圆圆脸，甜甜的微笑，洁白的牙齿稍稍露出一点。曾先生更是奇怪了，一脸茫然地看着黄云普。

"秀才啊，您聪明人怎么说糊涂话呀？"黄云普说，"靠谱吗？那么标致的姑娘，大城市长大的，大学生，我儿子什么东西？西流河这个巴掌大的地方生养的。人家的父母是大学教授，我大字认不得几个，完全不配，不配啊。"

曾老先生递给黄云普一支烟，自己点燃抽了两口，说："云普大哥，你是老革命，不能老思想啊。自由恋爱，不讲门当户对，就讲情投意合。再说了，他们以后就在部队上班，不用回来了。"

"那不行，不能由他。"黄云普发完火，抽了几口烟，又说，"我就不能看着他思想变质，踮起脚尖攀高枝，就是忘本。我不是老思想！他现在昏头了，不晓得自己是哪个。找老婆，不是摆花瓶啊，是实实在在过日子。您替我写信给他，莫想花里胡哨的心思，要找就在西流河找个过日子的。”

曾老先生明白，现在怎么劝也无济于事，黄云普认定的事情谁劝都无用。信，不能不写。于是，就和缓了口气。黄云普拿到信就要走，曾先生提醒，寄信怕来不及，不如先打电报，再寄信，黄云普点头称好。曾先生立即拟定了电报稿交给了他。

元旦过后，刘昌学就决定增加今年的春节文艺晚会台次，号召各个单位多出节目，出好节目。魏莲芝考虑后主动请求居委会单独演出一场。刘昌学高兴地同意了。

魏莲芝马上召集各区域负责人，号召居民、家属、子弟，在外工作、读书的亲属，只要回西流河过年的，都可以出节目。过了三天，节目收集上来了。魏莲芝从曾先生手中接过就看。

一、金美云——小提琴独奏

二、韩德力——评书《双枪老太婆》

三、孔令芯、孔令蕾——双人舞《江南春晓》

四、王新华——笛子独奏《金色的北京》

五、何正生——魔术表演

六、于青云——花鼓戏选段

七、欧阳思友、杨子凡、金红霞、何芙蓉等——合唱、男女生二重唱、女声独唱

八、汪远久——观众现场出题，现场赋诗、作对并配画作

九、刘博青——诗歌朗诵《西流河，我为你纵情歌唱》

十、柳忠旺等——男生表演唱《逛新城》

十一、何芙蓉——女声独唱《唱支山歌给党听》

十二、刘昌学——男声独唱《红河谷》

十三、丁俊敏——女声独唱《谁不说俺家乡好》

十四、何秉章、成千岭——相声《关公战秦琼》

十五、孔春华、孔国华、孔建华——舞蹈《红梅赞》

十六、待定——孔庆国、何方、张玉国、陈波等十二人。

魏莲芝喜不自禁，抖抖手上的节目单，说道："人气旺盛哪，好兆头，春节晚会必定马到成功。"

曾先生说："书记，这个时候不说热乎话你可能不舒服，但为了不让你今后不舒服，只好让你现在不舒服。"

魏莲芝立即收敛笑容，说道："曾叔，有话您就说啊。"

曾先生告诉他，尚大强联络好了西流河区原来的花鼓戏剧团，也准备在春节演出，而且正在打听居委会的具体演出时间，到时候可能会唱对台戏。

尚大强知道了杨老喜欢花鼓戏以后，有空就去杨老的屋旁边喊上几嗓子，于是就同杨老多了共同话题。杨老给他透露，春节期间会去仙桃看两天花鼓戏。尚大强说："五叔，您老喜欢的话，我可以让西流河的花鼓戏唱起来啊。"

"嗯，好事。"杨老说，"能够唱的话，过年的时候，我就不去仙桃了，请乡亲们看三场。"

尚大强说："您老就等好消息吧。"

尚大强以前做木工活的时候，与花鼓剧团的团长搭上过关系，一直都有交情。听说重新唱戏，老团长来了劲儿，张罗了老班子的人，还是老剧目《站花墙》《秦香莲》。剧团开始排练的时候，杨老去过一次，请他们吃了一次馆子。剧团有打算，杨老既然打算请客三天，自然有三天的收入，然后趁重新恢复的热乎劲儿，分别到各个小集镇去卖票唱戏，剧团就可以养活自己。

尚大强促成了此事，好不得意。他认为，杨司令见识了他的能力，肯定会扶持他，他更有希望坐上镇长的位子。

知道了尚大强唱对台戏，魏莲芝先发制人，主动找了尚大强，谈了此次演出的意义，请他明白轻重。尚大强不敢公开得罪魏莲芝和刘昌学，承诺在居委会演出之后再唱花鼓戏。

居委会召开会议终审居委会春节联欢节目，主要演出人员和知名人士都到场了。

作为舞台艺术监督的何秉章给大家汇报，安排的节目如果不拖延的话，只有九十分钟左右的时间量。加上拉幕布时间，总共不过一百一十分钟。

魏莲芝说："最好再增加三十分钟的节目。"

作家汪远久说："遗憾的是，戏曲类节目比较少，老人都喜欢戏剧，应该注意到这个因素。"

何秉章说："不知道有没有会唱黄梅戏的，有的话，我可以配一段。"

孔春芳说："你想唱《夫妻双双把家还》？"

何秉章说："不是，春节嘛，喜庆一点，《十五的月亮为谁圆》或者《小花伞》。"

"《十五的月亮为谁圆》好像是《刘海戏金蟾》里的吧。"

"是啊。你可会唱？"

"你安排呗，保证有一个人跟你配唱。"

魏莲芝说："我希望你们研究一下，再推出一个表演唱选段。"

孔春芳说："我接棒。"

韩德力说："金会计，你是武汉长大的，汉剧怎样，我觉得你的嗓子不错嘛。"

"哪里好？瞎凑合。"金美云闪动着一对大眼睛看看魏莲芝，说道，"我可以来个汉剧选段，不过，我的独奏就换掉，小提琴大家也不一定爱听。"

魏莲芝同意。

何秉章建议增加几个节目，例如《赞歌》歌词写得好，胡松华唱得也好，影响力大，请刘副区长来唱；还有《马儿啊，你慢些走》，歌唱社会主义新面貌，添加进去，让何芙蓉唱。西流河小学演出时她唱这首歌很受欢迎。

“好的，我会后就去落实。”魏莲芝说，“最晚腊月二十二彩排。最近这几天各个节目除了平时练习，就是集中排练，相互提提意见。我们要有信心，通过这次演出，反映出我们居委会居民的风貌，让大家认可。”

何秉章感叹自编的节目太少了。

汪远久、刘博青说话了，表示愿意编写渔鼓、三句半的歌词。

何秉章说：“杀鸡焉用牛刀！三句半、渔鼓我来负责。请汪老师和刘老师写词歌颂先进典型，我再根据词句安排歌曲套唱。”

汪远久表态，今天晚上就交卷！

这时，刘昌学和丁俊敏一起来了。礼数过后，魏莲芝汇报情况。刘昌学比较满意，建议增加一个相声节目，再给居委会的小学生加几个节目。

何秉章听说学校在排演《东方红》，明白了刘昌学的心思，就说：“你们看哪些节目合适，我一定安排好。不过，要请丁老师在这几天单独给她们排演一下。”

丁俊敏笑道：“好。就将早已准备好的节目单递给了何秉章。”

刘昌学又说：“我和丁老师也是居委会的子弟，也要出节目。”

丁俊敏说：“我与刘校长来一个二重唱。”

魏莲芝笑着说：“那好啊。不过，你们每人加一个独唱，当然，如果来一个表演唱更欢迎。”

刘昌学看看丁俊敏，就说：“好。我们服从安排，加一个表演唱。”

• 迎新春联

欧阳正民征询了一些人的意见，改变了认识，在腊月二十六同意了组建渔场，镇人委的筹建工作又开始紧张运转。李顺久十分得意，他认为母亲去了大哥那儿，镇长的职务就已经是他的了，每天就在老街、新街上闲逛、溜达。

“糖人模”吸引着放假的小学生，孙悟空、猪八戒，还有二龙戏珠、彩云追月。没有钱的孩子就偷偷拿着家里的东西换，牙膏袋子、破布、烂棉絮，送到了废品站换钱，有的还将家里的铁器、铜器变卖了，但回家就难免挨了家长的打。李顺久心情好，买了个糖人模给了女儿桂香。

尚大强带着不懂事的儿子看“西洋镜”，瞅见李顺久一副喜气洋洋的样子，就想摸摸他的底，走过去与他攀谈起来。李顺久不愿多搭腔，就去看西洋镜。他掀开蒙着的黑布，脑袋伸进像照相机一样的东西里面，眼睛对着神秘玻璃圆圈，看到了里面的花花世界，觉得过瘾。可惜一两分钟就结束了。

苹果、香蕉以及葡萄干等稀罕物也来到了西流河，不过，没有多少人买。这里的人们很少吃水果。买过的人吃了，说那香蕉像棉花，苹果还不如红皮萝卜，就再没有多少人买那些水果了。

大受欢迎的女人用品倒是热销了几天。那是跑船的从武汉带回来的，口红呀、香水呀、洗面奶呀，让少女、少妇垂涎三尺，可能是因为价格高，有的人看过之后，依依不舍地离开了。五颜六色的披肩与围巾比百货商店的品种多，质量更好，不仅女人们想买，还有许多男人买。尚大强就给老婆买了一瓶香水。

曾先生的摊位也添上了年画、门神、日历，再就是春联。大红春联贴于门庭，既有牌面，花钱又不多，受到家家户户追捧。

“您这红对子卖不卖？”

曾先生抬头，笑道：“卖。”

见有了生意，在此看书报的欧阳思友和刘昌兵主动站起，准备帮忙。

“怎么卖？”

“五分钱一副，有写好的，都是贴在大门上的。”曾先生说，“如果你另有需要，我可以另外写，每一副多一分钱。”

来人要买够三户人家贴的对联。弟兄三人家里的大门、房门、后门都贴。

曾先生问他有无特别要求。

那人说，图个喜庆就行。

欧阳思友报账：“大门三副，后门三副，房门十二副，一共十八副，一副六分，合计一块零八分。”

那人说：“对头，写吧。”

曾先生觉得来不及磨墨，努嘴让欧阳思友把桌子下面的墨汁瓶拿出来，倒到砚台里。曾先生开始裁纸、折格子，动作娴熟，双手的连续动作显得十分干练。

曾先生双脚微微撑开，稍稍躬身，卷卷两个袖筒，右手提起羊毫提斗。此时，欧阳思友已经将长条红纸铺好，并在顶端压上了紫铜镇纸。

“和顺一门有百福”，上联一挥而就，曾先生边写，欧阳思友一边挪开镇纸将长条红纸往前牵引。曾先生的行书习自颜体，又有苏东坡的风骨，规矩又不失活泼，很耐看。

下联写下“平安二字值千金”，接着写完横批“万象更新”。

写完后，曾先生念给那人听：“和顺一门有百福，平安二字值千金。横批：万象更新。”

那人很高兴，说道:“我今天运气好极了，对联一共写的是十八副，价格是一副六分，总价是一元零八分，有八又有六，遇到先生写出一笔好字，而且写的是非常吉利的话。这样，我给您加一毛钱，一共一百一十八分。”

曾先生笑：“我谢谢您，我做生意，可以少，但是绝对不多收。说好六分就是六分。”

那人说：“您好心会有好报的。”

“领您的吉言。再一副是这样的，你听啊——喜居宝地千年旺，福照家门万事兴。横批：喜迎新春 。”

那人喊好，曾先生提笔一气呵成。蹙了蹙眉头，想好了第三副的内容——上联：一帆风顺吉星到，下联：万事如意福临门，横批：财源广进。告诉那人后，那人说您只管写，都是吉利的就行。

三副大门的对联写好，曾先生抽了一支烟，然后，将十五副对联一鼓作气写完。

瑞雪兆丰年 •

冬天的西流河河面不过两三丈宽，来往都是小船。

河岸两边露出了一个又一个长方形坑凼子，那是往年清淤挖土留下的，河水退去后，各家把坑凼子戽干，就能得到一二十斤大大小小的鱼。坑凼子不深的，养出来的鱼有三五斤，坑凼子大的有四五十斤。哪一个坑凼子是哪一家的都清楚，没有谁去抢占别人的。

河道两岸的斜坡有人在加固。挖土的人就站在河道里，有的穿着高帮胶鞋，有的裤腿卷过膝盖打着赤脚，一边挖土一边往河坡上甩，一锹一坨，随着双手的铁锹后退扬起，泥土就落在了河坡上，一坨一坨排列，整整齐齐，严丝合缝。那个功夫，让人禁不住叫好。河坡加固了，可以逮鱼的坑凼子也形成了。

天黑以后，北风呼呼地叫了起来，像一头发怒的雄狮，不停狂啸、怒吼，尖利的高音刺人耳鼓，让人难受。腊月二十六下午，雪花就飘洒下来，一朵一朵落入大地，一会儿就消融，只有草地上还依稀可见落雪的身影。不久，地面上就铺满了毛茸茸的“地毯”。

凌晨，凄厉的北风把欧阳正民闹醒，他起床了。何定香明白，他要到区委去，每回遇到大雪、暴雨或者突发情况，他就睡不着，到了工作岗位心才会平静。她就跟着起来了，赶紧去洗锅，打算给他炒一碗鸡蛋油盐饭。欧阳正民拦住她：“吃不进去啊，老何，莫弄了。”

担心路上打滑，何定香就把欧阳正民送到了区委。区委办公大院的最后一排是干部宿舍，欧阳喊醒了几人，一起到小会议室紧急开会。何定香临走前将围脖上的毛线围巾摘下留给了老欧，再三嘱咐：“你要是下乡的话，千万不能一个人去啊，摔倒了，爬不起来呀。”一旁的徐静波说：“您放心，我帮您照看书记。”话是那样说了，何定香晓得欧阳的个性，犟劲儿上来，九头牛都拉不住。这么大的一场雪，少不了有的房屋被压塌。不安顿好，欧阳是绝对不会安心的，非一家一家落实不可。回家待了一会儿，何定香心里不安，就去了区委，做不了别的事情，给欧阳做根拐杖还是能行的。

“雪姑娘”舞蹈了几个小时，休息了。

欧阳思友早上一睁眼就看到了窗户外的白雪，匆忙洗漱后就去找同学打雪仗。走到刯背一望，小溪河上已经结成了冰凌，磨盘洲和刯沟连成一片，两岸的居民直接通过河面到达对岸，还有小孩在上面滑来滑去。欧阳思友兴奋极了，急忙到了河边，看到杨子凡在和一帮小孩们滑雪，就问他刯沟的同学们去哪儿了。杨子凡说，杨子方、杨辰意他们早就起来了，在这滑了一阵冰后，被何正来他们喊走了。欧阳追问，到底到哪里去了。

杨子凡说不清楚，只好跟他一起去找。一路两人说说笑笑，一起到刘昌兵家，刘昌兵母亲说，昌兵到河边玩去了。

欧阳思友眼前的西流河被白雪覆盖了，河水变成了冰面，两岸连成一片。岸边的树上挂满了毛茸茸、亮晶晶的银条儿，还有参差不齐的冰柱挂在上面，各家各户的房顶铺着厚厚的雪，就像铺盖的棉花。有人搭梯子上了房檐，铲雪，扫雪。刘昌兵正在河面上滑来滑去，欧阳就下到了河道，打起了雪仗。你追我赶，我跑他撵，就像一群疯子。在河边砸冰取水的大人为他们担心，好心提醒道："小心啊，孩子们，旁边有窟窿。"

他们玩累了，一起上岸，在河坡旁边堆起了雪人，分两拨比赛。欧阳思友用手在雪地上画出一个圈圈，李家兴在相隔不到五米的地方也画了一个圈圈。欧阳思友和杨子凡、许小青还有刘昌明一边，李家兴和李家和、刘昌兵还有孔国华一边。各人都挽起棉袄的袖口，一人一捧雪往一个地方堆。李家兴这边的雪人抢先堆好了，得意地喊："你们输了。我们的雪人先堆起来了。"

欧阳思友瞟了一眼那个雪人，只见堆得白花花的一堆雪，一边继续抓雪，一边说："你那堆的什么东西啊。"然后，他吩咐杨子凡、许小青去找砖头、瓦片和树枝。厚厚的雪已经把地上都盖严实了，杨子凡和许小青只好凭着记忆用手挖开雪被寻找。

李家兴觉得他们找树枝和砖头、瓦片好笑，要那玩意有用吗？

欧阳思友用砖头给雪人做了一个大头，然后用雪围起，在上面画了鼻子、眼睛、嘴巴。随后，用瓦片盖在了雪人的头上。就对李家兴说："是你们的好还是我们的好？"

李家兴嘿嘿干笑："你们好。"

欧阳思友把树枝递给他，让他量一量两个雪人的高低与胖瘦。

许小青说："量什么量，这还看不清楚？"

李家和说："是的，我们输了。"

欧阳思友说："李家兴，老师的话你一只耳朵进，一只耳朵出，我今天跟你再上一课：第一，做事就要做好，更要认真做好；第二，偷奸耍滑哄得了一时，最后吃亏的还是自己。"

“我懂了，欧阳老师。”李家兴有气无力地说。这时，刘昌兵的母亲来喊吃饭，看到了杨子凡和欧阳思友就要他们一块儿去吃。刘昌明、李家兴、李家和、许小青、孔国华都住在附近，他们就各自回家了。

刘昌兵的家里已经生了火盆，木炭蹿起红艳艳的火苗。木炭的火苗不一样，不像木材那样能冲上一米来高，它只是如同烧红了的铁棍，散发着热量，风一吹，便嗖嗖响。吃完饭，他们围着火盆烤火。

刘昌兵的堂哥刘昌明来了。他婆婆“烘笼”里面的火快熄了，打算来拈几块木炭加进去。

罗芹花见刘昌明没有将烘笼里面的底火倒干净，就拿过烘笼，把里面棉花壳子做的底火全都倒到了垃圾桶里，然后才往烘笼里抓了几把锯末。她告诉刘昌明，放置底火，一是要干，二是要易燃。接着将刚刚烧着的木炭用火钳一块一块往烘笼钵子里面拈。拈好了，刘昌明要提，罗芹花拦住了：“小心烫手。”她用一把木瓢舀了锯末倒在木炭上面，又用一块破布包住烘笼的提把，嘱咐刘昌明，让婆婆先烘脚，木炭的火势减弱了以后，再烘手。“千万别烫着啊。”出门了，罗芹花还在他身后嘱咐。

刘昌明的母亲高素珍提着烘笼往西头方向走，看见罗芹花，就打招呼：“五婶娘，您吃了吗？”她们在早上就有约定，中饭过后就去孔家二伯娘那里去抹牌。

“刚吃完。”罗芹花回过头对刘昌兵说：“你自己洗碗，我同你伯娘抹牌去了。”

“您抹什么牌啊，我们去看看。”

“抹牌是什么好事呀，不要去。就在家里烘火打扑克。”

罗芹花也提着一个烘笼出去了，抹牌的时候，脚底下踏着烘笼，暖和得很。

孩子们觉得在家里待着无聊，就打算去居委会听曾先生讲故事。

出门不远就遇到了徐丽萍。她布鞋上穿着木屐，一手提着热水瓶，一手提着篮子，篮子里装着一只罐子、一双筷子、一只碗。刘昌兵与她要好，就打招呼，问她到哪里去。她说给哥哥送饭去，哥哥在大龙潭戽坑挖藕。

“这么冷的天还戽坑挖藕？”欧阳思友觉得好奇。

“我骗你不成？好多人在那里呢，何正来也在。”王昌华说。

欧阳思友提议一起去大龙潭，便接过热水瓶，刘昌兵就提篮子，徐丽萍的两手冻得通红，对着口吹了吹热气，就将双手笼进了袖管里。

雪又开始飘动了，一片一片，像白色的蝴蝶飞舞。

大龙潭就在廖家台的南面，紧挨着曙光的农田，属于曙光四队。这口潭里的菱角、藕都是野生的，里面的鱼是四队放养的。说的是养，实际上只是每年春季把鱼苗放进潭里，隔三岔五撒些鱼食，等到年底干潭（用抽水机把潭口里的水抽干），就到潭里捉鱼。青鱼、鲩鱼、鲤鱼、胖头鱼，两斤以上的归拢，其余放生。队上按照户头、人头平均分配。往往前一天干潭了，下午就会有很多家庭的劳力倾巢而出来挖藕了。但今天大雪纷飞，来挖藕的少了许多。春节期间莲藕的消耗量大，越是接近年关，越是好卖，家境不好的，就想趁机多挖一些。

欧阳他们走到大龙潭的时候，雪越下越大了，一朵一朵的雪花，争先恐后降落到大地。放眼大龙潭，雪花的舞动中，人影模糊，再过一会儿，完全看不清远处的人影了。

徐满堂听到徐丽萍的喊声后，捆上两小捆莲藕上岸了。他头上戴着斗笠，上身穿着一件露出了棉絮的破袄子，腰间用稻草绳子捆着，下身仅仅穿了一条短裤，裸露的部分都冻得红通通的，还有冰凌划开的一道道小口子。他跟同学们打了招呼，接过妹妹递过的热水，双手捂在了上面。“快烧火。”他说。刘昌兵赶紧在棉袄荷包里摸出了火柴，将雪花覆盖的瓢草扒开，拉出了干瓢草，划燃了火柴，一下就被风吹灭了，欧阳思友他们就一起围成一个圈来挡风。瓤草点燃了后，他们就在火堆旁围成一圈，徐丽萍添加瓤草，徐满堂大口往嘴里扒饭。一碗饭，几分钟就吃完，就倒热水喝。

欧阳思友说：“太冷了，回去吧，满堂。”

徐满堂说：“你们回去。我再挖一会儿。多挖点就能多卖几块钱。那两捆藕，请你们帮帮忙。”徐丽萍点头，鼻头就酸了。同学们嘱咐了几句，带着比较难受的心情离开了。

到了腊月二十八，呼呼北风已是强弩之末，雪花停止了飘舞。风冷冷的，像露着锈刀一般的锋刃。

徐满堂醒来时，天已经大亮了。肩背还是酸酸的，腿肚子隐隐地痛，问了妹妹时间，九点都过了。徐满堂锁紧了眉头，感叹道：“错过了一天好机会呀。”他凭以往的经验来看，越是冰天雪地，莲藕、蔬菜的价格越是高。雪停了，风弱了，再把这些莲藕出手，起码少卖一两块钱。一块钱要办好多事哟，最少也可以解决妹妹的书本费。昨天他就嘱咐过父母，天蒙蒙亮就喊他。嗨！他明白父母心疼自己。心里就懊恼，责备自己不该睡那么死，这个家需要钱啊！

徐满堂洗漱完毕，妹妹就说给他炒饭吃。他想反正今天不出工，就吃两餐吧，等一会儿早饭、午饭一起吃。父母在屋后洗藕，徐丽萍打算换下父亲让他回屋休息。打开后门，感受到冷风扑身的同时，徐满堂看到了父母的身影，马上走到屋后，就说：“你们怎么糊涂了，不要洗呀。”这个时候的藕，少则放三五天，多则放十天半月也不会烂，就是靠外面的泥土保护。很多家庭，在大年三十开卤锅或者正月初一煨汤才用上。带泥存放能够较好地保持新鲜，相反，洗去了泥巴的莲藕卖得也不太好。除非送人，才需要清洗干净。

父亲进屋了，母亲洗完手中的一根莲藕也进了屋。

父亲说：“满堂呀，没有跟你商量，我就做了主，你莫怪我。”

“您做主就做主，有什么关系呢？”

母亲说：“藕是你辛辛苦苦挖的呀，当然要跟你说一声。”

徐满堂明白了父母为何洗藕，原来是要送人。想到平日里受到乡邻的关照，觉得自己疏忽，就说：“你们做得对，没钱总是没钱的，情义不能不要啊。”

母亲说：“我们也拿不出别的东西，只能用藕表达一下心意。”

父母和他都坐下了，一起合计，确定了需要送藕的名单。

一、张师傅给父亲拔火罐，一直都是收半价；父亲手头紧张的时候，他还免费送膏药，必须回报；

二、长年在刘昌远、李家华的茅厕挑粪，也必须表示心意；

三、供应猪潲水的几家，李家兴、许小青应该感谢；

四、丁老师曾给过丽萍一件衬衣，需要还礼。

徐满堂说：“先满足送礼的，有多余的就卖，没有就算了。你们记起别的人就加进去。”

母亲说：“没有了，不过，张婆那里我想送一根给她煨汤，她一个人过年，总是克扣自己，舍不得买藕。”

徐满堂说：“送呗，还有方婆那里，一起送。孤苦伶仃的，我们要关照关照。”

母亲就决定，八字朝门附近的孤寡家庭都送。

欧阳思友、刘昌兵出现在门口大声喊满堂。刘昌兵递给他一张粉红色的宣传单——号召大家过一个移风易俗的春节，严禁赌博抹牌；防火防盗、注意安全。欧阳思友说：“今天腊月二十八，晚上七点，居委会在大礼堂文艺演出，欢迎你去观看。”

• 新春联欢

迎新演出七点开场，六点不到就陆续有人进场等候了。大家兴高采烈，见面后互相问候，互道恭喜。

尚大强来了，看到杨志勇就努嘴示意他去外面。尚大强走在前，杨志勇跟在后面。出门后，尚大强往码头河坡下面走，杨志勇好生纳闷，尚大强转头停下，递给他一支黑牡丹香烟。杨志勇说：“您在哪儿搞到了这么好的烟啊？”

尚大强掏出剩余的黑牡丹香烟给了杨志勇：“明天我再给你两盒。”

“一包多少钱啊？”

“送给你。”尚大强说，“你总为姑爷我鸣不平，我感激你，镇长到手了，每个月我都会给你一两条。”

“鬼知道区公所怎么搞呀！”

“当镇长，我还是有优势的，你还要多多帮姑爷。”尚大强说，

“过年的时候，你要多在杨老那里帮我好说话。”

“我知道。”杨志勇突然想到自己腰包不暖和，就找尚大强借钱。尚大强犹豫一会儿，从贴身的衬衣口袋里摸出了两张两块递给了杨志勇。他给杨志勇交代，让他串起一帮人，给有的节目喝倒彩。尚大强想，今天有区委的领导到场，演出若是出纰漏，就可以看出魏莲芝的组织能力，再选举就不会有那么多人支持她。杨志勇明白了利害关系，答应马上去联系人。

刘昌学以区委的名义，邀请了老红军杨良辉出席居委会的文艺晚会。演出前和魏莲芝一起到杨老的家中，接来了杨老和夫人。进了大礼堂，有人就喊：“杨老来了。”声音未落，人们站起来，随之响起掌声，在欢快热烈的气氛中，杨老和夫人到了第一排，杨老转身跟大家鞠躬，然后落座。第一排的前面放着几张条桌，专供客人搁置茶杯，欧阳正民书记和居委会的人陪着。

……

在热烈欢快的掌声中，绛红色的幕布徐徐拉开，欢快明朗的《喜洋洋》乐曲从台上婉转流动，从舞台两边同时舞出洋溢着青春气息的少年男女，让人们感觉到了浓厚的春意和明亮激昂的气氛。

接着是优雅的音乐，刘博青和汪远久在幕后朗诵诗作《西流河，我的热血与你一道流淌》。他们的朗诵感情饱满，祥和喜庆；前台上，几位儿童和少女分别展示着宣传画报、水彩画、放大的照片。这些能够说明西流河变迁的画面，吸引了许多人的目光，有些人顾不上纪律站了起来想看个清楚，好在这种的情况很快就停止了，人们用阵阵掌声赞赏着两个诗人的热情歌颂。

音乐渐渐转换为《北京的金山上》，儿童和少女们慢慢退场，孔春英从右侧踩着舞步上来，她一身藏族姑娘的打扮，动作轻柔而又有力，舞姿优美却不夸张。第二遍乐曲开始，扩音器里传来了甜美而又嘹亮的女高音："北京的金山上光芒照四方，毛主席就是那金色的太阳。"熟悉的人晓得，这是孔春芳的歌声。接着，孔国华、孔建华从左右两侧跃出，在舞台中间会合后，一起欢歌劲舞。

接下来有韩力德说评书《双枪老太婆》；四个青年表演了歌颂劳动模范的三句半。幕布合拢后，高挑的女报幕员走了出来，鞠躬后报幕："下一个节目，清唱汉剧《宇宙锋》选段——"我这里假意儿懒睁杏眼"，表演者：金美云。大家欢迎。"

借着热烈的掌声，金美云款款登台，场上立即骚动。她身着金黄缎面旗袍，衣襟上清晰可见金龙飞动，闪闪的光芒与几只两百瓦的电灯泡交相辉映，让人觉得她的眉眼间都在流淌着幸福的笑容。她那平日盘起的发髻打开了，蓬松地披在身后，乌黑的发质彰显着青春的气息。一对大眼睛闪烁着自信，挺拔的鼻梁下是红艳的樱桃小嘴。仿佛一下子年轻了十多岁。金美云双手垂下，给观众行礼鞠躬。这位号称西流河第一的美妇，曾经是不少人茶余饭后的话题，今日再见她光彩照人的风姿，不得不令人内心喊美。在她开唱以后，可以看出好多男人并没有去欣赏她那甜美的嗓音和那传情达意的歌词，与其说他们在听戏，还不如说他们在看人更恰当。

摇摇摆摆，摆摆摇摇，
我扭捏向前。
（官人哪，官人）
我只得把官人一声来唤。
……

金美云给观众鞠躬后退场。

"再来一个，再来一个。"观众齐声喊起来。

报幕员出场，被观众轰下了台。

“金美云，来一个；金美云，来一个！”尚大强带头领呼，杨志勇应和，好多人跟着呐喊。喊声很有节奏，震耳欲聋。

金美云再次登台，对观众行礼后，就说：“感谢大家的鼓励，我给大家唱一首民歌《人说山西好风光》。”

人说山西好风光，
地肥水美五谷香。
……

人有志气永不老，
你看那白发婆婆，
挺起那腰板也像十七八
……

金美云退场时掌声仍然不断，还有要求再来一个的，金美云穿的较少，冷得受不住，声音也疲惫了，不能再上场。舞台总监何秉章让报幕员再过五分钟出场，等待哄闹的高峰过去。

何秉章明白，下一个节目谁上去都不会受到欢迎，只好临时把小学生何芙蓉的独唱调到了前面，他担心小孩子也会有想法，特意请丁俊敏做了工作。

下一个节目，女声独唱《马儿啊，你慢些走》，演唱者何芙蓉。

何芙蓉是十二三岁的小女孩，她将一把小花伞搁在肩上，显得活泼可爱。她也算得上是“老演员”了，参加过区县学生会演，得到三等奖，西流河区演节目她登台至少有三次，很多人喜欢她的表演。舞台总监何秉章突然灵机一动，让她站得更高些。乐池里仍然在演奏歌曲过门，何秉章给她做了一个手势，她就没有开口，只是用手把玩着肩上的花伞。幕布关闭，几个演出人员帮忙，抬着两张条桌到舞台中央，铺上了金丝绒的红布，何秉章将她抱到了桌子上，嘱咐了她几句就退到了一边，挥手中，幕布迅速拉开。这时，歌曲过门完毕，她就唱了起来：

马儿啊，你慢些走喂，慢些走喂，
我要把这壮丽的景色看过够。
……

昂扬、浑厚的声音，既有童音的脆亮，又有成人的宽广，立即吸引了台下的观众不由自主地响起掌声。很多人聚精会神地望着台上，想搞清楚这个百灵鸟一般欢唱的女孩是哪家的。何芙蓉一边慢慢摇晃着身体，一边转动着花伞，纯真的情感把人们带到了观赏祖国风光的意境之中。热烈的掌声让她一时不好下台，又唱了一首《南泥湾》。

刘昌学演唱的是《过雪山草地》，声情并茂，使众人沉醉其中。杨老喜欢花鼓戏，也喜欢歌舞，歌颂红军的他就看得更投入。刘昌学的演唱令他完全融入歌词的意境中。

柳忠旺与几个中学生演唱《十送红军》，特地设计了较长的过门作为歌曲的序曲。乐曲里，打着背包、穿着带有补丁的灰色军衣的红军战士出现了，簇拥着他们的是男男女女的父老乡亲，有抱着婴儿的少妇，也有拄着木拐棍的老大爷。红军战士与乡亲们握手道别，乡亲们依依难舍。

……

三送里格红军，介支个到拿山，
山上里格苞谷，介支个金灿灿。

苞谷种子介支个红军种，

苞谷棒棒，咱们穷人掰。

紧紧拉住红军的手，红军啊，

洒下的种子，介支个红了天。

……

九送红军，上大道，

锣儿无声鼓不敲，鼓不敲。

双双里格拉着长茧的手，

心像里格黄连脸在笑，

血肉之情怎能忘，红军啊，

盼望里格早日，介支个传捷报。

……

主唱的是柳忠旺，唱到动情处，声音哽咽，眼泪流淌，把人们带进到几十年前送别的意境中，红军战士与送别的乡亲难舍难分，握手，拥抱，泣不成声。

随即，乐池奏响起《歌唱祖国》的音乐，全体一起唱了起来，歌声汇聚成一条洪流，响彻整个西流河镇。

• 年饭

腊月二十九一大早，各家各户开始铲雪，包括自家的房前屋后以及门前的大路。到太阳升高时，老街、新街已经换下了白色的外套，相向排列的长长雪堆，在温暖的阳光中慢慢消融……

大年三十，路面已干，一如往常。街上人迹稀少。新街、老街的店铺、工厂、公司里，除了发电站和邮电所，全都关门了。

十二点开始，就有鞭炮一阵一阵炸响，那是吃年饭的信号。

欧阳正民的年饭在下午一点开始，三菜一汤。一碗蒸茼蒿，欧阳正民平时最喜欢吃；一碗蛋饺，何定香爱吃；鱼子烧豆腐是欧阳思友的最爱。一碗鱼参汤，全家人都爱喝。

欧阳思友打开红葡萄酒，欧阳正民亲自给他倒了半小碗，然后给何定香倒了一小碗，剩余的都倒进自己大碗里。他能喝酒，一餐八两不在话下，心情好的时候一斤半也不醉。但他从不放开量喝。每年年三十，他都到区政府值班，何定香还得陪着。

欧阳正民端起酒碗，对何定香说：“我敬你一口，多亏你的支持与理解，我一年的工作才顺顺当当，祝你新年快乐，祝愿我们全家新的一年吉祥健康。”

何定香端起碗：“我祝你身体健康，工作更上一层楼。”

他们各自喝了一口。欧阳思友也端起碗，说：“我敬爸爸妈妈，祝愿二老万事如意！”

“好，爸爸祝你学习进步！”

“妈妈祝愿你快快乐乐，健康成长。”

吃完饭，妈妈告诉他，晚上去区委吃饭。

欧阳思友吃完饭就去找到了刘昌兵，他们在一起打弹珠。

一会儿，刘昌兵被妹妹喊回家吃年饭，进门就挨刘金海一顿训斥：“过年了，不晓得帮家里做点事，还到处野。”刘金海骂完了，就让他擦脸，一起去请婆婆过来吃年饭。

请来了婆婆，母亲罗芹花就喊：“准备吃年饭了。”

这一声叫喊，说明蒸笼已经上汽了，要做好吃年饭的一切准备。

刘金海把五千响的鞭炮拿到大门外拆包。刘昌兵看到后想自己放鞭，父亲看他一眼，就说你小心一点。他明白，这个小心有三层意思：一是鞭炮必须在干燥的地方放，点火时必须一次点燃，鞭炮燃放要不间断，这样就显得吉利；二是自己要小心，不能炸伤了手；三是不要让那些不懂事的小孩儿们抢。鞭炮还在炸，他们去抢就容易炸伤。

刘昌兵很有把握地向父亲保证，绝对不会出问题，父亲才放心地将鞭炮交给了他。他喊妹妹拿出了一根大竹篙，把鞭炮系在竹篙上，确认万无一失后，先点了从爸爸那儿要来的半截烟，然后将红红的烟头凑到鞭炮的引线上，蓝光闪闪中，吱吱地就炸响了。他将竹篙伸远，那些想来抢鞭炮的不懂事的小孩们根本就够不着，便站在一边看热闹，眼睁睁看着五千响鞭炮轰轰烈烈炸完。

刘昌兵回屋里放好竹篙就准备关门，却不想这时有人却拍门。一个苍老的声音在喊："行行好，给一点吧。"刘昌兵对着尚未关闭严实的门缝吼叫，让他快走，使劲儿关上了大门。他认为吃年饭被打搅，不是好事，心里就有气。

听到动静的罗芹花一边从厨房往堂屋走，一边用围裙擦手，问刘昌兵是怎么回事。知道他把讨饭的赶走了，罗芹花就埋怨："你这孩子呀，不懂事。一个老人，讨到我们家，你怎么能赶走呢？谁人没有难处？"婆婆也说："是啊，为人要善，要积德呀。讨米的也要过个年啊。"刘昌兵低头说知错了，就去把剩饭盛了一碗。母亲说："叫花子也有三天年。天这么冷，要给他口热饭热菜。"母亲亲自盛了饭、夹了菜，还摸出五分钱，一并交给了刘昌兵。大门关闭就不好打开，刘昌兵从后门出去找到了老人，道过歉，递了钱，给老人一碗饭菜。老人蹲在地上，打算腾出饭碗盛菜。刘昌兵说："我妈说碗也送您。"老人激动不已，连说："好人好报，好人好报啊。"刘昌兵转身走后，讨饭的老人对着上天说："菩萨啊，保佑这一家善良的人啊！"

刘金海站在神龛前，上面已经摆好新的供品，还有几只装菜的碗，刘昌兵明白，这是叫饭。过年了，让逝去的亲人也一起品尝新年的饭菜，是晚辈的一点心意。父亲吩咐他快去洗手。洗手后，他和父亲站在一起，对着神龛恭恭敬敬作揖。

一家人入座。这是一张四方桌，俗称八仙桌。一方坐两人，朝着神龛的那方为主要席口，婆婆理所当然地坐在那里，父亲在一旁陪着。

十大碗陆续端上了桌。

刘金海对婆婆说："妈，开始吃吗？"婆婆拿起筷子，众人才能拿起筷子吃饭。这一家人都不喝酒，为了喜庆，每个人的面前放了一个小酒杯。刘金海在每个杯子里滴了几滴酒，将自己和罗芹花的酒杯斟满了。他端起酒杯，罗芹花也端起，他们一起敬了母亲。又让孩子们一起敬婆婆。婆婆高兴地说，“想吃什么就吃什么，莫拘束。”各人就拣自己最喜欢吃的菜。但是，那一整条红烧鱼谁也没有去动，刘昌兵和妹妹都懂得，那鱼必须留到明年。“鱼”与“余”同音，图个吉利，年年有余。

刘昌兵记起，陈书海家里昨天就吃了年饭，问母亲怎么回事。

父亲说：“晓得动脑筋了，不错。”

罗芹花告诉他，过年又叫团年，每家每户都应该是农历的大年三十过年，一家人聚集在一起热热闹闹辞旧迎新。要是哪一家的老人在这一年去世了，就少了一个亲人，那么，这一年吃年饭就只能在二十九吃，用这个办法怀念逝去的亲人。

“没有三十，只有二十九怎么办？”

“那就二十八的时候吃呀。”

刘昌兵笑道：“还这么多讲究啊。”

“是啊，讲究多咧，你要懂，不然，别人就骂你没家教。比方说，大姓人家户数多，就像梁家婆，有几个儿子，都要接她一起吃年饭，总不能都在三十吃吧，怎么办？就分开吃。从腊月二十开始都可以安排年饭，为了图吉利，一般不在单日子吃，例如，二十五、二十七，尤其是二十九。”罗芹花说。

刘金海说：“贴对子的事你也该懂。当年家里老了人，为了表示对逝去亲人的怀念，第一年贴白对子，第二年贴绿色对子，第三年贴黄色对子。也可以三年都贴黄色的。”

婆婆也说话了：“老人死了，按照老规矩，要守孝三年，戏文里都有，就算当官的，也不能当官了，要回家为父母守孝。现在规矩变了，但是在新年必须要守孝。”

父亲说：“婆婆说的新年，是说头一年死了老人的家里，第二年就算是新年。比如说书海家里明天就是新年。”

婆婆又说："新年里，孝男孝女，在大年三十到正月初三都不能出门。亲戚朋友来烧清香，要好生接待。"

"什么叫烧清香？"刘昌兵又问。

"老人后的第一个春节，初一到初三，亲戚、乡邻、朋友都要到他家里去祭奠逝去的老人，放一挂鞭，在老人的灵位前点燃三炷香，作揖磕头后就将点燃的香插在香炉里。"

刘昌兵说知道了，他也吃完了，放下了碗筷。母亲叮嘱，再不要出门了，今天要守夜，明天一大早要出行咧。

"好，我晓得了。"

他嘴上答应，转身就悄悄从后门溜走了。

第八章　恭贺新禧

拜年 •

看到小钟表走到晚上十一点时，刘金海就催促刘昌兵洗手，准备“出行”。刘昌兵说：“刚才洗过。”

“洗过了也要再洗一遍，‘出行’是敬神祈福，要真诚、干净。”刘金海很严肃。

刘昌兵就去洗了手，擦了一把脸。

刘金海将一挂八千响的鞭炮交给刘昌兵，让他拆开。刘昌兵明白，父亲对这种敬神祈福的事情特别看重，他不能惹出任何麻烦，否则就会挨打。拆开后绑在了竹篙上，仔细检查了一遍。十一点差一分，就说一起出去。

刘昌兵以为父亲看错了钟，就说：“‘出行’不是在初一吗？现在还是十一点。”父亲告诉他，每天的时辰始于子时，就相当现在的十一点。所以，就要在十一点开始。

刘金海掏出烟点燃，抽了几口，把半截烟递给他：“点燃。”

借着大门透出的灯光，刘昌兵点燃了鞭引子，噼里啪啦的响声与远处的鞭炮声连在一起，震耳欲聋，一阵又一阵，就像长江的波涛，一浪高过一浪，一阵比一阵更响。

父亲双手合拢，虔诚地拜天、拜地，刘昌兵照着做了一遍。

进屋后，父亲对他说："你妈打牌肯定会熬一夜，我来守岁，你想睡就睡吧，天亮了还要拜年咧。"

"您难道一夜不睡？"

"每年都要守一夜，习惯了。你去睡，天亮就起来拜年。"

刘昌兵嗯了一声就去睡觉了。

睡梦中的欧阳思友被母亲喊醒，他睁开惺忪的眼睛，哎呀一声之后翻身又睡。母亲说："又睡懒觉，还说去当兵，哪个部队收偷懒的兵？"

欧阳思友掀开棉被一下就爬了起来，三下两下就穿好了衣服。

一家三口过早之后，欧阳正民要思友一块去拜年。

"今天就拜年？"欧阳思友问。

何定香说："今天初一，当然要拜年哪，你不想拜年，打算干什么去？"

欧阳思友觉得委屈，不作声了。他从曾先生那里得知，初一起来以后洗漱完毕，就要给祖宗作揖磕头，再就是给家中的长辈拜年。吃完早餐，就要给自家的长辈，比如伯父、叔父拜年。初一若因故耽搁了，初二必须补上。初二应该拜岳父母、舅舅，初三拜姑父母，初四拜姨父母。欧阳思友将这些记在了心里，以为自己初一不需要拜年的，因为父亲这一边没有任何亲人。

何定香搞清楚了原因，就向儿子道歉。随后给他做了解释——你父亲当年在这里养伤的时候，你外公外婆都把他当亲生儿子，你爸爸也把他们当亲生父母，虽然，他们都去世了，你爸爸还是把他们当作亲生父母敬重。还有当年给他治伤的张师傅也在初一去拜年。再就是当年掩护过你父亲并花钱为你父亲疗伤的汪溪汝，你父亲一直都心怀感激。“思友啊，你要明白，拜年是个形式，表达的是情义，反映的是人品啊。”何定香说。

思友点头，嗯了一声。

“今天你爸爸一大早就到区委新宿舍、老宿舍跟干部、家属拜了年。你知道为什么吗？”

欧阳思友摇头。

“做人嘛，不要认为自己了不得，要谦虚，把自个儿当作最平常的人，绝对不能高高在上。”父亲说。

欧阳思友睁大眼睛看着父亲，过一会儿，很慎重地点了头，他按照自己的理解，记下了父亲的教诲。

尚未出门，尚大强和杨满珍带着两个孩子来拜年，送来两包糕点、两瓶酒。何定香给了两个孩子每人三元钱，杨满珍拦着不让孩子接，何定香不高兴了，尚大强这才让孩子们接下。

尚大强一家走后，欧阳一家三口出门拜年，礼品用三轮车装着。何家的都住在一块，同辈的每一家都要送的，不然就会被认为瞧不起人。

走在路上，遇到街坊乡亲，欧阳正民都是主动说声“新年好”，对方拱手作揖还礼，有的还停住脚步跟他们说几句话。

进入磨盘洲的地域，走一步要停三步。都是老街坊，碰到一起有话说。何定香说话，欧阳正民打过招呼后就与欧阳思友先一步走，免得他们说话不方便。但何定香也知道，拜完年，欧阳正民还要去区政府值班。他除了工作，没有别的爱好。就不敢多耽搁，和人说话，都是适可而止。

欧阳正民一家的拜年按照住家的顺序进行，第一家就是大舅哥——何正国的祖父，何定香和他是同祖父的姊妹。他也是他们这个房头里同辈的老大，今年八十多岁了。

三轮车停在何正国的家门口，何定香拿了两瓶酒，让欧阳思友拿了一盒糕点一起送进去。何正国迎出来，喊了姑爹姑婆小叔子，就抱拳拜年，把他们请进了家门。

何定香看到大哥，就喊了一声。

欧阳正民就说：“大哥，给你拜年了，祝你健康长寿啊。”

大哥抱拳还礼。

“跟大舅拜年。”

欧阳思友就拜年。

大舅特别高兴，给欧阳思友一块钱的压岁钱。

欧阳思友不肯要，何定香也拦。

大舅说：“不要就是嫌少了。”

何定香就让欧阳思友收下了。

何正国的老婆抱着不到一岁的儿子出了房门，何定香给了孩子五块钱的压岁钱。

欧阳思友推着三轮车，停在了张继安家门前。欧阳正民喊：“张师傅，我来拜年了。”

张师傅迎出，抱拳给欧阳正民和何定香行礼。欧阳正民拿着两条烟随张师傅进门。何定香一手拿了两瓶杏花村白酒，另一只手拿两盒糕点跟着进门，欧阳思友提着两瓶红葡萄酒跟了进去。

何定香说：“这是欧阳的一点心意。”

“你们太客气了。我都过意不去。”

“俗话说，滴水之恩涌泉相报，何况是救命之恩啊。那个时候，您救我是拿一家人的性命赌博哟，我必须感激一辈子。”

“说实话，救你我觉得光荣，每当老百姓夸你的时候，感激你的时候，我就高兴。”

“我听定香说过，您在街道能够主持正义，打击歪风邪气，威信依旧高，您是好样的。于公于私我都要夸奖您。”

在他们说话间，欧阳思友出门守着三轮车。看到了区委宿舍大院的胡叔叔，他就喊了一声。胡叔叔急切地问：“你爸爸呢？”

欧阳思友顺手一指，亮开喉咙就喊：“爸爸，胡叔叔找来了。”

听到喊声，欧阳正民心里咯噔了一下，马上起身与张师傅告辞。胡叔叔跟张师傅打过招呼，就向欧阳书记报告。

原来在他们走了不久，干河村的一位婆婆带着一个十来岁的孩子来了，要给书记拜年。老胡说，欧阳书记刚出去，什么时候回来说不准。婆婆就蹲在原地，说不管多晚回都要等。他请她们婆孙到家里休息，婆婆不肯，只好端了一条板凳，给了她们一瓶热水。没料到，车路村的老王也来找书记，接着公明山来了两拨人，都说来感恩，也都站在书记的门口等着。

欧阳听完后朝何定香笑笑，说要跟老胡回去，何定香也要一道去。欧阳心里暖暖的，回去，要招待客人，他忙不过来，尤其是做吃的，自己还做不来。他们就与张师傅告别。何定香让欧阳思友自己去给舅舅、姨妈家拜年，嘱咐说拜完年要锁好了三轮车再去玩。

欧阳思友觉得能够独自一人去拜年，是父母的信任，很高兴。

• 采莲船

正月初三，太阳温暖，风儿柔和。八九点钟的样子，居委会的采莲船划到了剅背。

逢年过节也是联络感情的时机，每年划彩船、舞狮子、玩龙灯，一为热闹，二来是为增进友谊。街道四周的大口、西南、曙光、红光、先锋几个大队的彩船、龙灯、狮子就会轮流来街道拜年。今年居委会为了迎接建镇，魏莲芝也组织了采莲船。

这时，采莲船划到了丁振邦的门口。丁振邦的家挨着丁振山家，门前宽敞，看热闹的人围了一大圈。

采莲船用竹木精心制作而成，下为船形，五六尺长，上是宝塔亭阁型盖顶，船高两米左右，船身都用彩纸裱糊，扶栏和亭阁上挂有彩球，船上贴有各色各样的沔阳剪纸图案。看上去，好似披红戴绿的一叶扁舟，非常好看。

方俊拿着相机对着采莲船连续拍了几张。她回汉口吃了年饭，过了正月初一，就惦记着回西流河，父母留也留不住。她听刘昌学说过，西流河的春节极具地方特色，就特别想深层次地了解一下。她会摄影，也有相机，可以拍摄一些照片作为资料，这是刘昌学想到却办不到的事情。昨天刘昌学就按照年前的约定，专程去仙桃接她回到了西流河。

丁振山、丁振邦都迎出了门，两兄弟交流了几句，决定两家的彩船一起划，丁振山就跟领队的魏莲芝打了招呼。居委会一共四百多家，每家都去一趟的话，会很累。魏莲芝感激他们能体贴居委会的工作。

锣鼓响起，胡琴拉动，采莲船摇晃起来。船中站着一位年轻姑娘，人们以为还是男人装扮的，就不停起哄。一个性格比较细致的人，仔细一看，发现是孔春芳站在里面。她化了浓妆，穿着彩衣，一手拿手帕，一手扶船栏，装出一副坐船的姿势。船头的男子，人们一眼就能认出他就是刘昌远，上身穿着圆领无扣淡黄色绸布衣衫，腰间系了一根黄色布带，下身是一条红色灯笼裤，他一手拿竹篙，一手牵引采莲船不住地摆动。船尾的“摆梢婆子”，头上缠裹着蓝色布条，两边的颧骨处涂着白底红色的圆圈点。这个摆艄婆子是胡家的媳妇装扮的，歪歪嘴巴，眨巴眼睛，扇扇扇子，一个个滑稽动作，逗得围观的人们哈哈发笑。

“彩船划来太阳明，已经到了丁家的门，先来问个新年好，恭祝丁家福满门。”撑篙的刘昌远说了四句，丁振山出来点燃了提在手中的鞭，噼里啪啦炸了一阵就抛到了地上，一些不懂事的小孩争先恐后地去抢，有的还用脚踩那正在炸响的鞭炮。采莲船趁机划动，随着撑篙的动作，采莲姑娘提着船栏前后跑动，摆艄婆子跟在后面做着滑稽动作。

采莲船哪，哟哟。
两头尖哪，呀嗬嘿。
我们哪划船哪，呀儿哟。
来拜年哪，划着。

采莲船哪，哟哟。

唱新年哪，呀嗬嘿。

感谢丁教师哪，呀儿哟。

好园丁哪，划着。

……

采莲船哪，哟哟。

再来恭贺呀，呀嗬嘿。

丁先生呀，呀儿哟。

福禄禧哪，划着。

……

丁振山将两盒糕点、麻糖和两盒香烟放到了采莲船的船头，魏莲芝道谢后离开了。采莲船顺着住家走，除非那个屋里的门口没有场地，不然都会停下来说几句，唱一段，拜个年，让每个居民心里多一分温暖。

请春客 •

初三早早吃过晚饭，罗芹花就坐到了火盆边上。她在考虑请春客的事情。

请春客对许多家庭来说是春节的一件大事。几杯酒下肚，吞咽下昔日的一切不愉快，一切从头再来。亲情、友谊在红鲜鲜的卤菜中蔓延，融化到热腾腾的汤水里。

刘金海是个老实巴交的人，不爱说话，与人交际少，所以，许多事情，都是由罗芹花当家。春客肯定要请，怎么请，她拿不定主意。家里的环境说好不好，说坏不坏，有衣穿，但穿得不是那么体面，吃的也只能算温饱。

“输了？”丈夫刘金海小声问，端过条凳坐在她的对面。

她想，我不去抹牌就是输了？看丈夫十分认真的样子，就想试探一下，看他到底是怎么想的，装着愁苦的神态，低声说：“输了，没钱了。”

“输就输了呗，没钱就再节省一点。”

“我还以为你借我几块钱呢。”

他像姑娘般羞涩一笑：“我哪有钱啊。”

“有钱你也不会拿出来，怕我知道你攒私房钱呗。”

“哎呀，我今天才晓得窦娥是怎么冤死的。”刘金海说完突然想起，还真有十二块钱。年前，他为卫生院修理门窗、桌椅，因为需要购买材料，医院总务主任给了他二十块钱，他只用去了七块多。

刘金海到房里从一本旧书里找到夹着的钱和发票一并交给了罗芹花，又说了一句，“这可不是私房钱啰，真的。”

罗芹花说：“我晓得。都快二十年的夫妻了，我还不相信你吗？撩你的。”

刘金海幸福地笑了。

罗芹花跟刘金海说，需要商量请春客的事。

刘金海说：“你说怎么请就怎么请。”

“两个脑壳比一个脑壳想的周全一些啊。”

刘金海想请两三桌。罗芹花思考过，但担心三桌安排不过来。比如刘金海的堂妹是应该请的，她出嫁一年半就守寡，重回西流河心情很不好，变得特别敏感。若是请她做客，绝对不能是做陪客，不然到了也要扯由头溜走，就算不走也是泪眼婆娑。这个时候的她需要人关心，需要娘家的人给她长脸面。自己带头请她，也是提醒刘家其他人，对这个落难的妹子爱护一些，给她温暖。那么安排谁做陪客呢？

刘金海想了想，说让几个侄姑娘陪。

罗芹花想了想，觉得只有这个办法好。住在周边的侄姑娘一共有四人，还需三人，就只能安排表侄姑娘或表侄媳妇。

第二桌应该安排大姐刘金玉的儿子柳德旺，他大学毕业后就工作，三年都没有回家过年，今年回来了就是客人，况且德旺已经来拜过年。

大姐为人很好，没有亲兄弟，要给大姐做脸面。请这个外甥，就要请有文化的人陪。

第三桌应该请刘家的兄弟坐坐。血浓于水呀，过年了，应该在一起坐坐、说说。

第四桌也是非请不可。街里街坊，有关照，也有误会。关照的要感谢，误会的要消除。坐在一起，话就有可能说透。

“四桌？”

“四桌还不够呢。”罗芹花说，“我们还要帮昌学请一桌，他的未婚妻方医生回来了，我们应该表示一下。再说居委会主任选举搞出了一些矛盾，得和谐一下。”

刘金海当然同意，担心酒菜不够，就说今年刘家的弟兄姊妹就不请了。

罗芹花认为有道理，酒菜丰盛一些，刘家才有面子。

决定下来，初四就开始请春客，最先请堂妹。罗芹花让刘金海亲自去安排，以显示重视。

堂妹激动得热泪满面，吃了春客酒对哥嫂感谢万分。

接着为大姐的外甥请春客。头天安排，第二天一大早，刘金海和刘昌兵就分头催请，客人们答应马上就到。

柳德旺从床底下拿出皮鞋擦油、打蜡，刘金玉看到了就说：“你穿皮鞋，德旺？”

柳德旺回答：“到舅舅家去，要穿的体面一些啊。”

柳德旺在人民大学读书时，已经习惯了讲普通话。恰恰就是这普通话让母亲十分反感，呵斥道：“你怎么这么说话啊。我跟你说过，衣冠与世同，入乡随俗，你怎么听不进啊。”

“你争气，让我脸上就有光。”刘金玉说，“到舅爷家去，一定要讲礼数。你也晓得，他们不是嫡亲的，但是，这些年一直把我当亲姊妹，你要晓得感恩。”

“您放心。”德旺说。

刘金玉被说笑了，让他快去。

柳德旺进五舅舅刘金海的家门，先到的客人就与他招呼，柳德旺拱手还礼，转而跟五舅舅鞠躬拜年后，到后面的厨房里问候了舅妈。回头看到了刘昌学，刘昌学热情伸出手，柳德旺紧紧握住：“你这个副区长美名四扬啊，听到街坊夸你，我也高兴，我为你骄傲。”说着，在他肩胛上轻轻揍了一拳。

刘昌学给他正式介绍方俊，柳德旺大方伸过手去，握住了方俊的手：“漂亮的老表，祝你们早日喜结良缘。”

说话间魏莲芝、何秉章同时来了，柳德旺一见，马上起身：“秉章，新年好。”他们虽然见过面，再见也如久别重逢，亲热地拥抱了。松开后，德旺就和魏莲芝握手：“你这个领导，当得不错哦。”

“过奖过奖。”

丁俊敏来了，大家握手祝福。

罗芹花出现在堂屋，客人说了感谢的话，罗芹花说：“你们能来，是给我们脸上添光。你们快入席吧。”

八仙桌就摆在神龛下面，自然是靠近神龛的那一方为尊，俗话称上席，主客坐的地方。那个地方空下来，都不去坐。

刘金海站在一边，就说：“上席不能空着，也不能在一方挤三个人啊。”

他没有点名道姓，还是没人肯到上席去。

刘昌学坐在靠壁的一面，站起来说：“德旺和俊敏，请上座吧。”

丁俊敏说：“此话不妥，今天的主客是德旺哥和方俊姐。”

魏莲芝也应和。

柳德旺站起来说：“我是到舅爷家拜年，上席还是应该你们坐。”

僵持中罗芹花从厨房里过来："你们客套，就恕我不敬了，魏书记、丁老师理当上座，今天就受点委屈，两位坐乙席。方俊虽是未过门的侄媳妇，我把她当自家的姑娘看，但是离娘家那么远，也算客人，陪我的外甥德旺，坐上席。其他四位就随意。"

魏莲芝连忙说好，就坐到了乙席上去了。柳德旺和方俊坐到了上席，其他人就各自落座了。

罗芹花端着一个杉木红漆食盒，放上了桌。在客人们到来之前就装好了九个碟子，都装着冷菜。四个碟子是荤的，四个碟子是素的，还有一个看碟子。四个荤碟子分别是卤猪肉、卤牛肉、卤蛋、卤香肠。四个素碟子分别是卤藕、卤豆腐干、卤千张、卤海带。一个看碟子是卤鸡肫。四个素碟子堆得高高的，四个荤碟子是平平的。卤鸡蛋，切成四块，猪肉、牛肉都是一片一片的像云片糕似的排列开。九个碟子里的菜，都是红红的，这是卤菜时加上去的，图个喜庆、吉利。

刘金海给客人倒酒。每个客人都用白瓷高脚小酒杯，大约可以装六钱酒。酒是本地酒坊里酿造的高粱酒，装在鹿颈脖子似的白瓷壶里。刘金海给每个酒杯斟满："各位请随便用，无菜的酒一定要喝好。"

罗芹花端过调料倒到了各个卤菜盘子里，用公用筷子搅拌好，就说："手艺不好，请多包涵。请。"

"嗯，味道蛮好。"丁俊敏说。

魏莲芝端杯敬大家，一边说："我借花献佛，祝各位新年万事大吉。"坐下后带头吃菜一边说，"芹花婶娘的手艺，在这西流河街上，没有几人能比，今天我要多吃点，享受享受。"

柳德旺说："说真话，我的这个舅娘做的菜，吃一餐几天还有回味。"

守在一旁招呼客人的刘金海说："趁你休假的机会，让你舅娘多给你做几回。"

“不要专门做。我有空就过来吃，不会客气的。”柳德旺说完话端杯敬魏莲芝，“祝你年年进步啊。”

方俊说：“我真的好开心，这顿饭一定回味无穷，因为我感觉特别好吃。”

酒过三巡，罗芹花开始烤糍粑，不一会儿刘金海用托盘端上两大碗炕得金黄油亮的糍粑和一碗白糖。糍粑蘸糖吃，既能当菜，又能当饭。

这金黄油亮的糍粑赢得了一致的赞扬，一会儿就被吃光了。

罗芹花适时地端上托盘，给客人一人送上一小碗热腾腾的豆丝。刘金海端出一簸箕炒米，用带把的搪瓷缸舀到客人的碗里。

早餐结束，罗芹花收碗筷抹桌子，刘金海为客人泡茶。客人在火盆两边坐下。魏莲芝说：“德旺兄弟啊，你是从北京回来的，能不能跟我们说下见闻呀。”

“好啊，您想听哪方面的？”

刘昌兵抢着话头说：“德旺哥，你到过天安门吗？”

“到过。到过天安门广场，没有上过城楼。”德旺说。

这时，丁俊敏、何秉章告辞，刘金海嘱咐说：“下午没事就早些过来啊。”

留下的人听柳德旺讲着北京的见闻……

晚餐不到五点就开始了。

还是早上的座位，还是早上的酒，还是早上那么大的杯。

席面是十大碗，蒸菜有粉蒸青鱼、粉蒸肉、粉蒸莲藕、粉蒸排骨，还有粉蒸茼蒿和粉蒸蓑衣圆子。蒸菜上桌，都淋过陈醋、酱油、姜蒜等合并的佐料汤汁，味道更加鲜美。煮菜有黄焖鸡块、红烧野鸭、冰糖莲子，还有贺菜，用胡萝卜丝、豆皮丝、瘦肉丝、芹菜烩制而成。这道菜颜色好看，看上去很热烈、喜庆。另有两炸一汤，两炸是：炸肉丸子、炸鱼块；汤是鱼参圆子汤。每碗菜都用大碗装，堆得像小山一样高。

罗芹花说："你们都不要客气，菜剩下，就说明我的手艺不好。"

"蛮好吃的。"

"真的，蛮好吃的，舅娘。"德旺说，"您莫嫌我们吃相不好看哦。"

"怎么会嫌呢，你们都是贵客。"罗芹花端起了从厨房带来的酒杯，"我敬你们，祝各位万事如意。"

客人们一并站起，与罗芹花碰杯后一饮而尽。

• 救火

欧阳正民在刭背就看到西北方向的冲天大火，一条黑红相间的火龙呼啦啦地翻滚，一会儿便腾空而起。

救火的喊叫仍然急切，提醒的铜锣敲得震耳欲聋，几个热心人的喊叫声音有些嘶哑了。

陆续有人从他身边跑过，有的拿着脸盆，有的提着小水桶。没有谁顾及他，人们都是急匆匆地奔向着火的地方。

欧阳赶到救火现场，救火的人紧张地奔忙着，许多人端着脸盆，提起水桶往熊熊的火柱上泼。他还看到，罗建国顶着一床棉被让人往上面浇了水，随即就钻进了火堆里去了，不一会儿，抱出了一个小女孩，那女孩脸上乌漆墨黑，鼻涕挂在嘴巴边。罗建国看到了与欧阳书记在一起的何定香，就将小女孩塞到了何定香的怀里，然后再次冲进了火海。

杨老看到了魏莲芝，喊过来，说这样乱哄哄地救火，费了人力，耽误了工夫，火势也难得控制。魏莲芝说，水源问题交给我吧，我一定组织好。接着，杨老找到了杨辰旺，要他赶紧到尚未起火的家庭抢运物品。随后喊过尚大强，让他喊一个人来。尚大强就把杨子良叫来了。杨老让他们两人并排蹲下搭成人梯架子后，骑在他们的肩膀上，他们就站了起来。杨老开始讲话："请各位乡亲听我指挥，现在集中精力控制火势，把西头的火源截断，不能让火势继续发展。共产党员赶紧去西头，切断火源，军人出身的跟我在火势最旺的一边，往上面浇水，扑灭大火。如果有特殊情况的，就去魏书记那边传水。我们要用最快的速度扑灭大火。"杨老急切地重复一遍，喊了开始，就跳了下来。

救火进入有序状态，传水的人排成两个长队，男男女女，老老少少，脸盆、大水桶、小水桶分成两列。小孩子们提不动，就双手使劲儿，不少人的身上、脚上都被水打湿了。

"喂，哪个滑到河里去了。"

"没事，在河里舀水方便。"魏莲芝是故意到河里去的，她觉得自己的身体可以扛得住寒冷，在河里直接舀水方便。孔春芳也跳到了河里，学着魏莲芝舀水传递给另一列队伍。河坡上自觉地排成了两条队伍，紧张有序地传递着水源。许多人脱掉了夹衣就地丢在一边。

尚大强问杨老："叔子，我虽然不是党员，但我在争取入党，可以参加党员的救火队吗。"

"怎么不行？快去吧！"

尚大强自己要过传递的一脸盆水，从头上淋下，觉得不够，又要过一只盆子淋透了身上，然后冲进了正在燃烧的火场。

有区干部发现了欧阳正民，就来汇报。当下的情况是：烧了四家。

听了情况，他心情沉重，问杨书记在哪里。

杨书记和杨老在一起，他穿着一件单衣，在火势最猛的地方，接过传过来的水桶往火柱上泼。听说欧阳书记找，他撤离下来，罗建国马上顶替了杨书记的位置。

有好消息来报，西头的火势得到了控制，转移出来的两家人的铺盖、粮食等物品堆在那里，几个老年共产党员和他们家里的老人守在一起。

大火逐渐扑灭了，就听到哭声一片。四家受灾的家庭为生计发愁。

欧阳正民和杨书记紧急磋商急救措施。

杨老披上了呢子军装，大喊：“现场的党员、复转军人到我这里来一下！党员、复转军人来一下！”

就有一批人聚拢过来，已经走远的听到消息也返回了。

“现在是我们发挥作用的时候。受灾的是我们的阶级姐妹，我们的乡亲，我们要为政府分忧。我提议：第一，捐赠衣物，尤其是棉衣，还有棉被、粮食，各人根据情况尽力而为；第二，义务提供情义支援，受灾的家庭今天就无家可归了，总不能长期这样吧，明天有时间的就来这里帮忙他们清理一下。台基还在，我们要让他们尽早住到新房里。”

这些党员和复转军人纷纷表示将尽力给予帮助，杨老表扬了他们。

党员、军人散去后，欧阳正民过来，向杨老敬了一个军礼，表示真诚的感谢。欧阳正民向杨老汇报，今天晚上，受灾的四户将安排到西流河小学教室里过夜。这项工作刘昌学已经去落实了。棉被由学校教师和区政府、区委的干部捐献，明天起，区政府和红星大队组织住房新建，力争四天之内盖好新房。

“好，到底是我们新四军的老战士。”杨老很高兴地在他胸前轻轻揍了一拳。他们一起去安慰受灾的家庭，告诉了区委的安排，几家人都是千恩万谢。

雄狮登台 •

正月初五，镇人委委员候选人名单公布，分别是李顺久、陈东风、吴国华、尚大强、杨辰旺、袁金水、魏莲芝。公榜的同时，区委做出了说明：候选人由区委考察，正月十六再次推选，淘汰两人。第一届镇人委将由五人组成。

尚大强去五叔那儿报喜，就为寻得大力支持。五叔祝贺之后与他闲聊，透漏出想看舞狮子的愿望。

尚大强马上说："您就让区公所组织一场舞狮比赛呀，各路高手大显身手，您老就可大饱眼福。"

杨司令说："组织一场比赛？好呀，我拿出五百元做奖品。"

尚大强说："我就以您的名义发通知，搞一场民间的舞狮友谊竞赛，正月初九在我们到沟的新戏台举行。"

杨司令说："用个人名义组织不好。就让他向区公所汇报，请区公所组织。"

尚大强乐意办这个事，立即去区公所找欧阳书记汇报了这个想法。欧阳书记认为这是一件好事，请他转告杨司令，区公所愿意组织并且承诺一定组织好。

这天，尚大强给五叔汇报舞狮比赛的组织情况，见五叔心情特好，就再次请求五叔对他的进步给予关心。五叔对他承诺，假若这次推举活动脱离了公正的轨道，他将以老党员的身份请求上级组织还以公道。

正月初九，太阳露出笑脸后，舞狮的、看舞狮的都活跃起来，陆续来到剅沟。九点钟光景，已是人头攒动，广场上人山人海。

欧阳书记和刘小木到了广场，杨辰旺和魏莲芝陪着。他们是在查看周围柴草堆放情况，预防炸鞭时引发火灾，同时对紧急疏散进行了评估。广场四周开阔，万一遇到骚动，可以迅速疏散。他们心里踏实了许多。

尚大强老远就看到了他们，就有意接触。他今天穿了一件崭新的蓝色中山装、一双黑色圆头皮鞋。见他们已经转身，一边喊，一边小跑。走到他们面前，气喘吁吁，故意张大嘴巴，上牙床上左右两边的金牙闪闪发光，恰巧太阳照来，反射的光芒刺人眼睛。

“有什么事啊？”魏莲芝停下问。

尚大强嘻嘻笑地敬烟，说没有什么大事。他首先递给杨辰旺，杨辰旺犹豫一下，接了。刘小木见是精装的黑牡丹牌，接过后说：“看来是发财了啊！新衣服、新皮鞋，还抽这么好的烟。”

“发什么财哟，鱼有鱼路，虾有虾路，赚了点小钱。人家有钱怕露富，我无钱也要撑脸面。”尚大强说。

尚大强也递给欧阳一支，欧阳正民摇头拒绝了。尚大强又露出金牙笑：“欧阳叔子，我晓得您蛮少抽烟，但不至于反感这香烟吧，我的手都伸出来了，怎么好缩回来咧？”

欧阳无奈地接过，说：“大强啊，做人要本分哪！你刚选为镇人委候选人，更要谨慎啊。”

“欧阳叔子教训得好，我确实有点嘚瑟，一定引以为戒，一定。”他说。

友谊比赛之前是舞狮表演，居委会的地狮子打头阵。在热闹的锣鼓声中，她们登台了。

“哦哦哦！”台下有人喊起来了。

“怎么是女的？”

“鬼扯，女人舞狮，你什么时候见过？”

“真的是女的！你听，说话的声音。”

“声音也可以装。”

“看，没有喉结。哦，我记起来了，居委会的魏……魏莲芝。”

人们争着往前挤，个子矮小的踮起了脚，有的还往上跳，两手撑着同伴的双肩上攀，就为看一眼舞狮的女人。

“父老乡亲，我们姐妹不为名、不图利，就为给父老乡亲添个趣、加点乐。”魏莲芝说完话，她和孔春芳同时披上狮子皮舞动起来。她们走了几圈场子，翻滚后，扬起前爪，昂起头摇摆，然后又是打滚，随之翘尾。搔痒、抖毛、舔毛，惟妙惟肖，逗人喜爱，台下哄然大笑……

接着，各种神态的狮子一起上台。黑须红面狮和灰白胡须狮正在为一个球你争我抢，激烈争夺，舞得不可开交。灰白胡须狮瞪着灯笼般的眼睛，聚精会神地注视着快要到手的球，全身的毛都竖立起来，一副把握十足的样子。黑须红面狮不甘示弱，锋利的爪子紧紧地扣着球，横眉瞪眼，心里似乎在想，我是不会让你抢到球的……

舞狮队开始了竞赛。

居委会代表队第三个出场，他们表演的“举目望月”，虽然技艺不俗，但与何家口和西圻湖的表演队相比，还是有差距。

舞狮暂停，金山舞狮队重新搭台。金山就是尚大强的老家，他的亲弟弟尚再强、尚三强都是舞狮队的。他们从小就有武术功底，后来还到仙桃百子桥专门学过。学艺后就卖艺，走南闯北捞了一些钱。这回，尚大强为了激励他们夺得第一名，为尚家扬名，特意给了兄弟二人八十块钱，还到百子桥请了舞狮师傅来帮忙。

舞狮子搭台特别重要，尚再强一点都不马虎，和请来的师傅从头到尾督促。

他们要搭一“高”二“险”的“一炷香”舞狮台，精选了八条长板凳、四把木椅子、十三张方桌和一个专制的小方桌，又做了一次确认性检查，才开始垒台。

底层摆放八条长板凳；

二层有四张方桌；

三层上放着四把木椅；

四层是一张方桌仰放在四把椅面上；

五层是一张方桌脚与四层的方桌脚对脚；

六层是一张方桌面与五层方桌面挨面；

七层是一张方桌脚与六层的方桌脚对脚；

八层至十二层都是方桌脚立在下层桌面上；

顶端十三层仰放一张小方桌四脚朝天。

桌面挨十二层的方桌面，用红布系紧大小桌面，舞狮台就算搭成了。桌面、桌脚连接处用盐水浸湿的粗纸垫着，起防滑凝固作用。

尚再强登场，敬神礼毕，边打铜锣边说客套话：“铜锣一响是招牌，有请列位宾朋四方来。有请湾前湾后湾左湾右，各位父老兄弟姐妹来扶助。在下，借此机会，拜诸位。请多多捧场！”

“来！来！来！耍起来！”

尚再强吆喝后舞狮队登场，舞狮者在垒起的方桌间穿绕攀爬，间或有“望江喝水”“四爪踏雪”“金钱吊葫芦”等绝技表演。动作惊险扣人心弦。观众掌声不断，从不同地方传出叫好声。大家未曾料到，舞狮越来越扣人心弦，惊心动魄的动作接连出现——飞脚一踢的“打坐撩须”、双脚踏膝的“观音打坐”、抱人旋转的“张飞卖肉”，还有“蛤蟆晒肚”袒臂露胸、“虾子戏水”腰弓背驼，更有扭动腰肢的“鳊鱼游水”、俯身拾物的“蜻蜓点水”、前俯后仰的“燕儿喂食”、胆战心惊的“狮子剥皮”、快步向前的“圆墙跑马”、东倒西歪的“黄龙脱袍”、弓腿跨步的“出洞归洞”、空中屈身的“偷梁换柱”、四肢匀称的“青狮打睡”、垂足立胸的“关公搭桥”、四脚朝天的“顺风摆柳”、胸似铁扇的“顺蓬施罩”、飞檐走壁的“四脚踏雪”、旋脚转身的“挪脚赶盘”，到了顶层做了个仰首望天的“犀牛望月”，然后是“白蛇吐箭”头身倾倒，最后是纵身一跳的“金线吊葫芦”，眨眼工夫把“一炷香”的十三层桌子拉成弯弓一晃。

广大观众看得提心吊胆，为之捏汗。表演结束之后，更是响起一片连绵不绝的掌声，各个交口称赞。

陪着方俊摄影的刘昌学被舞狮的精彩吸引，直到方俊扒他的胳膊，他才回过神来。他问方俊：“是不是都拍下了。”方俊笑说：“以为我像你，看得忘乎所以。”

• 正月十五

西流河人把正月十五元宵节看得比春节还要重要。在他们看来，这是一年辛苦劳作即将开始前的最后一次大团圆，所以格外珍视。

一早起来，魏莲芝就开始准备着做团子的原料。

团子取其外形，象征团团圆圆的意思。正月十五吃团子，据说是元末农民起义领袖陈友谅的夫人发明的。相传陈友谅起兵征战之时，为解决军中粮食短缺的困难，利用沔阳湖泊多的优势，以遍地的鱼、虾、螺蚌代粮充饥。但鱼、虾、螺蚌腥味重，吃多了，就有些厌烦。陈友谅的妻子替夫分忧，多番尝试后发明了用米粉拌鱼、虾、螺蚌蒸食的方法，解决了军粮之需。此法流传民间后，经沔阳人发扬光大，进而形成了风味独特的“沔阳三蒸”，成为当地腊月三十必备的菜肴。后来有人把制作“三蒸”后剩下的米粉搓成圆团，内填菜馅，蒸熟后吃，特别有风味。于是这种制作方法逐渐流传开来，人们取其团圆之意，把它叫作“团子”，作为每年正月十五的团圆饭。

团子用大米做成，选用的是上好的中谷米，浸泡后磨成粉，在锅内蒸至半熟盛出，趁热揪下适量大小的一块，压扁加入馅子，然后捏成圆球状。做团子的馅子，有包饭、萝卜，也有腊肉、熏干子，还有干辣椒和葱、姜、蒜末在锅内炒熟的多味馅。西流河的人，最喜欢的莫过于地米菜团子。地米菜，城里人叫荠菜，生长在田边沟旁的荒地里，高三四十厘米，主根瘦长，茎直立，叶子丛生，羽状分开，与菠菜差不多，却没有菠菜肥腻。

荠菜的营养价值极为丰富，利尿又活血。这里流传一句话：春吃荠菜胜仙丹。地米菜特别香，加入一点五香干子，一起作为米团馅子，特别可口。因此，每年从初十起，人们就开始到野外挑地米菜作为团子的备料。

齐家全也起了个早，帮助清洗地米菜。家里的地米菜主要是小青昨天与同学一起在郊外挑摘的。

魏莲芝开始做团子，齐家全和妹妹围在一边看，看得心痒就要做。魏莲芝对齐家全说："洗手去。"

齐家全洗完手，揪了一坨，窝成圆形，就往里面填馅子，可是，怎么都捏不拢。魏莲芝就告诉他，刚才揪下的米坨在手里放久了，干燥了；再者，馅子放得多，米坨包不住。齐家全没想到，做团子还有这些学问。

小青说："你呀，要跟嫂子好好学。"

魏莲芝做的团子不仅均匀好看，而且味道好，除了调料的功夫，就是皮薄馅多。她家的团子有不同的口味：有儿子爱吃的地米菜馅；包饭的味道平淡些，齐家全喜欢吃；萝卜的要辣些，魏莲芝最爱；五香干子味的是专为小青准备的。不同口味的团子，魏莲芝就在不同方位用筷子戳个小洞做记号，方便他们挑选。团子做得多，除了要上蒸笼的，其他的就用洗干净的大脚盆装下，还有的搁置在簸箕上。

八九岁的儿子急着要去龙灯现场，就催着母亲蒸团子。个把小时的光景，团子就蒸熟了，魏莲芝揭开蒸锅盖，齐家全在水蒸气的弥漫中，好容易找到了自己做的团子，拨拉到碗里，就在一边品尝起来。魏莲芝喊来小青，让她给无儿无女的孔婆、汤伯，德高望重的黄婆送团子。她们喜欢吃她做的团子。

魏莲芝给齐家全交代几句后，提了一袋团子出门，特意送到了孤儿院。

一个个龙灯队从不同方向浩浩荡荡地进入西流河街。刳背上，长长的龙灯队便开始舞起来了，片刻，便人山人海。既有白发苍苍的老人，也有牙齿都没长全的幼童。人们摩肩接踵，一个个争先恐后，都踮着脚尖向前看着，生怕错过了大饱眼福的机会。

因为街口拥堵，区委、区政府的众人都到了现场，疏散着龙灯队。欧阳书记引导中小、车路、北口的龙灯队去刳沟，刘昌学领公明山、鸭网岭、王场的龙灯队去磨盘洲，徐静波领着干河、西沟、夹洲的龙灯队到新街，刘小木留在刳背指挥大口、西南的龙灯队，魏莲芝领着居委会的民兵帮忙维护秩序。

西南龙灯队领头人拱手祝福："正月新春舞龙灯，庆贺诸位听分明：一来恭喜双富贵，二来恭喜保长春，三来恭喜登科早，四来恭喜家宅兴，五来恭喜财源进，六来恭喜进金银，七来恭喜年寿高，八来恭喜六畜好，九来恭喜运气妙，十来恭喜福滔滔。"

人们还没从欢快中醒悟过来，两条巨龙抖着身子"飞"动起来了。龙头向上，则龙尾向下；龙头向左，则龙尾向右；龙头向右，则龙尾向左。伴随着小伙子们那雄浑的"嘿嘿"声，巨龙扭动着身子，时而腾空飞起，时而俯身冲下，仿佛真龙戏水。这是西南村和中岭村的两条龙灯。

中岭村和许中村的舞龙队也到了刳背，西南村和大口村的舞龙队朝八字朝门舞去。舞龙队演出的是双龙抢"宝"，一个人举着一个通红的“宝”，在花灯中穿来穿去，逗引得两龙不顾一切地张开嘴过来抢。宝球向下一躲，两条龙都扑了一个空。宝球时而左闪，时而右藏，时而上，时而下，两条龙也紧追不舍，真有一股不得宝球不罢休的架势。

人们放鞭给予鼓励，两条龙灯舞得更起劲儿了，在铿锵热烈的乐鼓声中跟着龙头奔跑，让人目不暇接。翻飞腾挪，整条龙就像活了一样，忽而蜿蜒腾挪，左右翻掩似巨蟒翻身；忽而腾空而跃，飞身云端似鹤翔长空；忽而俯冲直下，破浪入海似鱼鹰捕猎；忽而长身摆游似金蛇蜕皮；忽而头尾齐攒似懒蛇入冬。

在牛皮鼓，大铜锣、钹那“咚咚咚”“哐哐哐”的声音中，舞动的龙好似波翻浪涌，让人感觉到一条真龙就在电闪雷鸣中出没于汹涌澎湃的惊涛骇浪里。

方俊拍下了一张张照片。

白天的热情还在激荡着人心，夜晚的花灯已经点燃了人们的眼睛。

花灯在新街沿着公路一溜儿摆开。夜晚的天气逐渐寒冷，人们披着圆月的清辉，结伴观灯。新街里到处是人，一眼望去，整条马路看不见人流的末尾。

各村、各单位的民间艺人制作出各式各样的灯笼，有的似金鱼，有的似龙虾，还有的似活兔……这些灯笼新颖别致、制作精巧。灯笼随着人们的摆动，变得忽闪忽闪的。接下来是学校做的民间神话中的人物——唐僧、孙悟空、猪八戒、沙僧、观音……应有尽有，令人眼花缭乱、目不暇接。

每盏灯有每盏灯的架势，每盏灯有每盏灯的气魄，每盏灯都有它的可爱之处。居委会所做的“中国龙”，长二十米，宽一米五，高五米。青色的龙鳞描着金色的花纹，嘴里衔着一个银白色的钢珠，龙眼突兀，光彩照人。中国龙的两只前爪向前跃，后腿直向后蹬，好似一飞冲天。

刘昌兵遇到了脖子上挂相机的方医生，就要拍一张照片，方俊举起相机，闪光灯闪了一下，说拍好了。刘昌兵说："姐姐，我自己拍一张，行不行？"方俊笑笑，就从脖子上把相机取下来，告诉了他一些基本要领，刘昌兵说记住了，方俊对好焦距就把相机给了刘昌兵。刘昌兵拍了一张，觉得不过瘾，要求拍第二张。方医生说："胶卷还剩五张，你拍吧。"

约莫十点钟，观灯的人们刚刚散去，西流河街的四周田野已是灯火通明，嗬嗬嗬的叫声此起彼伏，鞭炮声震耳欲聋。人们举着火把汇成红色的海洋，红火腾腾的波涛摇曳着、翻滚着，那是四乡五里的村民在赶"茅狗"，以此办法避邪驱疫，祈福求祥。

急救

刘昌学洗漱完毕，正要入睡，忽然听到了母亲惊慌的喊叫，马上意识到出了大事，急忙到了母亲的房间。原来，刘金山捂着肚子在痛苦叫喊。从父亲身边的一堆呕吐物看，他估计可能肠胃出现了问题，赶紧让弟弟到医院去找方医生，她今天晚上值夜班。

今天方俊是在刘昌学家里吃的晚饭，在听到刘金山说肠胃不舒服时，就问过他的病情，知道他有溃疡的病史，就提醒一定不要暴食暴饮，更不要让胃受烟酒刺激，避免情绪过于激动。刘金山嗯嗯点头。但在刘昌学和方俊走后，他感到胃部舒服了许多，就又端起了酒杯，喝了一个痛快。

方俊马上赶到了刘家，给刘金山量了血压，血压高，心率快。刘金山一个劲儿喊疼，方俊问他哪儿疼，是怎样的疼痛。他哼哼几声，迷迷糊糊的，说不清楚。方俊观察了他的气色，发现他脸色苍白，额头还有冷汗。

婆婆在一旁担忧，数落起来："几十岁的人了，也不听话。这几天，餐餐大吃大喝，不病才出鬼咧。"

方俊对刘昌学说："伯父可能急性胃部穿孔了，必须马上送到医院做进一步检查。"母亲就去隔壁喊了刘金海两口子，罗芹花连忙穿衣服去找人帮忙。

刘金山捂着小肚子喊痛，一声比一声凄凉。

方俊估计刘金山同时患上了急性腹膜炎，就和他说话，试图分散他的注意力。

刘昌学就要去找板车，刘金海拦住了。已经下半夜了，到哪里去借？即使找到，来来回回也耽搁时间，还是用竹床抬吧。转头回家，见到来帮忙的何正国、刘昌远，招呼他们一起到家中将竹床从阁楼上拿下了。竹床翻转过来，罗芹花在上面垫上了旧棉絮，然后蒙了一块蓝布。刘金海找出麻绳，托住竹床两头，然后又找出一根长木棍，抬到了昌学的家。在方俊的指导下，一人抬头，两人托腰，两人抬腿，将刘金山抬到了竹床上，一床旧棉被盖在了他的身上。何正国、刘昌远连忙抬着就往医院走。刘昌学跟在后面，方俊在前面，连走带跑，她要提前赶到医院做好准备。

刘金山被确诊为急性胃穿孔。伴着腹膜炎的疼痛折磨，他又开始喊叫了。方俊告诉刘昌学，必须马上手术，否则将会引起并发症甚至会有生命危险。刘昌学一下子蒙了。没过门的儿媳妇给公公做手术，好说不好听呀。从今往后，西流河的人们将会怎么说呀？自己和父亲如何面对！他痛苦不已。

"你不会有想法吧？"

刘昌学未置可否。但是他明白，现在去找其他大夫或者送到仙桃去，时间已经来不及了。

"在我的眼里，现在只有病人和医生。我必须按照病情对我的病人进行紧急施救。”

刘昌学听懂了方俊话语的含义，他绝对不能让父亲的生命被自己所谓的颜面断送。

听说要被送进手术室，由方俊来手术，刘金山似乎一下不痛了，竟然大声喊叫：“不住院了，不住院了。”

刘昌学和刘金海一起按住了要下床的他，一个劲儿地劝他，可是，他完全忘却了疼痛，又喊：“让我回家吧，让我回家。”

罗芹花陪着婆婆来了。婆婆咬着牙说：“你还好意思喊叫？你是自作自受，赶快开刀吧。”

“妈，方俊是未过门的儿媳妇呀，开刀可是要脱得光光溜溜的啊。”

“你不要命了？几十岁了，还不醒世！”

“不行啊，妈，我不能被人笑掉大牙？”

“你还晓得要脸啊，你还有脸？”婆婆说，“你就不要命？”

刘昌学说：“爸爸，命比面子重要咧。”

罗芹花就用胳膊拐了婆婆一下，婆婆明白时间不等人，就说：“我做主了，开刀。你再要犟，我们都走，疼死你活该！”

刘金山再不作声了，闭上眼睛，被护士推进手术室的时候，眼泪漫到了脸上。

• 回家

正月十六推举镇人委候选人的安排因故取消。

童秋莲的长途电话打到了李顺长的办公室，她求哥哥救救李顺久。李顺久昨天聚赌时被抓了现行。

李顺长不好表态，只是劝弟媳别着急，他想抓住这个契机，让弟弟知道：犯了法，谁也不能逃避责任，必须得受处罚。

李司令喊来秘书，口述一信。

区委、区政府领导：

你们好！

我叫李顺长，西流河街道的人。1930年参军后，一直未曾回过故乡，今日来信，为了李顺久之事打扰，请见谅。

李顺久是我的亲弟弟，母亲此次到我这里探亲时说到了他不良品行的问题，我深感痛心，打算写信好好教育，不料他因赌博被抓。我不了解详细情况，但可以表一个态度：我对弟弟任何违法乱纪的事情都绝不袒护。

另外，拜托各位做好我弟媳和母亲的工作，在亲人面前，尤其是在生我养我的母亲面前，我不好直接批评。她们的心情，我是能够理解的，但是我不能答应她们为弟弟说情的要求。

敬礼！

祝愿家乡人民幸福安康。

李顺长

信件马上寄发了。他不敢对母亲隐瞒顺久被抓的实情，回到家，就告诉了母亲。

“活该！自作自受。”吴婆一副恨铁不成钢的样子，手里的竹篙在水泥地面上戳得咚咚响。

李顺长说：“但愿他这次吸取教训，再不要违法乱纪。”

“嗨！话又说回来，真要坐牢了，家鸣、桂香怎么办？秋莲一个人是养不活的，那一家人不就散了？”

“妈，您放心吧。就算顺久坐牢了，这家也散不了，侄儿子侄姑娘我能不管吗？我来养。”

“嗯，有你这话，我死了也闭得上眼睛。”吴婆说，“要是能不坐牢就不要让他坐牢，说起来名声不好听，就是家鸣以后找老婆别人也要挑毛病的。”

“妈，这回不处罚，他就会得意忘形，再做出伤天害理的事，闹不好还丢命咧。”

“那么严重啊，不会吧？”

“我问过法官，赌博也就判三两年，或者拘留一段时间。”李顺长说，“您也要跟弟媳妇说清楚，不要护短。侄儿侄女的生活费我以后每月寄回去，直到他们成人。”

家里出了那么大的事情，母亲要走顺理成章。李顺长就问母亲还有什么交代。

“顺久不成器，丢了李家人的脸面，我都不好在你父亲面前交代哦。”吴婆说，“你咧，走的是正路，给李家争了光。可是，你吃的是军饷，不能吃一辈子啊，金钱豹不是回去了吗，西流河在外面几十年的人也回去了。你啊，趁我还有口气就回西流河吧。你今天就跟我表个态，让我安心。”

“妈，我退休了就回去陪您。”李顺长想解释一番，但又觉得那要费许多口舌，还不一定说得清楚，就提到了退休。

“退休？退休是什么？”

李司令解释：“到了六十岁就不工作了，国家发工资。”

“还有这样的好事？不做事了，国家还发钱给你？”吴婆说，“你六十岁的时候，我都八十多了，我恐怕活不到那天。”

“您的身体好，活到九十岁绝对没有问题。”

“莫宽我的心。你的事情不办好，我还是不放心。”吴婆说，“说起来你在首都，不晓得多风光，到头来，不过是驴子屙屎外面光，连一间房子都没有。好在西流河我给你留了两间，你回去了，我就腾出来给你，你总算有个窝。”

李顺长理解母亲的一片苦心，泪水在眼眶内转动，他不想解释，只是含泪点头。

母亲突然记起一件事，李顺长的子女得进族谱。母亲说：“水有源，树有根，人有种，建国和思思都还没有进族谱咧。”

李顺长在外几十年，对族谱的事淡然了。那一年，李顺久写信告诉他修族谱的事。当时他在边防，信夹在报纸里，在办公室放了几个月。看到信以后，心想都过去几个月了，就再没有追问。

“你糊涂哟，族谱是一个人的根基呀，连根基都没得还叫人吗？”吴婆说，“回去后，我跟族里的人说一下，下一回打族谱就把他们写进去，尤其是建国。”

“好，您放心，我再不马虎了。”

“你还记得他们的辈分吗？”

李顺长还记得族谱——国正天心顺，家和世泽长，孝友传家美，诗书训子良。他给母亲背诵了出来。

“嗯，好在现在改了规矩，男女都能进族谱，你就给建国、思思起个谱名。”

李顺长思索了一会儿：建国就叫李家想、思思就叫李家萍。他征求母亲的意见。

“我没读书，还是你做主。”

此事说妥。吴婆若有所思，一边揉着太阳穴，一边想。终于起来了，要向儿子要个东西。吴婆指着电话机，说要带回去。怕儿子不放心，承诺说带回西流河后只用一回就还回来，要不就寄来。

李顺长心里吃惊，猜不到母亲到底怎么想。电话机带回去有什么用呢？

原来，吴婆看到李顺长打过几次电话。吴婆认定这是个宝贝，她打算带回西流河，请李家的亲戚和老街坊，好好吃一餐。

李顺长想，必须要跟母亲讲清楚，免得回去以后闹出一个大笑话。于是，就一点一点跟母亲说，一个环节一个环节地解释，终于说通了。然后又说：“您回去还是请族人、亲戚到餐馆吃，我给您钱。替我问候各位亲戚、乡亲。”

吴婆同意了。

• 母子冲突

童秋莲万万没有想到，婆婆也主张处罚李顺久。这是把自己往绝路上逼啊。她号啕起来："顺久真的坐牢了，这两个孩子怎么办？妈，叫哥哥说一声，就是舌头打个滚的事，怎么就为难啊？一奶同胞啊，就忍心看着亲弟弟坐牢呀？"

吴婆说："顺久的德行你不是不清楚，这回放过去，还会再犯。闹出大事，只怕要牢底坐穿，到时候后悔就晚了。"

童秋莲哭声停歇下来："他要坐牢，我就离婚。"她想，提出离婚，婆婆就会改变主意。

"你这回怎么不讲理啊？听我把话说完。"吴婆生气了，竹篙子在地下戳了一个洞。

"我听着，您说呗。"平日里婆媳关系一直是不错的，婆婆说什么她都是要听的，刚才说出那番话，也只是想保全顺久，童秋莲心里根本不愿意同婆婆把关系搞僵。

婆婆告诉他，顺久坐牢的话，顺长负责两个孩子的生活费，一人一个月十八块，直到他们成人。

“真的？”童秋莲破涕为笑。她想到，李顺久每个月就只赚三十多块，给家里二十来块，大哥给孩子们生活费三十六块，比顺久给的多十几块，哪里还好意思闹。便说，“只要他伯伯说话算数，这个家就不散。”

吴婆再不说别的话，只将李顺长带回的三百块钱交给了童秋莲。童秋莲转悲为喜。

李顺久一共被拘留了十五天后才回到了西流河。那样子像在疆场驰骋了十五年，立功受奖，凯旋似的。跳下汽车后，他故作昂首挺胸、目空一切的姿态，在老街上大摇大摆，他要让西流河的人明白，李家九爹一切都不在乎，就算犯法了，谁也无可奈何他。

隔日，人们期待已久的镇委正式候选人名单再次公布，尚大强在不满后又为自己的聪明庆幸，而李顺久被清出了名单。

浑身酒气的李顺久回到家，拿出一件新衣服在童秋莲面前炫耀说：“这是尚大强送的哔叽中山装。”

秋莲指着他的鼻子说：“顺久，你也该清醒了，为什么还去喝尚大强的酒？他不是个好东西，把你拖下水，他照样当委员，你不是不晓得！竟然还要他的衣服，我跟你说，就算我们只能披麻袋片，也不能穿他的衣服。”

李顺久喊：“说完了？管我？外面人耻笑我，你也要胡闹？我坐牢了又怎样，还不是回来了！谁能把我怎么样？”他在秋莲的面前晃悠，酒嗝喷到她的脸上。

“你还嘚瑟呀，莫以为你哥哥给你撑腰。他说过，你被拘留是自作自受。”

“放屁！”他完全不信哥哥会说那样的话。

“是的，我放屁，你再胡作非为，看谁再给你撑腰？你不把这个家拆垮你就不会安逸。”秋莲生气地说，“你去区公所问一下，看你大哥的信是怎么写的，再不信，你问问婆婆，哥哥是不是说过决不护短。”

“滚滚滚。”李顺久不耐烦地摆手。

“我就是要说，你现在完全是把脸当屁股，再不学好，只怕哥哥就要把你送到牢里去。”

李顺久觉得秋莲简直就是乌鸦在聒噪，翻起泛着血丝的眼睛呵斥了一顿，朝秋莲的腿上踢了一脚。秋莲晓得他真的动了肝火，不敢再惹就走开了，靠在后门潸然流泪。

李顺久越想越不是滋味，就去了欧阳书记的办公室，他要问个明白。欧阳正民放下手头的文件，问了情由，便说：“我敬佩你哥哥的胸襟和品德。你不应该对他的信件追究，你的亲哥哥绝对都是为了你好。你要好好反思自己的所作所为，不要辜负了你哥哥的一片苦心啊。再说了，就算你哥哥为你求情，我也不会买账。”

他听出了话外之音，就像三九天喝了凉水，浑身凉透，瑟瑟发抖，欧阳正民的话再也听不进一句。

李顺久觉得委屈，头昏眼花。他恨哥哥，为了自己的形象，就向亲弟弟开火。

他撞开母亲的门，就喊：“我跟您老说呀，妈，李顺长再不是我的哥哥了，再不是了，我要跟他断绝关系。”

“你疯了？”吴婆说，“你又灌了多少猫尿？”

“我没喝多，是您老糊涂。”李顺久把气往母亲身上撒，“我晓得您要护着他，要护他也不能压我呀，我不是您养的啊，就眼睁睁看着他指头往外撇？”

在李顺久暴躁的时候，吴婆倒是冷静得出奇，拖过板凳坐下来：“你到底要怎样，跟我说清楚。”

“李顺长跟区公所写信，您不晓得？不帮我就算了，为什么还要杀我一刀？要不然我能连个委员都当不成！”

吴婆明白了，说：“你就不问问自己，这些年活得有没有个人样儿？你丢丑不说，还让人背后戳我的脊梁骨，骂你的哥哥……”

李顺久认为母亲完全偏心，猛然一脚，踢翻了身边的一把木靠椅，指着母亲喊道：“他好，您怎么不跟他去过，去了还是回来了，几十年了，他来看过您几回？您吃的水是哪个挑的，烧的柴是哪个劈的，您是越老越糊涂啊！从今以后，我也不是您的儿子了，您老找他去吧。”

吴婆的血往头上冲，觉得心堵在了嗓子眼里，吐不出来，咽不下去，脑袋完全肿胀了，眼睛冒着一个又一个的小金星，金星闪耀着火花。

李顺久气愤难忍，还在暴跳如雷，根本没有注意到母亲的痛苦，也没有听见母亲的呻吟，出门便扬长而去。

吴婆胸口生疼，脑袋发胀，支撑不住，瘫软了，眼前一黑，从板凳上跌落下去，摔倒在地上，抽搐几下，再也没有了动弹。

第九章　感天动地

奔丧 •

已经二十多个小时没有眨过眼睛的李顺长，双目红肿，面色凝重，透过车窗寻觅着曾经的记忆，巴不得马上到达母亲身边。

看到轿车驶来，灵棚外的人发出信号，李家安提着拆开了包装的鞭炮，急急从灵棚出来，烟头烧着了灰白的鞭引，蓝色火光吱吱闪动，瞬间引燃了鞭炮。李家安提着炸响的鞭炮在原地转动。

轿车尚未停稳，李顺长拉开车门不顾一切地直奔屋里。

堂屋就是母亲的灵堂，母亲躺在灵榻上，头朝大门，脸被黄表纸遮住了。李顺长揭开黄表纸，瞻仰着母亲的遗容：干瘪的脸上重叠的皱褶，仿佛是被心中的痛苦拱起，深陷的眼窝似乎在期待儿子的归来中已经望穿，嘴里含着的铜钱和茶叶好像在细细咀嚼留在嘴边的话。李顺长控制不住心头涌起的刺痛，泪水止不住哗哗流淌：“我的妈啊！”他凄厉而又深重的喊叫，惊得四周顷刻静默，“我的妈哟，怎么就不看我一眼啊？”身体随即绵软，他恍恍惚惚地扑到了灵榻上，双脚跪在地上磕了三个响头。“我的妈啊！你看看儿子啊，儿子回来了，妈啊!”李顺长哭着，喊叫着，不由自主地捶打着自己的脑袋，撕扯着头发。

俗话说，儿子哭娘惊天动地。李顺长撕心裂肺的号啕，在室内回荡，催人泪下。四周嘤嘤的哭声，与他的哭号会合在一起，久久不息。

昨天哭着守了一夜的大姐，虚脱了，刚刚送去打吊针。听说大兄弟带着一家人回来了，就让医生匆忙拔了针头，赶了回家。身披白幛子、头戴白色孝帽的大姐跪到灵榻旁就哭喊：“我的妈哟，我的娘啊，您睁开眼睛看看吧，您的大儿子、我的兄弟回来了，回来看您呀。我遭孽的妈哟，您老怎么就闭上眼睛了咧，您老一直都心疼我们儿女，就可怜可怜我们，看看我们吧。”大姐一边哭，一边拍打灵榻，鼻涕、眼泪都流到了一处。

旁边的亲戚担心大姐再次晕倒，边劝边把大姐往上拉起，递给她一条湿毛巾。

李顺长还在哭叫，捶打脑壳，捶打胸口，“妈啊，您老为什么这样惩罚儿子啊，为什么不答应儿子啊。儿子不孝啊，儿子不孝啊。您老就骂我这个不孝的儿子吧。”叔伯兄弟们一起过去劝，可是，他越哭越伤心，瘫软到了地上。李顺海就说：“大顺子啊，节哀啊，婶娘会知道你的孝心，你是长子，安葬婶娘还得你拿主意，身体要紧啊。”

李顺长听明白了，振作了精神，双腿缩拢，又给母亲磕头。李顺海便示意李顺河、李顺湖，一起挽着他的胳膊将他扶起来。

李顺江、李顺湖先后喊了李顺长哥哥，李顺长掏出手帕擦了眼泪，就说：“麻烦兄弟们了，多谢啊。”

“弟兄之间，客气什么啊。”

李顺海喊了一声大顺子，他迎上前说：“大哥，劳烦你，你还好吧。”

两弟兄的手握在一起，互相打量。李顺海说：“你还好，看上去身体还像蛮结实的。”

“嗯，没得大病。”李顺长说，“大哥，妈的后事，请你多操心啊。”

“放心，我晓得安排的，大事我跟你商量，小事我替你做主。”

李顺长说：“有些规矩我可能忘了，麻烦你帮我当家啊，有什么要求就跟我直说。我们兄弟中你是老大，也是能够当家的。”

“莫客气，这些年你第一次回来，应该跟亲友们见个面，等下我再跟你细说。”

李顺长点头，这才意识到，应该跟李顺久见个面。

童秋莲看到李顺长在张望，拉过李顺久，一起来跟哥哥打招呼。

“哥哥。”李顺久声音带着胆怯。

李顺长看看他，问：“是顺久吧？”童秋莲喊了一声哥。李顺长嗯了一声，就问李顺久：“妈怎么突然就走了呢？”

童秋莲抢着回答：“哪个晓得呢，妈的身体一直都是好好的，哪晓得突然就倒地了。”

李顺久哭：“我没有照护好妈，是我不孝。”

桂香告诉伯伯，那天进屋的时候，婆婆就睡在板凳旁边，她喊婆婆，没有应声，去扒了一下，也没动，就喊来爸爸妈妈，才晓得婆婆死了。

“顺子啊。”姐姐带着哭腔喊了李顺长。李顺长看到了大姐，喊了一声，就抱在了一起，哭成一片。

姊妹哭过，说了几句家常，李顺海过来让顺长去检查灵棚、灵堂，假若有不妥之处，马上改过来。

李顺长这时才比较细致地看了看，神龛上已经有了母亲的画像和牌位；供小米饭一碗，上插竹筷一双；还有一只香炉，里面装着细细的黄沙，上面插着几根黄香正在燃烧。就说：“安排得蛮好。”

灵榻上，母亲胸前的上衣用线钉着一个小葫芦瓢，指甲弯曲的手心塞着一个饼子，肚脐窝处放置一个鸡蛋，灵床前置供桌，放着“照尸灯”。

李顺长猜想，这些一定是按照风俗安排的，就说：“多谢了，兄弟们和街坊们。”

李顺海说：“你满意就好。我就跟你说你的事吧。”

李顺长说：“大哥你说呀。”

李顺海用头一点示意到后门去。他认为屋里总有人来吊唁，不好商量事情。

他们一起在后门外站住了。

“弟媳妇回来了，侄儿侄女也都回来了，我就问你，他们是不是能够听你的。”李顺海开门见山。

“当然听啊，大哥，怎么办，你吩咐。”

“虽然你在外当大官，但这毕竟是在西流河安葬老人家，还是要讲老规矩，你看……”

“没得问题。妈在生前我们没有尽孝，送她老人家不照规矩办，人家肯定骂我不孝，戳我脊梁骨，我妈九泉之下也不会瞑目。怎么办，你就说。”

“你有这话就好办啰。”李顺海说完就与他一起到了堂屋，喊过李顺河，要他把顺长的孝服拿来。李顺河早已准备好，拿过递给了李顺长。李顺长穿上麻衣素服，腰间系上了白绳子，戴上了白色孝帽。接着，李顺河把赵静怡的孝服也拿来了。李顺长这才记起刚才竟然忘记了向亲友介绍爱人和儿女。

他扒了站在灵榻旁边的爱人和儿女，示意他们过来。李顺长把孝服给了赵静怡，这时，就有女性亲戚过来，说领她去换衣服。李顺江递来孝帽，告诉说是侄儿侄女的。他就递给李建国、李思思，让他们戴上了缀红的孝帽。随后，李顺长领着爱人和儿女按照室内的顺时针顺序向亲友、乡邻介绍，李顺海就跟在旁边圆场。李顺长认得出来的人不多了，李顺海就直接充当了引导员，介绍一个，他们就喊一声。完毕后，李顺海向李顺久交代，说是要与顺长商量丧葬的事情，要他和童秋莲守在灵前答谢吊唁的人们。

李顺长随李顺海到了李顺久的家里。李顺海说："我们弟兄之间就实话实说，按照千百年来的风俗，你是长子，许多事情就该你做，你看你出面合适不合适，不行的话，只能叫顺久顶替了。"

顺长略加思索就说："该我长子做的事，我不能推卸。妈养了我，我这不能做，那不能搞，恐怕她老人家睡在地下心里也不舒服。"

李顺海张罗完毕，区公所和镇人委筹备组领导来见李顺长。李顺海做了介绍，还告诉李顺长，区公所、镇人委的领导张罗了灵堂和室外的灵棚，昨天守了一夜灵。李顺长表达了衷心的感谢。刘昌学说："您有什么要求，有任何事情只管跟我说，我们会尽力让您满意。"

李顺长说："我已经十分满意，叨扰了地方，心里既感激又过意不去。多谢，多谢啊。"

• 痛心疾首

安葬完母亲的当夜，李顺长就去西南村看望老战友的父亲。

他的老战友叫夏和强，也是带着他参加红军的引路人。夏和强的老家在湖南，父母逃荒讨饭流浪到西流河落户，他比李顺长年长七八岁，两人是在河里玩水混熟的。1929 年，夏和强从湖南老家回到西流河以后，邀约李顺长和另外一人一起参加了红三军。长征中，受伤的李顺长病得走不动了，就不想跟着部队行军，同样身高体壮的夏和强强烈反对，向上级要求与李顺长一道行军，得到批准后，他就连搀带背地帮助李顺长前进。后来，李顺长对夫人说："没有夏和强，就没有我的革命生涯，更没有我的生命。"

西南村就在河对岸，以前没有西流河大桥，小船摆渡两分钟就过去了。摆渡撤销后，走西流河大桥有两三里路的距离。

童秋莲见哥嫂拿手电出门了，就给了李家鸣一个手电让他去给伯伯领路。

未进夏家，李顺长的心就缩紧了。夏家的房子与周围不同，泥巴柴草墙，房顶盖着茅草，屋里只有萤火虫一样的亮光。家鸣敲门，开门的是一个干瘦的老人，佝偻着腰，拄着一根木棍。

“您老是夏家伯爷吗？”李顺长问。

“哪个啊，你们要做什么呀？”老人用力昂起头，竖起耳朵。

李顺长他们还没有回答，房间里出来了一位十五六岁的男孩，他很有礼貌，问他们找谁。明白是来看他爹爹的，就请他们进门了。

老人穿着黑色棉袄，衣服油腻发亮的，可以看出，多少年都没有洗过。男孩的棉衣显然小了许多，刚刚遮住肚脐眼。男孩找到一条长木板凳，请他们坐下。李顺长告诉男孩，自己是夏和强的战友。男孩明白了，喊了一声“伯伯”。男孩抹了一把眼泪，对着爹爹的耳朵喊话。老人明白来人是儿子的战友，就直点头，嘴里不停地说：“好人哪，好人。”

李顺长倒是满心的惭愧，扶着老人坐到另一条长板凳上。

男孩叫夏中华，十六岁了，高小毕业一年，在生产队参加劳动，一天可以挣五六分工。一个姐姐已经出嫁，家里还有一个哥哥，已经二十六岁了，还没有结婚，因为家里没有地方睡觉，每天都在照看队屋，以便睡在那里。还有一个妹妹十三岁，读了两年书就辍学务农了。爸爸已经瘫痪了九年，一年四季都在床上。妈妈死了五年，就靠爹爹照护爸爸。李伯伯每月寄来的钱，爹爹都给爸爸买药了。

李顺长心里很难受，眼眶噙着泪水。他问赵静怡还有多少钱，赵静怡将身上的钱全部掏出，只有三十元，李顺长身上还有二十五元，加上已经准备的一百元，凑在一起给了老人。老人直摆手，不肯要。“伯伯，您老就把我当儿子吧，只当是和强回来的。”老人听不清，夏中华就对老人的耳朵说了几次。老人明白过来，收下了，干瘪的手擦拭着深陷的眼窝，泪水就流出来了。老人对夏中华和孙女说：“这是我们夏家的恩人哪，你们要记得，长大了，记得报恩。”

赵怡静将两个孩子拉过来，把装有礼品的袋子交给了夏中华。

李顺长情难自抑，流下了泪水，对老人说：“对不起，对不起，我没有照顾好您老，对不起。”

老人心里特别过意不去，一个大好人，夏家的恩人，仅仅就是儿子的一个战友，一月一月寄钱来，十多年了，是多么大的恩情啊。“恩人哪，你别说了，你们的恩情我们都记着。”

李顺长实在心里难受，跑出门去。出门后又跑了一段，蹲在地上呜呜地哭了起来。他把自己和夏和强对比，他把李家鸣和夏中华对比，他把李顺久和夏中华的爸爸对比，在内心里责备自己，对在天之灵的战友真诚地说着“对不起”。李顺长决定，日后一定要凭着自己的能力，尽可能地帮助夏家。

兄弟情义 •

李顺长分别看望大哥顺海、二哥顺洋、三哥顺江，还看望了顺河、顺潮、顺潭、顺行四个弟弟。在叙说兄弟情义的过程中，进一步了解了顺久的情况，就拜托他们以后对顺久多多管教，多多帮助。李顺长看得出，尽管是同祖父的兄弟，但是，说话是客客气气的，对李顺久的所作所为似乎习以为常，说有他这个哥哥，沾沾光理所当然。

从兄弟们的谈话中，他得到一点信息，李顺久现在在西流河没人管得了。这些年，他没有吃过苦，受过累，原因是有他这个哥哥。他总有优越感，认为自己是西流河第一。吃不得苦，做不了事，嗜酒如命，赌博成性，输多赢少，所以日子也过得紧巴。

李顺长十分痛心，他想，弟弟再这样下去，定会引起公愤，他要好好劝劝弟弟，改邪归正。他约顺久谈话，没有想到，顺久像犯了鸦片瘾，哈欠连天，又说有急事要办，撇下顺长扬长而去。望着顺久的背影，顺长摇头叹息。

天黑了，李顺久被童秋莲喊回了家，李顺长就马上跟了过去。李顺久装着没有看见，直接进房，躺在了床上。李顺长也进房："我们现在可以谈一谈吧？"李顺久从床上挺起，皱着眉头说："你饶了我吧，我的哥哥哟，我太累了。你让我睡一觉吧。"然后倒在了床上，将后背留给了他。

端着茶水进门的童秋莲将杯子递给了哥哥，对李顺久吼道："起来，起来，你说你像个什么样子？怎能如此怠慢哥哥，哥哥怎么对你不起了？"

李顺长说："算了吧，让他睡。"

童秋莲说："您这会儿晓得了吧，他就是这样的德行，就会抹牌赌博，在家是横草不动，竖草不拿。"

李顺长说："我晓得了。弟妹啊，这些年辛苦你了，妈在我那里的时候，说了几回，这个家多亏你支撑。哥哥感谢你。"

"大哥啊，您千万莫这样说。我要感谢您，总是在接济我们。"

"那是应该的。"

童秋莲又喊李顺久，他依然我行我素。

童秋莲气愤不已，抓起床前的布鞋，准备打他的屁股。

李顺长拦住了，他对李顺久说："顺久啊，你这样对我，我心里不好受，可能问题在我。今天我不勉强，但是，明天你我兄弟必须认真谈一次，后天我就要回部队了，希望你认真考虑一下。"

李顺久心里暗喜："明天谈就明天谈，反正你后天就要走的，能奈我何？"他心里还是在担心，怕哥哥再问母亲的死因。哥哥回来了这几天，总有人说东道西的，那天跟母亲吵架，说不定有人听见了，听见的人，说不定已经告诉了他。管他呢，死无对证！难道还有人敢出来当面对质？

童秋莲随李顺长出了房门就对哥哥再次赔礼，李顺长表示一奶同胞，他不会生气。

两兄弟就在母亲生前的房间里交谈，李顺长的意图很明显，要让母亲放心。顺久接过哥哥所泡的一杯龙井茶，就催他有话快说。

李顺久之所以愿意谈话，就是不敢彻底得罪哥哥。童秋莲觉得他对待哥哥的态度过分了，反复跟他做工作，让他明白了一个道理，哥哥资助一点，抵他做几个月的工钱，父亲母亲没有钱亲啊。再者，童秋莲说服他的时候，提到了哥哥的诚意，哥哥答应过，若是他坐牢，就帮他抚养两个孩子，并让婆婆带回了三百块钱。他觉得哥哥还是有骨肉之情的，写那封信，也可能有自己的苦衷。

李顺长看看他的态度，没有说话，自顾自喝茶。

李顺久说："哥哥，我不晓得你要谈什么，但是我能猜到你想谈什么。我们亲弟兄，一个妈生的，可是你为李家争光，我给李家丢脸……反正我已经到了这个地步，人生已经是黄瓜打锣，去了大半头，就这样了。定香姐开导过我，欧阳书记也教育过我，那些话听了都烦。反正镇长我是当不成了，我也没得别的追求了。所以，你要再跟我讲大道理，就免开尊口。你要讲，也是瞎子点灯白费蜡。"

李顺长说："正因为我们是一奶同胞，所以我有责任对你关心。俗话说得好，长哥长嫂当爷娘，我们西流河从来都是一个规矩，父母不在了，老大当家，我对你有义务，也有责任。"

"帮助我欢迎。我的负担比你重些，本事比你小些，你寄钱帮我养家，我感激你。以后，你继续帮我，我也接受，依然感激。妈妈地下有知也会高兴。你要管教，我不爱听，莫说我不给你面子，劝你不要多费口舌。"

"既然你提到了妈，我就要再说几句。你应该明白，妈对你一直不放心，你做了那些荒唐事，她老人家生前着急，临死恐怕也没有闭上眼睛。你要有点孝心，有点责任心，就要为自己想想，为孩子们想想，就不该破罐子破摔，一蹶不振。”

“你呀，跟他们一个腔调，我也没有说过赌博好，只不过是好玩一下，你们非要给我扣大帽子？”

“顺久啊，赌博不是好玩啊，那是要倾家荡产的。”

“倾家荡产那是大赌博，我不会搞，我又不傻。你看看，我整个家当值多少钱，哪个傻子会跟我赌大的。你就别瞎操心，非要小题大做不可，有意思吗？算了，不说了。”

“你怎么这个态度啊？难怪人家都说你吊儿郎当、目中无人。”

顺久说：“你要什么态度？我是你的兵啊，要对你俯首帖耳？告诉你，我也是李九爹。”

“李九爹，你还真以为别人都把你当爹啊？我现在跟你说清楚，从今以后，不准你打着我的牌子欺善斗狠，我不会纵容你。”

“笑话，真是好笑得很，我打你的牌子斗狠？我自己的狠都狠不完，还要你的狠？”

“顺久！”李顺长为弟弟的无知深感痛心，真恨不得扇他两耳光让他清醒，但他不能那么做，他还要尽力挽救，便说，“你自己应该清楚啊，自己到底有多大的狠处？你的狠处在哪里？人家怕你什么，要看你的嘴脸？你自己的本事在哪里，你说的我听听。”

李顺久冷笑：“是的，我没有本事。你不要鄙视我，你也不要囧！你又有多大本事？”

“真是不可理喻，不可救药。”李顺长气愤至极，“你若还是这么不知廉耻，继续胡作非为，我告诉你，迟早会坐牢的。”

“我又不是没有坐过牢，吓不到我。”李顺久说，“你提坐牢的事，我就来气。你不是巴不得我坐牢吗？还写信捅我的刀子呢，结果呢，你那刀子没有磨快，捅不进去。也就拘留十五天，能够怎样？我还是我李九爹！”

“你这样想，我们真的谈不拢了，你是真想让妈妈在地下也不安宁啊！”李顺长生气了，“你完全鬼迷心窍，执迷不悟，我再费苦心，也是对牛弹琴！”

“对牛弹琴？我跟你谈是给你一个面子，我不给你面子，你的脸就是个屁股，你莫把自己看得不得了，我不怕你。你有本事又怎样，妈妈愿意跟你过吗？去了十多天就回来了。你好，妈妈为什么就要跟到我这头‘牛’过日子？”

“我不跟你说了，等你冷静了再谈。”

“我冷静得了吗？要不是你，我说不定就当了西流河镇的书记、镇长，西流河就是我的天下，是我说了算！就是你的信害了我。”

“你怎么睁到眼睛说瞎话？你能当书记吗？”

“我怎么不能当？你我一个老头养，一个妈生，你能当司令，我连书记都当不了？你的胳膊往外撇就不痛？”

“你怎么这样啊，完全不讲道理。”李顺长吼了起来。

李顺久摔门而去。

李顺长跟着出门，看到了童秋莲，刚才李顺久出门童秋莲没有拦住。她就是放心不下不知天高地厚的顺久，就站在外面听墙根，打算适时出面好好说说顺久的，哪晓得顺久完全不把哥哥放在眼里。

她向哥哥道歉，说一定好好说说他。李顺长想想就跟她一起去了李顺久的屋里。李顺久摆出翻脸的架势，屁股对着李顺长。李顺长说：“顺久，你跟我听好了，我给你三个小时的时间思考，如果你不认错，不思悔改，我就不会客气了。”

“不客气？哼，你能把我怎么样！”

“我绝对不会让妈妈九泉之下也闭不了眼睛。我是长子，有权动用家法。”然后李顺长气呼呼地离开了。

• 告慰母亲

愧疚万分的李顺长默默站在母亲的遗像前，任凭泪水在脸面上纵横。他觉得他太无能了，辜负了母亲的希望。

明天就要回部队了，母亲的愿望没有实现，他怎能安心离开啊！

他在母亲的遗像前跪下了。

夜，漆漆的黑；风，刺骨的凉。冷风从半敞开的大门涌到屋里，把李顺长的头脑吹得更加清醒。他跪在了母亲的遗像面前，凝视着母亲。“妈妈，顺久对自己的错误执迷不悟，我却没有能力说服他。他是我的亲兄弟啊，我不能看着他越陷越深。妈妈，您老就告诉我一个办法呀！”

膝盖已经疼痛，母亲没有任何答复。“妈妈，您老没有别的表示，我就只能动用家法，不然，顺久就不会清醒，请您老体谅儿子的良苦用心。”

李顺海带着李家的各位兄弟来了，他们是童秋莲请来的。童秋莲跟他们讲了顺久的态度，请求各位族兄和大哥一道劝诫李顺久，让他改过自新。李顺长谢了各位兄弟，说：“今天正好开个家族会议，请各位兄弟主持正义，挽救顺久。”

兄弟们表态说：“你有这个态度，我们就好说话。顺久若不悬崖勒马，必然会栽大跟头，李家也会被人看笑话。”

李顺长到隔壁，看到李顺久就将他双手反扭，李顺久扑倒在地，李顺长抓住他的裤腰带提到了母亲的遗像前，瘦弱矮小的李顺久就像一只小鸡挣扎，惊慌喊叫：“你要干什么呀你？呃，君子动口不动手啊！”

李顺长没有回答他，就把他摔倒在地：“李家的弟兄都来了，正好做个见证。我今天就要看看，他这个李家九爹到底有多少狠，让他今天把所有的狠都给我拿出来。”

李顺久一手支撑在地上，侧身想往上爬，带着哭腔说：“妈妈刚死，你就摆架子教训我？你才是不孝子！”

李顺长气不打一处来，顺手抽了李顺久一巴掌：“你这个好吃懒做，一脑壳糨糊的人，我今天就代替母亲教育你。”

李顺久喊：“你居然敢打我？！”

李顺长：“你要是瞎了残了我宁愿养你一生，也不让你再胡作非为。你有多大的狠，你都拿出来呀。”

童秋莲站到了李顺久的身边：“你呀你，你看你的熊样，把哥哥逼到了动手的地步了，你还不认错？你……”

顺海说：“就该打！顺久，以前我看顺长的面子，也怕婶娘伤心，总迁就你，对你迁就过头了，可是你呢，完全昏了头，竟然说，你的狠都使不完。你今天跟我说说，你的狠在哪里？是哪个给你的狠？你打得赢谁？别人凭什么怕你？你说！”

“是啊，人家不是看顺长哥哥的面子，谁会让你三分。你看你的块头，打得赢哪一个？人家怕的是你哥。”

“你呀，真是活得糊涂。看到西流河的人都让你，尊重你，你就以为你不得了？”李顺河说。

这些话李顺久听进去了，明白过来。自己所谓的狠都是空狠，是别人让给自己的狠，是哥哥带来的狠。他说：“我知道错了。”

顺海让顺久站了起来，问他是不是真的知错了。顺久胆战心惊地点头，他怕顺长再打。顺海问：“你是真心话？”

李顺久哭着说：“你们几个做哥哥的怎么不公平，我错了我认账。但是，你们这些哥哥要当我是兄弟，凭什么还写信要区公所管教我？给我挣个小小的书记、镇长当当都不行？”

“要当你就靠自己本事当啊。你要有本事，何必要顺长跟你打招呼呀？”李顺新说，“就这个事，你依靠的还是顺长哥呀，怎么就认为自己了不起呢？”

李顺洋讲：“我说个公道话，你一天到晚吊儿郎当不做正事，街坊们哪个真正拥护你当书记、镇长？选你，靠的是李家的颜面，婶娘积德。凭你的德行，谁选你？你说，你能做什么事？你做过哪些正经事？你今天摆几桩我们听听。”

“九弟呀，你该醒悟呀。你对居委会有什么贡献？人家要不是看顺长给街坊做过好事的情面上，居委会能够由着你自由散漫？由着你做事挑肥拣瘦。你呀，没有真正明白错在哪里。”

李顺久哑口无言。

李顺海又说：“顺久啊，你活到四十出头了，怎么还不醒世呀？就凭你到处赶赌，你说说，够格当书记、镇长？”

顺长说：“你也四十一二了，也有儿女，怎么就不走正道？你今后如何教育儿女？”

顺久蹲到了地上，羞愧难当，呜呜呜地哭了起来。

弟兄们的批评犹如醍醐灌顶，他从噩梦中猛然醒来了。

“是啊，区公所让自个儿去办事，不是自己有能耐呀，而是因为自己是李顺长的弟弟！打不赢别人，说不过别人，别人凭什么看我的脸色？不是我有本事、有面子啊！嗨！”李顺久这样想着，又哭了起来，哭声越来越大。

兄弟们看到他如此伤心，也听出了他有悔改的心情，就要他当着顺长的面认错，承诺今后改过自新，好好做人。李顺久自己跪在了母亲面前，对李顺长说：“对不起，哥哥，我错了，是我以前吃了扁担横了肠子，脑壳让驴踢了，就在云里雾里过日子。我一定痛改前非，重新做人。”

顺长说：“事情过去了，算了。真希望你痛改前非，重新做人。我相信你说到做到。否则，你今后犯错，我就要求组织处理你；你要犯罪，我就亲自把你送进牢房。这次，我离开西流河，当着这些兄弟说清楚，你若再敢不走正道，顺海哥、顺洋哥和其他兄弟都可以对你动用家法，我只会感激，绝对不说半个“不”字。再者，我会跟各级领导说清楚，也会跟我的所有战友打招呼，绝对不会让你再仗势欺人，狐假虎威。”

李顺久郑重点头，就给母亲磕头，哭着说：“妈妈，不孝的儿子向您保证，今后一定脱胎换骨，好好做人，脚踏实地，不做任何坏事，您老就放心安息吧！”

“妈妈一定会含笑九泉的，我的好兄弟。”李顺长也跪在了母亲面前，转悲为喜，把顺久紧紧地抱在了一起。

• 祭奠抗战英烈

惊蛰前后大雨滂沱，倒春寒来了，刚脱下的棉袄又裹得严实了。春分时节滚滚雷声接踵而来，惊天动地过后，阳光明媚，草长莺飞，春天就一步步走来了。

西流河小学校园里，处处是春光明媚的景象。柳树抽出了细细的柳丝，上面点缀着淡黄色的嫩叶；松柏树挺拔昂扬，针叶绿油油的；长长的甬道两旁的冬青树泛着墨绿色的光彩。在它的边角，小草带着泥土的芳香钻了出来，一丛丛，一簇簇，又嫩又绿伸着懒腰，露出小脑袋好奇地举目四望。

丁副校长喊过打篮球的欧阳思友，说同意他在星期天带几个同学一道随他父亲去胡家台祭奠抗日烈士。

4月1日，是个星期天，太阳冉冉升起的时候，去胡家台祭奠抗日烈士的队伍就出发了。欧阳书记背着一个布袋，里面装着煮熟的鸡蛋和几包香烟。刘小木背着的袋子是帆布做成的，装了几瓶白酒。欧阳思友和他的同学们跟在父亲身后，今天他们都戴着红领巾，穿着干净的衣服。他们从新街出发，打算经许中到何口再去苟美湖。

暖洋洋的太阳普照大地，春雨浸透的泥土，散发着清新的泥腥味。各式各样的野花争先恐后地纵情怒放，红色的、黄色的、蓝色的、白色的、紫色的……五彩缤纷，表现着顽强的生命力。

抬眼是一望无际的油菜花。微风吹来，荡起了一层层、一阵阵金色的波浪，沙沙地响着。调皮的刘昌兵离开队伍跟着那一波绿浪追赶，结果不言而喻，远远被抛在后面，让徐满堂笑话了半天。成群结队的蜜蜂，呼扇着褐色的翅膀，嗡嗡地忙着采蜜；那五颜六色的彩蝶，也成双成对地翩翩起舞，在花丛中嬉戏。

远处飘来了歌声——

麦苗儿青来菜花儿黄，
毛主席来到咱们农庄，
千家万户齐欢笑，
好像那春雷响四方。

这帮孩子也会唱这首歌，跟着唱了起来。他们一路走着，一路望着，一路笑着，一路蹦跳着，很快就到了苟美湖。

苟美湖村，因常年长满毛茸茸的狗尾巴草而得名。原来的村名狗尾湖，人们认为不雅，就改为了苟美湖。

爬上苟美湖的湖垸，就能将胡家台尽收眼底。西北方是湖垸的高台，那就叫胡家台。

刘小木问瞭望高台人家的欧阳正民：“这回想去村子坐坐？”

欧阳慢慢摇头。

下了垸坝，从胡家台村庄旁边的一条小路穿过，越过小山似的长满杂草的丘包，看到了一片树林。那就是他们的目的地。欧阳正民急急奔去，刘小木就在后面喊：“都已经到了，欧阳，莫急啊。”他掐灭了烟头，放到口袋里，就赶了上去。

稀稀拉拉的树林里都是坟堆，每个坟墓的墓堆顶上都顶着一个碗形的土堆，上面的青草茂盛地生长着，每个墓前都有一块灰白相间的石碑，石碑上有石匠雕刻的四列文字，第一竖列写着抗日革命烈士，中间是墓中人的姓名，另外两列写着：1942年2月在沔阳县西流河胡家台抗击日寇壮烈牺牲。

欧阳正民伫立在墓碑前，刘小木和其他人都站在旁边，不言不语。良久，欧阳正民抹去眼泪，举起唯一的一只手，从右边开始沿着坟墓一个一个地敬军礼。

刘小木从布袋里拿出瓶装酒，打开了瓶盖，欧阳正民掏出了帆布袋里的香烟，拿出鸡蛋。刘小木在墓前倒上一口酒，欧阳正民摆上一支烟、一个鸡蛋，然后就说：“老战友啊，又是清明了，想你们啊。你就喝一口，吃个鸡蛋，再抽一支吧。安息吧，我的战友！”

他们挨个给战友敬酒、敬烟，与故去的战友说话。欧阳思友跟在后面，不晓得怎么做才合适，便问了爸爸。欧阳正民才意识到了自己的疏忽。他让欧阳思友拔去每座坟墓上的杂草，嘱咐他拔草之前给烈士三鞠躬，拔完之后再对烈士三鞠躬。欧阳思友就按照父亲的交代，领着同学们拔草、鞠躬，小心翼翼。

待到给五十多位烈士祭奠完毕，顶头的太阳已经向西偏移。回程欧阳正民的脚步沉缓，刘小木了解老战友，每回来祭奠，心里都是久久难以平复。思友以为父亲疲劳了，就说：“我们歇一歇再走吧。”欧阳正民轻轻摇摇头，一言不发。

刘小木摆手示意思友继续前进，和欧阳正民拉开约莫一丈远的距离，刘小木告诉思友：“你爸想到了战友，心情很不好，不想说话。你也一天天大了，也懂事了，要理解你爸爸。你爸爸带你来，就是希望你不忘烈士，继承烈士遗志，做建设祖国的栋梁。”

“我知道了。”欧阳思友说，“哎，小木叔，那些烈士都是你们的战友吗？”

“是啊，大多数人和你爸爸是一个连队的，他们牺牲时就倒在你爸爸身边，所以，他特别难过，几十号人哪！”

“几十个？牺牲的战友都埋在那儿？”

“只有十多个人没有埋在这里。他们是在治疗过程中去世的，就近埋在了别的地方。”

“你就跟我讲讲吧，这些烈士是怎么牺牲的，我就想听他们的英雄故事。”

“对，我们就想听英雄的故事。”刘昌兵和徐满堂以及何正清、何正来一帮同学异口同声地说。

刘小木说：“好吧，我讲讲。不过我讲得不好，到时候你可以问你爸爸。”

1939 年，继武汉失守后，日本侵占了沔阳县。狼烟四起，战火纷飞，搞得鸡飞狗跳，民不聊生。日本军队烧杀抢掠的暴行激起了沔阳人民的强烈仇恨和坚强反抗。

1942 年，新四军第五师13 旅37 团、38 团，在安家台一带宿营，当天下午，驻扎在沔阳县仙桃镇的是日军坂田大佐部队，有日伪军大约两百人，他们占领了离安家台只有几里路的胡家台，企图一举消灭安家台的新四军。

当天晚上，新四军37 团5 连，38 团的9 连，从胡家台的正面攻击敌人；38 团的1 连和重机枪连从侧后堵击敌人。

日军有一百多人，武器装备精良，子弹充足，炮火猛烈，新四军拼死抵抗着。后来，他们强占了三间大瓦房，在房子的墙面上凿了枪眼，负隅顽抗。日军用两挺歪把机枪封锁着大门正面，新四军发起好几次冲锋，但都被日军的火力压制，日军的歪把重机枪不断地吐着得意的火舌。旅长周志坚派人几次爆破，都被日军发觉，爆破手英勇牺牲。

眼看着一个个战士倒下，首长心里特别难受，为了最大限度减少伤亡，新四军就暂停了攻击，把敌人困在房子里。对峙中，日军困兽犹斗。

新四军亦紧急商议着克敌计谋，一会儿，就有了一套歼灭敌人的战斗方案。38团3连集中火力突进日军据守的瓦房，与日军展开了肉搏，双方都有重大伤亡。据守在其他民房的伪军，被新四军的英勇气势吓破了胆，丢盔卸甲，四处逃窜，大多数被新四军击毙。新四军乘胜前进，派人爬上瓦房的屋顶，对着下面的日军猛烈扫射，并投掷手榴弹，给予了敌寇沉重打击。接着，新四军战士扒开瓦片，将燃烧的柴草丢了下去。一时间浓烟滚滚，火光冲天。火借风威，风趁火势，三间大瓦房陷入一片火海。日军彻底战败了……

在何家口吃午饭已经是下午一点多钟了。他们一人一碗经济面，尚未吃完，欧阳书记被路过的一位干部发现，惊讶之后，就进去打招呼：“哎呀，欧阳书记，您怎么在这里呢？到公社去啊。”

欧阳书记淡笑：“你忙去吧，我一会儿就跟刘部长去公社。”

那人打了个招呼就走了，出门就一溜儿小跑。

欧阳思友和刘昌兵、徐满堂、何正来、杨子凡顺着河道往西流河返回。徐满堂走累了，就想到河边，看能不能搭个顺风船。其他人都想看看春天的西流河，就同意了。

一起来到西流河边，欧阳思友却有一种新鲜感，倒是刘昌兵说出了心里话："两天未见，就变得这么漂亮了啊。"

春天的小河确实美丽！清澈、碧绿、恬静，令人浮想联翩。由西向东一眼望去，它是那样绿，绿得像一条翡翠色的绸带；收拢目光细细近看，它是那样清，清得发亮，可以看见河底游动的鱼虾。水中，小鱼成群，有的轻游，有的蹦跳，有的贴在河底一动也不动。河堤上，小草密密匝匝，在阳光下争绿斗艳；岸边，一棵棵杨柳排成行，柔软的枝条垂在明镜似的河面上；河面上，燕子飞来飞去，叽叽喳喳地叫个不停。

在刘昌兵的心中，西流河是最美的河。清晨，一轮红日从东方升起，为小河镀上一层金辉，霞光洒在那细细的波纹上，就像仙女手中折叠的彩绸；傍晚，余晖为小河披上一层薄薄的红纱，把河面装点得妩媚妖娆，就像回到娘家的少妇朝父母甜甜微笑一样；深夜，弯月像一只银色的小船在河水中穿行，微风吹拂，河面就泛起层层涟漪，像一片片浮动着的银鳞，仿佛巧手的渔家少女编织的渔网……

从上游下来了一条小船，刘昌兵大声喊叫，不停地招手。担心船家不停，徐满堂脱下夹衣，不停挥舞，一边大声呼喊。船家看到了他们，偏偏船头，停靠在了岸边。

刘昌兵笑笑说："谢谢您把我带到西流河街上。"

船家让他们上了船。

船家慢悠悠地荡着双桨，小船悠闲自在地顺流而下。河道的平静被双桨挑破，他们嬉笑的声音翻动着河水。

两岸吐露嫩芽的杨柳，垂落的枝条一会儿轻轻收拢，一会儿随风飘动，满身的翠绿倾泻着心中的快乐。岸边人家屋后的桃花，红的、白的交相辉映，给这绿色笼罩着的河岸平添了一份喜庆。

河面上不时有一群一群的鸭子游过，它们时而把头钻进水里，不一会儿就叼起一条小鱼来。然后拍打着翅膀，嘎嘎嘎地炫耀。

站在船头的欧阳思友，好像一个得胜的指挥官，英姿勃发。刘昌兵见他一直那么站着，有点不满，一手挑起河里的清水戽到了欧阳思友的身上。

“小心啊，孩子们，不是游泳的日子，河里还是蛮冷的咧。”

欧阳思友只当没有听见，从船头跳到船舱，与刘昌兵嬉闹，刘昌兵被绊倒，思友趁机把手伸到他的胳肢窝，怕痒的刘昌兵喊叫说投降。

船家再不荡桨，慢慢朝河岸靠拢。

“还没到西流河啊。”

“我知道。”船家说，“你们在船上打打闹闹，我怕呀。你们哪个掉到水里，我怎么交代？算我求你们了，走回去吧，反正也不远了。”

他们一言不发，就是不挪脚。船家揭开船盖，欧阳就看见后舱里面的一只簸箕，上面白汪汪的小蚕在慢慢蠕动。船家顺手在簸箕下抽出了一张硬壳纸，轻轻在上面抓了两把，小蚕连同桑叶一起被搁置到硬壳纸上。刘昌兵喜欢养蚕，高兴地惊叫起来，就要往后舱去。船家说：“孩子们，都莫动，我拿过来送给你们。”船家到了船头，跳到岸上，他们也跟着跳到了岸上。船家说：“我送给你们，你们就走回去吧。”他们就答应了，欧阳思友说要给钱，摸出了一角的纸币递给船家，船家硬是不要，嘱咐他们不要在路上贪玩，直接回西流河。他们笑着与船家挥手告别。

第十章　乘风破浪

新婚大喜 •

西流河镇党委和镇人委的组成人员名单公布，许文清兼任党委书记，魏莲芝担任了副书记兼镇长，尚大强为人委会委员。这回推举，尚大强的票数比魏莲芝多三票，比吴国华多二十一票，却没有当镇长，连副镇长也没有混上，他的肺差点气炸。

尚大强心里很不服气，硬着头皮找到了欧阳叔子。欧阳书记让他喝茶、抽烟，然后聊家常。等到他情绪稍平静一些后，书记就给他做工作。他还是听不进去，硬说区委不公平。欧阳书记给他解释，这次的镇长人选，不是直接选举，推举只是一个方面，还有考察、审核，最后再综合评定，区委的决定是在考虑了各方面的因素后做出的。

“您告诉我，我到底有什么问题？”

欧阳正民停顿两分钟后，告诉他：“人在做，别人在看，天下没有不透风的墙。你的问题自己意识不到？群众反映的问题，不能说大家都冤枉你吧。”还苦口婆心告诫他一定要走正道，争取成为一名党员。

尚大强连连点头，心里有了底气。他想着许文清现在不是书记嘛，与他搞好关系，等自己入党了就有希望。

许文清的婚期定在“五一”劳动节，媳妇是合丰的蔡琴娇。尚大强知道后就主动联系许文清的母亲，要揽一些事情做。许母说：“都有安排，不麻烦尚委员。”

一切准备差不多的时候，母亲把许文清喊到跟前，郑重其事地说：“我们虽然是穷家小户，亲家那边也宽容大度，但是，我们不能不讲规矩。你的婚姻大事，一生就这一次，一定要讲礼数，不要让人背后戳脊梁骨。”

“妈，您放心吧，我自己的婚事，怎么会马虎呢？”

“我就怕你鬼迷心窍咧。”母亲说，“结婚必须要遵从西流河的规矩啊。”

许文清就老老实实遵从，有了现成的规矩套用，也可以少操心。

结婚的闹台搭起来了。尚大强就主动来帮忙，许文清和母亲都不好意思撵他走。再说，许文清不胜酒力，陪客正需要一个能喝酒的人呢。第一天，请了媒人罗芹花。喝完酒，就安排了几个人陪她打牌。下午，请来屠户，喝完酒之后，约定三天后杀猪。那头猪有一百五六十斤重，已经从乡下买回来了，等到“上头”的前一天屠宰。第二天，请厨子。第三天请知宾先生何秉章、礼宾先生刘昌远。

送情的陆续登门。乡情一般都是三块，亲戚才有送五块、六块的。刘昌兵也来送情，找到了许小清，把五块钱给他，说是送他哥哥结婚的送情钱。许小清从小就受到教育，不随便拿人家的钱，哥哥结婚的送情钱更是不敢接，就把他领到了许文清面前。刘昌兵把母亲教过的话说了出来：“伯伯，我来给您送恭贺，这五块钱就给文清哥买点佐料。”

许又清的母亲在一旁听了后连忙摆手：“那怎么行咧，赶快收起来回去给你妈。哪有媒人送礼的啊！”

“我妈说了，这是我爸爸送的，您一定要收。”

这里的规矩一直都是这样，结婚时，媒人为大，吃了男方的酒，再吃女方的，两边都是坐上席。男方女方都要安排人陪媒人。喜欢抹牌的媒人，还得安排人陪着抹牌，东家拿十几块钱给媒人当本钱，输了，东家承担；赢了，媒人自己装进腰包。现在罗家婶娘用心良苦来送情，不得不收啊，以后回报吧。

这三天称为结婚闹台的日子一过，正式的婚宴酒就开始了。厨子师傅、知宾先生、礼宾先生都到位了，更多的是帮忙的人，他们要帮忙借用桌椅板凳、锅碗瓢盆，还要帮忙请客。乡情、客情加在一起，需要办二三十桌，一天要分三次开席，每次开席至少八桌。帮忙的，有许文清儿时的伙伴，也有亲戚，加起来几十人。

尚大强特别卖力，打粗的活抢着做，挑水、洗碗不停息，许书记很感动，对他有了好感。

第一天的酒席第一巡，姑爷、舅爷陪着媒人罗芹花到女方“上头”。头一天就安了信，次日大早就请来吃早点。吃早点的菜是红木盒子装着的九个碟子，都是卤菜。罗芹花喜欢红鲜鲜的，喜庆，吃起来又不走味。她不动筷子，舅爷、姑爷也不能动筷子，文清的母亲对罗芹花比平日更加客气：“礼数不周到的，您多担待啊，文清虽说二十六七了，还是个孩子啊。”

罗芹花说：“蛮好的啊。再说了，您也晓得我这个人，大大咧咧，没那些讲究。都是老街坊了，莫要太讲客气，礼数多了，我还真不习惯。”然后，让陪客随意吃喝。

“上头”的礼品早就准备好了。许文清的两个表兄弟和尚大强已经吃过早饭等在那里守候着，一个个等着抬盒。罗芹花吃完饭，接过沏好的茶，放到桌子上，看了屋外一眼，瞟见整整齐齐摆着的抬盒，就说：“早去早回，我们走吧。”

“上头”的礼品有半只猪、六十斤鱼、六十斤白酒、二十斤喜糖。猪皮上面染了红色，鱼、白酒、喜糖都盖好了红纸，抬盒上系着红绸布。这抬盒用杉木做成，刷着红漆；抬杠是小碗口粗的杉木，也刷过红漆。

挑着、抬着礼品，一鼓作气就到了合丰。鞭炮响过，亲家热情迎接媒人，欢迎女婿，款待来宾。

琴娇的陪嫁已经准备好了。引人注目的主要有五斗柜、梳妆台，还有缝纫机。再就是四铺四盖的被褥，都盖上了双喜的红纸红绸。

吃过酒席，开始放鞭，“上头”的人就抬陪嫁的嫁妆，先抬家具和琉璃货，再抬被褥。

搬抬嫁妆的队伍启程，又是鞭炮送行。

嫁妆抬到许文清大门前，早就准备好了的鞭炮炸响。嫁妆抬进后，就有女人过来帮忙。她们年轻，而且都是夫妇双全、子孙满堂、家境比较富裕的人家，称为“福气婆”，她们来铺床，懂得“枕头两头丢，养的儿子像泥鳅”之类的吉利，也晓得铺盖怎样摆才能让里面的枣和花生能起到应有的作用。

第二天就是迎亲，也是正期酒，一大早就开了第一巡酒。一巡八桌，图的是吉利。舅爷姑爷以及一些远道的亲朋都安排在第一巡。陪客是街坊里一些有头有脸的人物，黄婆、丁振邦、张师傅、魏莲芝，还有丁志芳都是主要陪客。头一天各家各户点名道姓的安排，告诉明天几点吃第一巡的酒。酒席快要开始，接客的人就各家各户去催请。体贴人的客人，第一遍催请就到了，而有的三请四催也是姗姗来迟。

眼看就要开席，大舅爷还没有到，急得众人跺脚。这里有规矩，婚丧嫁娶，舅爷不到，不能开席。而且，舅爷不分亲疏，只认年龄。年岁最大的坐上席。大舅爷的位子哪一个能替代？许文清就亲自去请，大舅爷终于到来，马上就开了第一巡。

唢呐、锣鼓、鞭炮响起，还有的手持土铳炸响助威。娶亲临行，母亲把文清喊到面前再三嘱咐，在亲家那里讲礼数，就是有受气的话也要听。“抬头嫁姑娘，低头接媳妇。这是规矩。”文清再三保证守规矩，母亲才放心。

迎娶蔡琴娇的大红花轿是八抬大轿。八抬轿纵向双杠，前后加了两根横杠，横杠上又前后加了四根纵杠，前四人后四人地抬着。花轿高约一米六，宽约零点九米，红与黄相间。骨架由上好的红木做成，轿体采用浮雕手法，雕刻着吉祥喜庆的“福禄寿喜”的图案和字样。

蔡琴娇早已“开脸”，显得白净，打扮一番，漂亮了许多。接亲的锣鼓、唢呐吹吹打打，鞭炮一声声欢叫。新娘上轿都会拖延时间，这是风俗，迎亲的就用这种方式“三请”“四催”。蔡家也不愿意让女儿成为人们眼中扭扭捏捏的人，就让琴娇凤冠霞帔，盖大红方巾，由哥哥背到了花轿前。琴娇的母亲喂了女儿一盅茶，然后母女抱在一起放声大哭。一会儿，蔡琴娇就上轿坐定。

鞭炮、锣鼓、唢呐齐响，花轿除了过桥过坎时按照规矩停歇外，一直抬向西流河。

花轿到了许文清家门前，鸣炮奏乐。花轿停稳，轿夫开启轿门，新娘出轿。两个牵亲婆牵着新娘，踩着红地毯，缓步而行，直至堂前。此时，新郎许文清由两个伴郎陪同前来，与新娘并立于堂前。拜堂开始，燃烛焚香，鸣爆竹、奏乐。

拜完天地，大家闹着逗新姑娘。蔡琴娇倒是大方，有人喊着唱歌，她就唱起《金瓶似的小山》。

金瓶似的小山，
山上虽然没有寺，
美丽的风景已够我留念。
……

歌声轻快，明亮。

“好，好，好。”刘昌远鼓掌叫好。他的好心帮了倒忙，蔡琴娇被突然的叫声打岔就忘记了歌词和调门，就说：“对不起，忘记了。”

“不行！重唱。”

“再来一个，再来一个！”

喊叫声热闹起来，蔡琴娇答应重唱，人们才稍稍安静。蔡琴娇唱了，大家哦哦哦地叫唤。有人出了一个新主意，用绳子吊起一个红萝卜，让他们两人一起吃。他们相互看了一眼，各自轻轻点个头，就去吃。红萝卜尚未挨着，他们的嘴与嘴碰到了一起，大家就哄笑。反复几次，提红萝卜的人发了善心，让他们吃到了红萝卜。

就在人们一起哄闹的时候，尚大强与杨志勇他们拿了锣鼓潜进洞房，系到了新床下面，就等到晚上发出动静。

最后一巡酒席刚开，突然来了两个要饭的。许小清觉得好不吉利，就赶他们走。两人中一个年岁较大的，从胸前摸出百响的鞭炮点燃抛向空中，然后掏出竹板，一遍敲打，一边唱起：“恭喜恭喜道恭喜，恭喜许家接媳妇，今年的喜事圆圆满，明年就抱大孙子。”另一个，拍着道筒，唱起沔阳渔鼓，也是恭喜祝贺的溢美之词。

许小清就说：“你们把碗拿来，我跟你们添饭去。”母亲听说了情况就出来了，喝住了儿子，向二位要饭的赔礼：“委屈两位，请到后头喝酒。因为席口已经坐满，实在腾不出位子。我给你们单独安排一张小桌子，多包涵，多包涵。”

说着便叫许小清请来知宾何秉章。这两个人倒是很知趣，就说：“东家无须客气，我们道恭贺，错过时辰，给点酒菜就可以了。”何秉章请他们稍等，让人给他们两碗酒菜、一坛酒。文清的母亲给了他们每人两块钱、一包烟。二人说：“善有善报，恭喜您明年抱孙子，您的儿子必然出人头地。”

闹洞房的人们散去的时候，尚大强他们假意随着人们一起走远，转到路口时，就与那些已经串通好了的人闪进一个小巷，等到其他人走远之后悄悄返回，与西头和磨盘洲方向返回的人们会合，在新房的窗户边等待着。

果然，新房里叮叮咣咣地响了起来，尚大强推开已经抽去插销的窗户，几只手电不约而同地照进新房，强烈的亮光中，他们看到蔡琴娇抬着床板摇动，身后传来了许文清的声音：“各位，要不要进去吃消夜啊？”

• 龙舟飞渡

区委办公室主任调到县委宣传部工作，许文清调到区委担任办公室主任，魏莲芝升任镇党委书记，依然兼任镇长。

这个消息让尚大强振奋，他想，魏莲芝兼任镇长只是区委的权宜之计，自己还有机会争取到镇长职位。

交接工作时，许文清请魏莲芝考虑他正在实施的下一步工作，一是龙舟竞赛，已经联系了红星大队借用了一条船，参赛人员的训练得抓紧，争取今年进入前八名；二是端午当日的食品卫生和价格，他的设想是保证看龙舟的群众能够买到所需食品，卫生有保证，价格也只能和平时一样。魏莲芝完全赞同他的想法，说一定把这项工作落实好。交接完毕，许文清提出，希望魏莲芝重点培养尚大强。尚大强写了入党申请书，许文清已经将这列入发展计划，第二党支部在重点培养。魏莲芝说：“只要他符合标准，肯定会优先发展，他毕竟是镇人委的委员嘛。”

学校配合区公所的工作，对龙舟竞赛的安全工作高度重视，发动学生提醒自己的家长，要文明竞赛。

各村的龙舟队在紧锣密鼓训练，镇公所的龙舟队也不甘落后。为了能取得更好的成绩，镇公所退还了红星大队的船只，又借用了曙光大队的一条大船，由全镇公认的一流手艺的姚木匠进行了改进。船头雕刻了龙头，船身贴上了龙鳞片，船尾的棹改为两把，每把单桨的桨片下部分扩大了一寸。这样一来，训练的要求就更高了，因为惩棹的舵手与划手都必须加大力气。

训练的强度加大，镇里考虑给每人补助三斤肉。魏莲芝召集各单位开会，大家一致同意。参赛的人员训练都集中在业余时间，为镇里增光添彩，却不拿一分钱的报酬，补助三斤肉完全应该。不过，也属于参赛人员的魏莲芝没有要那三斤肉。镇公所参赛的一共十七人，其中两个舵手、十二个划手，再就是旗手孔春芳，站在船头摆龙头、挥令旗；在划手中间前段打鼓的是魏莲芝，后段击打铜钹兼加油的是蔡琴娇。看过训练的人说，镇公所的龙舟队这回肯定能夺得名次。

五月初五过小端午，各个公社进行初赛，选拔三只龙舟参加五月十五的决赛。镇里的龙舟队临时列入何帮公社参赛，夺得了第二名，有了决赛资格，镇里的参赛人员欢欣鼓舞，举行了一次会餐，魏莲芝的三斤肉就贡献出来了，张师傅承担了其余的经费。张师傅是教练，付出的心血最多，还要贴钱，大家过意不去。张师傅说：“我赚的钱比你们多啊，杀富济贫嘛，还能心慈手软？”

端午带来了暑热，也燃烧了人们积蓄已久的热情。从清早开始，年轻的姑娘、俏丽的少妇、英俊的少年，还有中年壮汉和老年的爹爹婆婆，三五成群，七八个结伴赶往西流河。这一天，他们都精心打扮，拿出压箱底的衣服穿上，老年人的黑色香云纱短袖、纽襻唐装，中年人穿的是米黄色真丝短袖开衫，姑娘、少妇是五颜六色的丝绸、府绸、纺绸短袖翻领衬衣。风一吹来，衣服就像旗帜一样在风中摇摆，哗啦啦地响，像是迎合他们欢快的谈笑声。

一个个的队伍中，也有家境较差的人员，她们只能穿着平纹细布的白色或花色短袖衬衣，家境很差的就穿手工棉纺的白色粗布衣，也有中年男人和少年穿短裤、背心，为了赶到西流河看龙舟竞赛，穿着也就不顾不管了。一路走来，你说我笑，我逗你打，看不出谁高谁低。今天的端午，才是他们的节日，在一年的劳作中，除了春节，只有端午这天才是放假的，其余的日子都得面朝黄土背朝天的劳作。

四方八面的人们朝西流河镇聚集，西流河镇两岸的人也越来越多。

欧阳思友和同学开始张贴“文明看龙舟，安全记心头”“输赢在其次，友谊摆第一”的宣传标语，然后将茶水点按照百米一个点的距离设置，并将茶水桶和水杯全部放置到位。每个茶水点有三个同学来服务。

河道两岸，各公社选派的青年民兵已经就位，他们沿河道两边一字型排开，一个挨一个，一个接一个。这是为了防止意外而采取的措施，不至于让观众掉进河里，即便发生骚乱，观众被挤到河里的可能性也大大减少。刘小木沿河道来回检查了两遍，表示满意。

从民兵身后到河坡，再到住户人家的门后，都有人占据了自认为最有利的位置。最先被占领的依旧是西流河大桥到剅背的两岸。在街道有亲戚的以及大口、西南的人们带着板凳，早早地坐在了那里等待。远道而来的人，占据了好位置后，也可以铺一张报纸或垫一把瓤草坐下来。八点钟的时候，这一带有利地形都被占领。又过一二十分钟，已经人满为患了。

铁喇叭和装有电池的扩音器不断向观众呼吁，希望他们向西头疏散，因为今年的赛程有一千五百米，起点在西流河大桥东头两百米处，终点在八字朝门。于是，后续来到的观众赶紧到东西两头寻找观看的位子。许多孩子干脆爬到了树上。一会儿，两岸大树小树的枝丫上就坐满了人。

西流河大桥桥头两边由民兵把守，竞赛领导小组设在桥上，区公所的领导就在桥上指挥。

今天参赛的龙舟共有十八条，组委会安排，分六次选拔六个优胜者，然后再决出一二三名。预计十次赛完。

离西流河大桥两百米处，一条红布标示出起点，刘昌学和刘小木在那里督阵。参赛的十八只龙舟，在起点线外排列。这些龙舟装扮不一，各具特色，相同的是都有龙的图腾或文化符号，都是喜庆的颜色与气氛。有的战鼓放在船前舱，有的放在船中舱，打锣的都在后舱的位子。各参赛队的衣服都是统一的，红色的、黄色的、白色的，还有两个参赛队的白色背心上印着本村的名字，远远看上去就像河中漂着一片片彩色的树叶，五彩缤纷，美丽无比。

随着刘昌学的发令枪响，比赛在人们的翘首以待中开始了。抽签排在第一的三个队，分别是同兴队、堤口队和镇公所队。镇公所的三个女性上白下黄，男性上白下蓝，头上腰上各缠着一束红布，头上的红布上印有龙的图腾，在耀眼的光线下熠熠生辉。金银山队上红下黄，同兴队上黄下蓝。镇公所队里三个货真价实的女性一出场就赢来了一片议论，聚集了人们的目光。

身材娇媚的孔春芳摆动着令旗也像在跳舞，节奏明快，线条优美。魏莲芝擂鼓时特别卖力，每一个鼓点都像为划手点燃了动力引信。蔡琴娇一边合着鼓点的节拍击打着铜钹，一边喊着加油的口号。三个女性好似为了展示女性的魅力，头上也是缠着印有龙图腾的红布，其他两队的两个旗手，都是男扮女装，戴帽遮掩，可谓相形见绌。镇公所的三位女性赢得了一片喝彩声：“镇公所，好样的，镇公所，好样的。”

龙舟像离弦的箭在西流河上起伏，锣鼓、人声一起响起。

一叶叶划！一叶叶划！划一船呐嗬龙彩划！

咚呛，咚呛，呛格咙通呛咚，呛格咙咚呛！

咚呛，咚呛，呛格咙通呛咚，呛格咙咚呛！

一叶叶划！一叶叶划！划一船呐嗬龙彩划！

三只龙舟都已加速，在平静无波的西流河上直进如飞。

两岸看龙舟的人都大声呐喊，有的还把家中的锣鼓拿出来，重重敲打助威，更有年轻人把事先准备好的“连环响”鞭炮挂到树上点燃。一时间，呐喊声、锣鼓声、噼噼啪啪的鞭炮声交汇在一处，震耳欲聋，在河面上回荡。

船过剅背闸口，齐头并进的三只龙舟才有了分别，镇公所船队稍稍落后，堤口队居中，同兴队领先。

“划一船呐嗬龙彩划！团结一心啰把油加！划一船呐嗬龙彩划！奋勇向前啰用力划！划哟划！把油加！镇公所，把油加！镇公所，把油加！”孔春芳、魏莲芝、蔡琴娇不约而同地喊叫着加油的口号。船队练习时就考虑了落后的情况，在落后的情况下就是要沉着冷静，团结一致，加油向前。

镇公所船队的努力终于见到成效，后来居上，势不可当。领先的同兴队一下乱了阵脚，鼓点也乱了。堤口队窝着一肚子火，撑棹的猛然用力，船队速度迅速加快，不料，咔嚓一声，船棹断裂。随着这一声咔嚓，划手们全都泄了气。

这一轮，镇公所胜出，取得争夺前六名的资格。

第二轮抽签，镇公所排在第二批出场，同样夺得小组第一。

最后一轮竞赛是三个第一名争夺一二三名。

接近中午，阳光更加猛烈。两岸的人们热情依然，似乎比赛手还要激动。

体力已经严重消耗的两个船队振奋精神，都打算奋力一搏。

镇公所的竞争对手是赫赫有名的西圻队和西南队。西圻队在龙舟赛事上年年得胜。镇公所明知战胜他们的可能性几乎为零，但是依然使出了浑身的解数。划手们连续挥桨，每一桨下水都倾注着争当第一的决心与气概。孔春芳轻盈地摇摆着龙头，一手挥出去就像要拿船队推向前方，随着后倾的右腿缩回，挥出去的手又像是在为龙船偲棹。魏莲芝的鼓槌落下收起都彰显着高昂的情绪，她将自己的心牵引在鼓槌上。蔡琴娇的铜钹开合有度，倾注全部的热情。

西圻队的划手一开始就是冲关的姿态，奋勇挥桨，动作整齐划一，坚实的肌肉随着动作一起一伏，额上密布的汗珠在阳光照射下闪闪发亮。鼓手站着击鼓，动作娴熟，乐感极强，纵身一跃，双槌齐下，硕大的牛皮鼓发出震耳欲聋的声响。

西南队被甩在了后面。西圻队和镇公所队咬得紧紧的。

两只龙舟齐头并进，难解难分，岸上的加油声和呼声一阵盖过一阵，接近冲关红线，八字朝门一带的观众燃放起了鞭炮。突然，西圻队猛然用力，船头越过了镇公所的船头，压在红线上的时候，镇公所的船队只在他们船中舱的位置。

尽管只是得了第二名，但镇公所龙舟队得到观众由衷的赞美。从起点特意骑车赶到的刘昌学，还有特意守候在终点的许文清，一直在终点指挥的徐静波向他们热烈祝贺，看龙舟的居民们争先恐后拥到了终点，为自己的英雄燃鞭庆贺。

•《东方红》

在紧锣密鼓的彩排后，师生们对《东方红》演出的效果比较满意，建议刘副区长邀请领导和各界人士一起在“七一”建党节那天审看。

刘副区长觉得可行，郑重其事地下了请柬。欧阳正民书记、徐静波副书记、杨良辉、许文清、魏莲芝、于院长、方俊医生，各个学校校外辅导员和各单位负责人以及代表一共六十九人受邀。

审查演出在大礼堂举行。

刘昌学先向大家介绍了《东方红》的概况，演出就在壮丽的《东方红》序曲和合唱声中揭幕。

几十名女学生演员迎着沧海中升起的一轮红日，组成一个个葵花的队形，呈现出“葵花向阳，民心向党”的生动情景。

东方红的歌声中，学生们翩翩起舞。

柳宜君老师站在舞台右侧，开始朗诵：“在毛主席时代，祖国的人民多么幸福，祖国的江山多么壮丽……”

报幕员："第一场，东方的曙光。"

柳老师接着朗诵："黑暗的旧中国，地是黑沉沉的地，天是黑沉沉的天。灾难深重的人民哪，你身上带着沉重的锁链，头上压着三座大山，你一次又一次的呼喊，一次又一次的战斗；可是啊，夜漫漫、路漫漫，长夜难明赤县天……"

报幕员："舞蹈《苦难的年代》。"

曾明老师站在了柳宜君老师的身边，开始朗诵：

"黑夜总有尽头，曙光就在前面。十月革命一声炮响，给我们送来了马克思列宁主义。

"五四运动举起了反帝反封建的旗帜，传播了共产主义思想。一九二一年，伟大的中国共产党诞生了！

"毛泽东同志把马克思列宁主义同中国的革命实践相结合，真理的光辉照亮了中国革命的道路。"

……

朗诵的语调时而深沉、时而激昂，饱含情感的字句扣动着观众的心弦。

丁俊敏的《农友歌》就像云开雾散，让人们心里豁然开朗，充满希望。

这是由张红老师演唱的《红军战士怀念毛主席》，让观众的心情舒展，大家情不自禁地拍起了手掌。表演唱《松花江上》时，点燃了观众对日本帝国主义的仇恨，《游击队之歌》鼓舞人心。何芙蓉表演《南泥湾》时，杨老叫喊："简直就是个小郭兰英嘛。"杨司令鼓掌，大家也跟着拍起手掌。《团结就是力量》调动了观众的激情，连不善唱歌的欧阳书记也情不自禁地唱了起来，观众逐渐加入合唱中。

……

柳老师朗诵："亲爱的同志啊！你可曾记得，在那战火纷飞的黎明，在那风雪弥漫的夜晚，我们是怎样地向往啊，向往着胜利的一天。”

曾明老师朗诵：“这一天终于来到了！看哪，人人挂着喜悦的眼泪，个个兴高采烈，流水发出欢笑，山冈也显得年轻。”

柳老师朗诵：

“中华人民共和国诞生了！中国人民从此站起来了！”

大家不约而同鼓掌，经久不息。

方涛演唱的《赞歌》让大家欢欣鼓舞，观众的脸上一直挂着笑容。

……

雄壮的国际歌声中，演出结束。

“不错，不错啊。”老红军杨良辉说，“奇迹啊，一个小学，演出了《东方红》，演得这样好，奇迹！”

审看的领导们不约而同地起立鼓掌，掌声经久不息。

欧阳书记握住了刘昌学的手，然后对着谢幕的全体师生鞠躬。师生们双眸里都激动地闪烁着晶莹的泪花。